Gerlinde

Sofia Andruchowytsch

DIE GESCHICHTE VON ROMANA

Amadoka-Epos 1

Aus dem Ukrainischen übersetzt von
Alexander Kratochvil und Maria Weissenböck

Residenz Verlag

Wir danken dem Bundesministerium für europäische und internationale Angelegenheiten für die Unterstützung.

Die Arbeit der Übersetzer*innen wurde im Rahmen des Programms »Neustart Kultur« aus den Mitteln der Beauftragten der Bundesregierung für Kultur und Medien vom Deutschen Übersetzerfonds gefördert.

NEU START KULTUR

Die Beauftragte der Bundesregierung für Kultur und Medien

Bibliografische Information der Deutschen Nationalbibliothek
Die Deutsche Nationalbibliothek verzeichnet diese Publikation in der Deutschen Nationalbibliografie; detaillierte bibliografische Daten sind im Internet über http://dnb.dnb.de abrufbar.

www.residenzverlag.com

Umschlaggestaltung: Boutiquebrutal.com
Typografische Gestaltung, Satz: Lanz, Wien
Lektorat: Jessica Beer
Gesamtherstellung: GGP Media GmbH, Pößneck

ISBN 978 3 7017 1763 7

Da ist er: ihr Mann. Da sind die dunklen Abdrücke seiner Finger auf ihrem Unterarm. Die Blutergüsse an Gesäß und Oberschenkeln. Frische Schürfwunden an ihren Knien. Da sind die Schmerzen in der Wirbelsäule, bei dem Versuch, ihren Körper am Boden zu halten, hat er sie auf den durchgescheuerten Teppich geworfen und niedergedrückt. Eine leichte Verrenkung der Schulter schränkt nun ihren Bewegungsspielraum ein und verleiht ihrer Lust eine eigene Note.

Seine Finger liegen fest um ihre Handgelenke, bringen ihren Körper in eine angenehm offene Position, der heftige Druck seines Leibes weicht vorsichtigen Berührungen, die Stellen, an denen er sie geschlagen hat, bedeckt er mit Küssen.

Da ist er, ihr Mann, so geht er mit ihrem Körper um, sodass anstelle des Ausatmens ein fremder Schrei ihrer Kehle entweicht. Die Gefühle, die Stimme, sogar die Farben des Zimmers und das Schaukeln der Fichtenzweige vor dem Fenster, alles hat er für sie verändert. Verwundert mustert sie die Welt um sich, ihre Finger krallen sich begierig in seinen Rücken, treffen auf die Vertiefung einer Narbe. Mach die Augen nicht zu, sagt er streng, schau mich an, schau mir in die Augen.

Der ausgeleierte Halsausschnitt des verblichenen T-Shirts gibt seinen muskulösen Nacken preis. Sie geht hinter ihm, tritt in seine Spur, sinkt ein in den weißen Sand. Weiche Ströme von Körnchen gleiten in den Spalt zwischen Fußsohle und Schuh. Die Füße brennen, die Muskeln wie versteinert, Müdigkeit und Schwere im ganzen Körper.

Im Gehen dreht er sich zu ihr um, zeigt mit ausgestrecktem Arm aufs gegenüberliegende Ufer des Sees, versucht, etwas zu sagen. Sie kann nicht erkennen, worauf er zeigt, macht nur unscharfe Wolkenfetzen aus, feine Falten, die der Wind übers Wasser treibt, das Reiben des Schilfrohrs an der verrosteten Konstruktion der Kläranlage, den intensiven Geruch von Schlamm und Froschlaich und das Kreisen eines Vogels. Viel mehr interessiert sie seine Haut, am Ellenbogen faltig und spröde, die Muskeln trainiert und angespannt, Härchen, die zum Daumen hin streben. Sie erinnert sich an diese Stelle am Unterarm, als er ihn gegen ihr Gesicht gepresst hat, gegen Mund, Nase, Zähne und Zunge.

Sie überqueren einen Sumpf, steigen auf Ziegelbrocken und Holzstücke, unachtsam rutscht sie in die lehmige Schwärze des Wassers und bekleckert seinen Unterschenkel mit schmierigen Spritzern. Seine Aufmerksamkeit gilt allein der Landschaft: Er mag den Hainbuchenwald auf der anderen Seite des Sees und die Radwege, er interessiert sich für den Weg auf den Nowa Hreblja. Sie erzählt, dass sie früher immer hierhergekommen sind. In der gleißenden Sonne sind sie Sonnenblumenfelder entlanggefahren, vorbei an Kartoffeln und roter Bete. Er erinnert sich nicht.

Sie erzählt, dass es jenseits von Poroskoten rund um die Försterei gute Wege gibt, dort waren sie oft mit dem Fahrrad unterwegs. Auf der anderen Seite, näher bei ihrem Haus, ist der alte Teil des Waldes mit den höchsten Föhren und den Haselsträuchern gerodet worden, dort lagen sie früher auf einer Decke, von Mücken zerstochen, zwischen Ameisenhaufen und samtigen Mooskugeln, die aussahen wie abgeschlagene Köpfe. Er kann sich an nichts erinnern.

Sie erreichen das Wasser. Hier gibt das Schilf einen Platz zum Baden frei. Der grasbewachsene Boden geht über in Sand, der Sand verschwindet im Wasser. Im seichten Wasser wimmelt es von durchscheinenden Jungfischen, die man leicht mit Reflexionen des Sonnenlichts oder mit Lichtspiegelungen verwechseln kann.

Sie setzt sich ans Ufer, legt sorgfältig ein Handtuch auf ihre Knie. In einem Schwung zieht ihr Mann sein T-Shirt aus, schlüpft aus der Hose. Als er bis zu den Knöcheln im Wasser steht, erstarrt er kurz.

Später erinnert sie sich an seine regelmäßigen Kraulbewegungen, die sich einfügen in den morgendlichen Rhythmus des vibrierenden Schranks über ihren Körpern, ins Knarren der Bodendielen unter dem Muster des abgewetzten Teppichs, ins bedrohliche Schwanken der Bücherregale rund um sie, von deren Last sie hätten erschlagen werden können. Aber nicht erschlagen wurden.

Jetzt hört sie das Wasser an die Schilfwand schlagen – Variationen des Aufeinanderklatschens von Haut auf Haut, des Reibens angespannter Schenkel am Gesäß. Als er hinter dem linken Schilfstreifen verschwindet, legt sie sich rücklings in den Sand, spürt die schwere, dichte

Feuchtigkeit in Kleidung und Haare kriechen. Sie hört, dass der Mann zum Ufer schwimmt. Spürt die Vibration seiner Schritte im seichten Wasser. Stellt sich vor, wie sich die feuchten Härchen an seine Haut legen.

Er nimmt das Handtuch von ihren Knien, versprengt Tropfen auf ihrer Stirn, ihren Wangen, ihrem Hals, schnaubt laut, während er sich abtrocknet, dann lässt er sich neben sie fallen. Eine Zeit lang liegen beide stumm da, die Augen geschlossen. Später dreht sie den Kopf und betrachtet ihn, an ihm kleben Grashalme und Sand, ein paar rote Fichtennadeln unterhalb seines verkrüppelten Ohrs. Sein großer Körper und sein Gesicht sind entstellt, von tiefen Narben zerfurcht: rosa, rot, braun, violett. Er sieht aus wie ein Tier, das im Schlachthof von Fleischern zerteilt wurde, dessen einzelne Stücke aber dann aus irgendeinem Grund wieder zusammengewachsen sind. Sein Gesicht hat wenig Ähnlichkeit mit dem Gesicht eines Menschen: die Gesichtszüge unstimmig und zusammenhanglos, die Nasenlöcher verdreht, die Konturen von Kiefer und Schädelknochen zeichnen sich unnatürlich unter der Haut ab, dunkle eingefallene Stellen bedecken Wangen und Stirn.

Sie zittert, während sie ihn betrachtet. Das ist ihr Mann. Das ist ihr persönliches Monster.

DER MANN

Anfangs war er sich sicher gewesen, dass in dem Hundert-Liter-Aquarium nur ein einziger Neonfisch lebte. Winzig und unscheinbar: ein silberner Körper, ein schwarzer Streifen von Kopf bis Schwanz. Schwerelos. Der Neonfisch flatterte zwischen den dünnen Stängeln der Crassula umher, beschrieb Schlingen und Zickzacklinien, umkreiste eine verzweigte Wurzel mit schwarzem Bart, tauchte ab in Spalten und Muschelhöhlen. Als suchte er beharrlich und unermüdlich nach jemandem.

Das Aquarium war schlecht gepflegt. Das Wasser schimmerte grünlich. Die Crassula wucherte und nahm beinahe die Hälfte des Behälters ein. An Kieseln und Muscheln saßen schwarze Seidenbartschweife, die sich kaum merklich im Kohlendioxid-Strom wiegten. Oberhalb der Wasserlinie war das Glas von einem milchigweißen Belag überzogen. Das Wasser wirkte dickflüssig. Der Neonfisch bewegte sich langsam darin, als hätte er einen beachtlichen Widerstand zu überwinden.

Das Aquarium stand in einem der Räume, die ursprünglich wohl dafür bestimmt gewesen waren, Ruhe zu finden, zu beobachten, zu meditieren, um allein mit sich in der Stille zu sein, in sich zu gehen. Das Zimmer befand sich am Ende eines langen Flurs im sechsten Stock, der durch den weiter entfernt gelegenen Trakt des Krankenhauses führte. Dieser war nach der Renovierung entweder noch nicht in Betrieb genommen oder einst aufgrund der Renovierung, die nie zu Ende geführt worden war, geräumt worden.

Vom dritten Stock, wo sich die Wirbelsäulenchirurgie befand, nahm der Mann den Lift nach oben. Der Lift bewegte sich so langsam, als hinge er knarrend fest und schaukelte nur leicht am Seil hin und her. Die großen Fensterflächen dort oben waren mit Kalkspritzern bedeckt und gingen auf einen Teil des verwilderten Parks hinaus, der sich stellenweise in einen Obstgarten mit Bänken, Mülleimern und geweißten Bordsteinen verwandelt hatte, und auf die Dächer rostiger Garagen, auf Lagerhallen und Betonmauern, um die träge Rudel von Hunden mit verkrüppelten Beinen und leicht deformierten Wirbelsäulen streunten. Der Mann wusste, dass genau solche Schäden auf »seiner« Station behandelt wurden.

Zum ersten Mal begab er sich auf diese kräftezehrende Reise, nachdem die Stationsschwester, deren Körper aussah, als wäre er mit warmer, unter ihrer Haut glucksender Brühe gefüllt, ihm von dem Aquarium erzählt hatte. Davor hatte er nur kurze Strecken überwunden: zur Toilette seines Stockwerks, links drei Zimmer weiter, manchmal zur manuellen Therapie oder Diagnostik, oder in den Aufenthaltsraum, in dem die Patienten Fußball oder Zeichentrickfilme über Pinguine schauten. Die Krankenschwester meinte, dass die Implantate ihm schon weitere Strecken erlaubten. Dass er sich die exotischen Fische dort oben ansehen könne. Es würde wehtun, klar, es würde unerträglich sein, aber es sei an der Zeit, mit der Rehabilitation zu beginnen, den Kontrakturen entgegenzuwirken, es sei an der Zeit, dem medizinischen Personal zu helfen, das so viel für ihn getan habe. Doch sie seien nicht allmächtig, sie seien keine olympischen Götter, von ihm, dem Patienten, erwarte man mehr Verständnis, eine größere Bereitschaft, mit ihnen zusammenzuarbeiten und Verantwortung zu übernehmen. Das Aquarium mit den exotischen Fischen im sechsten Stock des entlegenen Trakts. So ein Ausflug wäre zweifelsohne gut für ihn.

Er machte sich also auf den Weg, beim ersten Mal kehrte er nach einem Drittel der Strecke um. Die hoch stehende Sonne schien hell durch die Scheiben und durchflutete den Gang mit trockenem Licht. Dem Mann wurde so schlecht, dass er sich auf einen Heizkörper setzen und schweißüberströmt eine halbe Stunde rasten musste. Er war überzeugt, dass alle Nähte geplatzt waren, dass die Knochen und Wirbel der Belastung nicht standgehalten hatten. Er spürte sogar, dass aus seinem Bauch Blut in die Leistengegend rann. Später stellte sich allerdings heraus, es war nur Schweiß gewesen.

Zwei Wochen später, an einem düsteren Regentag, wiederholte er seinen Versuch. Es war um nichts leichter, aber er hielt oft an, ruhte sich aus, um dann wieder ein paar Schritte zu machen.

Schließlich erreichte er das Zimmer mit dem Aquarium. Auf dem Betonboden lag ein abgewetzter Läufer mit geometrisch gemustertem Rand, um einen lackierten Couchtisch standen ein paar mit braunem Plüsch überzogene Polstersessel, in den Ecken Plastikpalmen, um die Gasleitungen schlangen sich Plastiklianen. Die Luftpumpe brummte kaum hörbar und betonte die leere Stille.

Die »exotischen Fische« entpuppten sich als ein winziger Neonfisch, ganz alleine in hundert Litern zähflüssigem, infiziertem Wasser. Von den unerklärlichen Bewegungen und dem Spiel der Schatten an den Aquariumswänden erschreckt, schoss er wie ein verrückter Pfeil zwischen den Stängeln der Crassula herum.

Der Mann setzte sich in einen Sessel vor dem Aquarium und wartete, bis sich der Neonfisch beruhigt hatte. Dieser zog nun wieder bedächtig seine Kreise. Die unerklärlichen Bewegungen und das Spiel der Schatten existierten für ihn nicht mehr, nicht einmal in der Vergangenheit. Der Neonfisch lebte im Hier und Jetzt.

Der Mann saß einige Stunden lang reglos da. Nur seine Augen folgten der Route des Neonfischs. Sein Brustkorb hob und senkte sich. Die Härchen in seiner verformten Nase bewegten sich. Von Zeit zu Zeit zuckten ein paar Muskeln oder Sehnen, worauf der Körper mit schneidenden Schmerzen antwortete. Oder aber seine inneren Organe zogen sich krampfhaft zusammen.

Zwischen glitschigen, grünen Fäden sah er das unscharfe Spiegelbild des Zimmers: Plastikpalmen, in nutzlose Regale gepferchte Sonnenblumen aus Papier; ein Kalender vom vorletzten Jahr, der Januar aufgeschlagen, ein in die Unendlichkeit führender Flur; kurze Haarbüschel, die aus dem engen Verband um den unebenen, beuligen Schädel ragten; unnatürlich hervortretende Stellen an den Backenknochen, schwarze Flecken und Mulden an Stirn und Wangen, rippenförmige Streifen, die dunkle, gebrochene Kontur der schiefen, eingedrückten Nase.

Erst später entdeckte der Mann zwischen den Verzweigungen der dunklen Wurzel einen Sterndornwels, bis zur Hälfte im feinen Kies vergraben. Der Wels lag reglos da, doch der Mann wusste, dass er lebte. Vielleicht hatte es hier früher mehr Neonfische gegeben. Einen Sterndornwels durfte man nicht mit Neonfischen zusammensetzen.

Nun überlegte der Mann jedes Mal, wenn er seine Wallfahrt in den sechsten Stock antrat, ob er den letzten Neonfisch im Aquarium noch antreffen würde. Während der langen Stunden im Bett oder am Fenster des Krankenzimmers stellte sich der Mann – das Gebrabbel der mit Beruhigungsmitteln niedergespritzten Bettnachbarn im Ohr – das winzige silberne Fischlein vor, das im Wissen, dass der unsichtbare Tod seinen Blick nicht von ihm abwandte, verzweifelte Kreise zog.

Der Mann kam ein zweites, drittes, viertes Mal; beide Fische blieben, wo sie waren. Offensichtlich wurden sie gefüttert, denn sie waren noch nicht verendet. Der Neonfisch beschrieb unsichtbare Figuren im grünlichen Wasser. Den mit Sternbildern besprenkelten Wels musste der Mann stets erst suchen, er musste seine Augen anstrengen: Der abgeflachte Welskörper schmiegte sich an die gewölbte Seite einer großen gehörnten Stachelschnecke oder er verlängerte einen Wurzelfortsatz, indem er seine Flossen zwischen die Fäden des schwarzen Wurzelbartes absenkte.

An jenem Tag nickte der Mann mit offenen Augen ein, nachdem er einige Stunden lang auf das Glas gestarrt hatte. Der Wels griff plötzlich an, er setzte dem Neonfisch mit erprobter Präzision nach. Der Neonfisch schoss nach unten und versteckte sich im Dickicht der Wasserpflanzen. Mit einem Ruck erhob sich der Mann, stieß ungeschickt die Krücken zur Seite und tauchte seine Hand ins Wasser, spürte den Schleim auf den Fingern, fuhr durch das glatte, seidige Geflecht und hob den kaum spürbaren silbernen Fisch mit dem schwarzen Streifen auf seiner offenen Hand aus dem Wasser.

Der Wels sank wie ein Stein zu Boden und erstarrte, er zuckte nicht einmal mit den Barteln.

Unter dem Tisch lag ein weißer, gerillter Plastikbecher. Der Mann schöpfte Wasser in den Becher und ließ den Fisch hineingleiten.

An Krücken gehend ist es fast unmöglich, einen Becher zu tragen und dabei kein Wasser zu verschütten. Der untere Rücken schmerzte, Schultern und Gesäß wurden taub, sein Kopf schien zu platzen. Wieder hatte er das Gefühl, irgendetwas in seinem Körper kaputtgemacht zu haben. Der Neonfisch, dieser wendige Winzling, flitzte wie verrückt in dem engen Gefäß herum.

Gegenüber der Intensivstation an der Wand saß eine Mutter mit einem verweinten Jungen auf dem Schoß. Der Junge weinte nicht mehr, aber sein Gesicht war feucht und sein Kehlkopf bebte noch vom krampfhaften Schluchzen.

Der Mann hielt dem Jungen den Becher hin.

»Das ist ein Neonfisch«, sagte er. »Er braucht Neon-Freunde, Schwertträger, Zahnkarpfen, kleine, ungefährliche Fische. Setze ihn ja nicht mit Fischen zusammen, die ihn fressen könnten.«

*

Es tat gut, wenn ihn die Frau mit dem durchsichtigen Flaum im runden Gesicht dadurch weckte, dass ihre fülligen Brüste seine Wangen streiften, wenn sie sich nach der Ampulle auf dem Nachtkästchen streckte. Die Berührungen ihrer weichen Hände taten gut. Gut tat der Schmerz der Nadel, die sie in sein Fleisch oder in eine Vene stach, gut tat das Brennen der Wunden vom Desinfektionsmittel, ihr Jucken unter dem Verband, das Spannen und Reißen der Haut, wenn die weiche Pfirsichfrau die verklebten Binden mit einem Ruck löste.

Wenn die Luft schon am frühen Morgen von der Sonne aufgeheizt wurde, öffnete eine freundliche Frau im fliederfarbenen Kittel das Fenster. Die Härchen auf ihren mit Sonnensprossen übersäten, schwingenden Unterarmen waren dann vom Sonnenlicht durchtränkt. Manchmal, wenn man einen Teil des Körpers ins Wasser hält, sind alle Härchen mit winzigen Sauerstoffbläschen besetzt.

Es war angenehm, zu den Geräuschen auf dem Flur – den gedämpften Frauenstimmen, dem Klirren von Reagenzgläsern, dem Quietschen der Rädchen des Arzneimittelwagens – langsam aus dem Schlaf aufzutauchen. Es war gut zu wissen, dass man noch lange dösen konnte. Man konnte sogar noch weiterdösen, nachdem sie den Morgenharn abgeholt, Blut abgenommen, Temperatur und Blutdruck gemessen hatten.

Auch gefiel es ihm, nachts von aufgeregten Stimmen, von Hektik und Gerenne auf dem Gang aufzuwachen. Jemand wurde eilig irgendwohin gebracht, offensichtlich zu spät, etwas Unwiderrufliches, Endgültiges geschah, aber es war dort, hinter der Wand, hinter der geschlossenen Tür. Er konnte wieder eintauchen in den Schlaf, im Wissen, dass ihn all das nicht betraf.

Vor dem Fenster schaukelten frühlingsnass klebrige, glänzende Zweige. Ihre schwarze Rinde verströmte einen kaum wahrnehmbaren, herben Geruch.

Jeden Morgen wischte eine Putzfrau im Krankenzimmer den Boden. Gierig und ausgehungert verfolgte er dieses Ritual: Sie tauchte den Wischmopp in einen länglichen, rechteckigen Eimer, drückte das überschüssige Wasser sorgfältig aus, presste den Mopp in eine Ecke und zog von dort aus regelmäßige Bahnen, verwandelte die matte Oberfläche für wenige Minuten in eine feierlich glänzende. Das kräftige, nasse Quietschen des Schaumstoffs auf dem dunklen Linoleum, schlierige Streifen, die immer mehr Raum einnahmen. Sich überlagernde Schichten. Schmale, Striche dazwischen, nicht gewischt, die Unruhe hervorriefen, das Gefühl alarmierender Unvollendetheit. Er beobachtete, wie die Feuchtigkeit verdampfte, die Oberfläche verblasste, verblich, sodass von der eben da gewesenen Verwandlung nichts mehr zu erkennen war.

Als der Mann sich im Zimmer bewegen konnte, als er auf Krücken gestützt stehen konnte, fesselte die Arbeit des Gärtners seine Aufmerksamkeit: das gleichmäßige Weißen der Bäume, die rhythmischen Bewegungen des breiten Pinsels, das kaum merkliche Ergrauen der Stämme, das mit jeder Minute deutlicher wurde. Oder das Zusammenrechen von Müll, Zweigen, alten Blättern, die sich über den Winter angesammelt hatten. Das Aufschichten zu Haufen. Die dann in die Schubkarre geladen wurden. Er dachte nicht darüber nach, ob ihm der Mann sympathisch war, ebenso wie er nicht darüber nachdachte, ob ihm die Pflegerinnen oder Krankenschwestern sympathisch waren. Er dachte überhaupt nicht über sie nach. Ihn beruhigten einfach ihre Gesten, ihr Tun, die Symmetrie ihrer Gewohnheiten, die brüchigen Falten in ihren Gesichtern.

Er kannte die Rückensilhouette des Gärtners, wusste, dass dieser den Kopf zwischen die Schultern zog, wenn er sich hinunterbeugte. Dass er große Ohren hatte, um die herum in festen Büscheln sein graues Haar abstand. Manchmal sah er die tiefen, schwarzen Poren auf seiner fleischigen Nase, die roten Äderchen der Nasenflügel. Doch sofort trübte sich sein Blick wieder – wie Glas im Badezimmer vom Dampf beschlägt – und ein stechender Schmerz durchfuhr seine Schläfen (Stich, Stich, Krampf, Zittern der Gefäße, Engegefühl im Schädel, Druck); danach konnte er lange nichts erkennen, selbst in der Nähe. Musste sich hinlegen, um nicht zu stürzen. Konnte sich nicht bewegen.

Er fühlte sich die ganze Zeit müde, unausgeschlafen, obwohl er das klare Gefühl hatte, dass er erst vor Kurzem aufgewacht, aus dem dichtesten Schlamm am Grund aufgetaucht war, zu dem kein Lichtstrahl durchdrang, wo die Geräusche vollständig von einer schweren Decke der Ungewissheit bedeckt waren. Dieser namenlose Schlaf dauerte viel zu lange, einige Monate, vielleicht sogar einige Jahreszeiten lang. Bis allmählich der Geruch der jungen Zweige und der nasse Wind, die schwachen, zartgelben Sonnenstrahlen und das Quietschen der Räder der überladenen Gärtnerkarre bei ihm anzuklopfen begannen, an seiner Dunkelheit, zu vibrieren begannen, Wellen zu schlagen, ihn anzustoßen, zu wiegen, ihn an die Oberfläche zu tragen, wo das trübe Wasser nicht ganz so trübe war. Die Membran, die ihn von der Welt trennte, wurde durchlässiger.

Doch ganz verschwand sie nicht. Sie schützte ihn zuverlässig. Übermäßige Schmerzen, unerwünschte Hektik, Berührungen von Händen in Latexhandschuhen, die Kälte von scharfen medizinischen Instrumenten, ein auf die Augen gerichteter Lichtstrahl, Ultraschalluntersuchungen, Sonden, Abtasten, Kardiogramme – all das traf ihn unerträglich intensiv. Über ihn gebeugte Köpfe, aufmerksame Augen, Stimmen, die sich nicht weniger schmerzhaft in ihn bohrten als Finger und Instrumente. Sofort sank er wieder auf den Grund, ließ sich in der Dunkelheit nieder.

Mit der Zeit jedoch beruhigten ihn einige der Prozeduren, sodass er nicht nur aufhörte, vor ihnen zu fliehen und in eine komplette Lähmung zu verfallen, sondern Dinge vorausahnte und genau in sich hineinhorchte, denn wie sich herausstellte, gab es so etwas wie Gefühle. Er hörte auf die einfachsten Reaktionen seines Körpers. Hörte in das hinein, was sein Körper sein könnte. Obwohl er das Objekt, das er spürte, nicht sofort mit dem Wort »Körper« in Verbindung brachte, denn Wörter drangen lange überhaupt nicht zu ihm durch. Er hörte sie, aber sie bedeuteten nichts. Er reagierte ebenso wenig auf sie, wie er auf das Quietschen der Fensterflügel reagierte.

Obwohl er auf das Quietschen der Fensterflügel, ehrlich gesagt, eigentlich doch reagierte; das Fenster gab knarrende Laute von sich, es antwortete damit auf den Luftzug. Der Mann lauschte diesen Geräuschen genauso wie dem eigenen Puls oder Herzschlag. Worte aber waren viel zu sperrig, sie zeugten von nichts und ließen sich weder mit den Reaktionen seines Körpers noch mit dem

Mopp noch mit den Ohren und Augen des Gärtners in Verbindung bringen.

Sie drehten ihn von einer Seite auf die andere, öffneten Verbände, bohrten in ihm herum, bedeckten ihn mit Salben und Tinkturen. Eine füllige Schwester malte mit einer braunroten Flüssigkeit sorgfältig Muster auf ihn, tränkte Tupfer mit dem Inhalt einer Flasche aus dunklem Glas. Ein Chirurg mit tief eingefallenen Augen zog Fäden, die sich in schwarze Drähte verwandelt hatten, aus seiner Haut. Die Instrumente klirrten. Manche Fäden lösten sich mit der Zeit von selbst im Organismus auf.

Nach und nach begann er Wörter mit Vorgängen oder Gegenständen zu verbinden, obwohl es ihm so vorkam, als würden die Wörter mit chirurgischen Fäden an den Dingen festgenäht, denn er spürte nicht, dass Wörter und Bedeutungen zueinander gehörten. Er fügte sich, weil Pflegerinnen, Krankenschwestern und Ärzte die Wörter brauchten, und diese Menschen führten bei ihm Behandlungen durch, die er mochte. Die Pflegerinnen, Krankenschwestern und Ärzte machten seinen Körper zum Körper.

Er gab sich in ihre Hände, wie man ein Ding, das einem wichtig ist, in gute Hände gibt, mit jener lakonischen Dankbarkeit, zu der er fähig war. Aus einer gewissen Distanz oder Tiefe verfolgte er, wie man mit diesem Objekt umgehen konnte.

*

Von Zeit zu Zeit brachte ihn die füllige Krankenschwester ins Behandlungszimmer der Psychiaterin Slonowa. Es war eine lange und kraftraubende Reise. Sie ermüdete ihn durch ihre Bedeutungsleere, sie dauerte Jahre. Langsam, mit quälender Anstrengung, löste er seinen rechten Fuß vom Boden, spannte ausnahmslos alle Muskeln an, sogar die Sehnen am Hals, sogar den Kiefer – und er hatte jeden einzelnen dieser Schritte bereits dermaßen satt, dass er dann und wann von seinem bewährten Fluchtmechanismus Gebrauch machte: Er verlor das Bewusstsein. Und trotzdem – aus unergründlichen und irrationalen Gründen – überwand er sich die folgenden Male, ertrug die Jahre, diese Jahrhunderte, ganze vorzivilisatorische Epochen, erfüllt von Einsamkeit und ohne jeden Sinn. Obwohl er wusste, dass das Ziel dieser absurden Qualen ein langes und leeres Beisammensein mit einer Frau über fünfzig sein würde, die sich so kleidete, dass niemand ihre weiblichen Reize übersehen konnte. Manchmal weckte ihr klar gezeichneter, roter Mund, der rege und rhythmisch seine Form änderte und die ebenmäßigen Zähne sowie die makellos saubere Zunge entblößte, für einige Augenblicke seine Aufmerksamkeit. Oder der kurze, geradlinige Haarschnitt, das helle, gefärbte Haar, der ausrasierte Nacken mit den weichen kurzen Härchen, die ein wenig an das Nackenfell einer Katze erinnerten. Oder die Falten auf ihrer Stirn, um die Augen und neben dem Mund. Oder die müde Haut. Oder ein dünner Träger, der unter der Bluse hervorschaute und irgendwohin führte, zu dem, was unter dem Stoff verborgen war. Oder der Widerspruch zwischen dem entspannten, wohlwollenden Gesichtsausdruck, der leisen Stimme, dem gemächlichen Ton und dem – durch einen dunklen, lackierten Tisch mit Stößen von Karten, Formularen und Bescheinigungen abgeschirmten – heftigen Zucken des Fußes, der in einem hochhackigen Schuh steckte, einem unwillkürlichen Wippen.

Lange Zeit hätte man diese Treffen als Mondlandschaft nachbilden können. Es versteht sich von selbst, dass er kaum Anstrengungen unternahm, doch diese minimalen Anstrengungen schwächten ihn immens, da er nicht verstand, worauf er sie lenken sollte. Die Psychologin Slonowa sagte Wörter, viele Wörter, die sich zu einem weißen Rauschen formten, zu einem Sandsturm, einer Naturgewalt, gegen die er machtlos war und völlig ungeschützt, und deren Bestimmung er nicht verstand. Er wusste nur, dass er an den Treffen teilnehmen musste, dass sie unumgänglich waren. Er konnte jeden Moment in die Ohnmacht abtauchen. Diese rettende Einsicht erlaubte es ihm zu bleiben.

Slonowa setzte sich neben ihn und zeigte ihm Bilder. Höflich sah er sich alles an, tauchte manchmal ein in das Grün der Tannennadeln oder in den auf dem Foto festgehaltenen Flug eines Balls, von dem ein loses Lederstück abstand. Der Geruch dieser Frau beruhigte ihn. Der Geruch war fein, wie ein hoher Ton. Vielleicht wie das Klirren von Kristallgläsern.

Doch wenn sie hartnäckig Wörter aussprach, sie betonte, den richtigen Akzent setzte, ihnen eine unverständliche Färbung verpasste, kam er durcheinander. Er wusste nicht, was er tun sollte.

»Nein?«, fragte sie.

»Nein?«, wiederholte er, in der Hoffnung, dass sie genau das von ihm erwartete.

»Erinnert Sie das an nichts?«, hakte sie geduldig nach

und bremste das Zucken ihres Beins, das über das andere geschlagen war.

»Nein?«, wieder landete sein Finger auf dem Himmel. Slonowa nickte, wohlwollend imitierte der Mann ihre Geste. Sie zuckte mit den Schultern, er machte es ihr nach. Sie lächelte traurig und enttäuscht, und trotz der Schmerzen in seinem Schädel und dem Knirschen irgendwo zwischen den Ohren zuckte sein Mund armselig mit.

Später begriff er, dass »Hand« Hand bedeutete, und »Bein« Bein. Mit imaginären medizinischen Fäden brachte er die Wörter »Schmerz«, »Wunde«, »Krücke«, »Krankenschwester«, »Buchweizen«, »Toilette« und »Müdigkeit« an jenen Objekten und Begriffen an, mit denen sie am ehesten zu tun hatten. Er beobachtete, und sukzessive öffnete sich ihm die Welt der menschlichen Beziehungen. Er konnte bereits Dialoge führen. Konnte sagen, was ihm wehtat. Konnte sagen, wenn er Hunger hatte. Auf die Frage der Psychiaterin: »Schauen Sie, ein roter Kran. Erinnert er Sie an nichts?«, antwortete er: »Der Kran erinnert mich an einen Kran.« Und lächelte.

Es war nicht so, dass das Aussprechen von Wörtern ihm Genuss verschaffte. Es war einfach ein Mittel zur Interaktion, das er brauchte, um an der Oberfläche zu bleiben.

*

Mit seinen Zimmerkollegen wollte der Mann lieber nichts zu tun haben. Es waren drei. Der, dem das rechte Auge fehlte und der nun wie zufällig seine lockige Mähne über die von einem weißen Verband bedeckte Gesichtshälfte kämmte, konnte sogar schon ohne Krücken gehen. Er machte seine Übungen am fleißigsten, wiederholte sie fast stündlich neben seinem Bett, er konnte die Beine schon ziemlich gut beugen, klagte aber weiterhin über Schmerzen im Nackenbereich.

Die beiden anderen Zimmerkollegen reagierten unterschiedlich auf die Gymnastik. Der zarte Kontrabassist, dessen Beine oberhalb des Knies amputiert worden waren (sein Vater, ein Dirigent, hatte dem Jungen bei einem der ersten Besuche sein Instrument gebracht und im Instrumentenkoffer unter das Bett gelegt), konnte den Blick nicht von den langsamen, sich wiederholenden Bewegungen losreißen. Der noch vorhandene Unterschenkel des einäugigen Burschen beschrieb einen Halbkreis in der Luft: einmal, zweimal … zehnmal. Die widerspenstigen Sehnen dehnten sich. In dem grauen, länglichen Gesicht des Kontrabassisten spiegelten sich die Anstrengungen des Bettnachbarn wider. Sein Gehirn führte jede Bewegung aus, er spürte die Anspannung, Erschöpfung, die Unbeweglichkeit der atrophierten Gliedmaßen. Schweißtropfen traten auf seine Schläfen, Tränen in seine Augen. Kein einziges Mal streifte ihn auch nur der Gedanke, dass ihm Tränen in *beide* Augen traten. Er nahm nur die Anstrengung seiner beiden fehlenden Beine wahr, das Brennen und Zittern der Muskeln. Einmal bekam der Kontrabassist einen Krampf in seiner nicht vorhandenen linken Wade. Er schrie so lange, bis eine zänkische Krankenschwester ihm zornig und entrüstet über seine Hysterie Magnesium und Vitamin B6 spritzte. Es war wohl weniger die Wirkung der Injektion, die ihn beruhigte, als der harte Stoß der Nadel in sein dünnes, angespanntes

Gesäß. Daraufhin kam er zu sich. Beziehungsweise überkam ihn die Erschöpfung, er starrte mit geröteten, häufig zwinkernden Augen an die Decke.

Der dritte Bursche schloss während der Gymnastik die Augen und hörte scheinbar auf zu atmen. Er war von der Hüfte abwärts gelähmt. Er lächelte viel, dieser sommersprossige, hübsche Junge, zeigte seine schönen, großen Zähne. Seine Augen sprühten Funken. Er flirtete mit allen Schwestern, die für Behandlungen zu ihm kamen, den Stomabeutel reinigten oder wechselten.

Frauen verschiedenen Alters besuchten ihn. Sie kamen einzeln oder in Gruppen. Eine Frau streichelte schweigend seinen Unterarm, er lächelte dabei, erzählte Witze und sagte, dass er sicher gewesen sei, sie würde ihn jetzt verlassen. Eine andere, sehr junge Frau mit langen, blonden Haaren dagegen erzählte ihm ohne Pause hunderte verworrene Geschichten über irgendwelche ruchlosen jungen Menschen, die nach einer Party in fremden Lofts erwachen und den Ausgang nicht finden, oder in der Küche eines koreanischen Restaurants in eine unangenehme Situation geraten oder auf dem Motorboot eines bekannten ITlers oder Start-up-Gründers unterwegs sind, plötzlich trifft diesen erfolgreichen, vor Kraft strotzenden Mann der Schlag (du kennst ihn, er hat uns auf der Truchaniw-Insel mit Crystal bewirtet und von seiner Idee erzählt: Stoff für Asexuelle). Der Start-up-Typ geht fast über Bord, er muss erbrechen, er krampft, ein Gast übernimmt das Steuer. »Stell dir vor, der kann nicht Auto fahren, nicht mal Rad fahren kann er!«, rief die junge Frau mit feiner, klangvoller Stimme, schob mit ihren zarten Fingern wellige, flachsfarbene Haarsträhnen zur Seite, ihre Backenknochen strahlten vor Frische, sie roch nach Flockenblumen und Wind, das ganze Leben lag vor ihr, ein herrliches Leben, ähnlich einem Festtagsmarkt mit frischem Fisch oder einem Boulevard in einer europäischen Hauptstadt. Ein Leben, das ihr die besten Möglichkeiten bieten würde, aus denen sie sich wiederum die angenehmsten auswählen würde. Das Mädchen wusste, dass alle Anwesenden das wussten, und dass die Anwesenden sich aufrichtig mit ihr freuten und keinerlei Zweifel an der Richtigkeit der Situation hatten. Man musste sie einfach bewundern, ihr das Beste wünschen. Sie war eine schöne, zarte Frau, liebte Sex und Reisen, hatte die Egon-Schiele-Ausstellung in Wien besucht, der Künstler Rojtburd kommentierte auf Facebook ihre Fotos.

»Ich habe gedacht, du verlässt mich.« Die makellosen Zähne des gelähmten, sympathischen Kerls leuchteten. Die junge Frau beugte sich ganz nah über ihn. Ihre filigrane Nase berührte seine Brauen, seine Nase, die Wärme ihrer Lippen ging auf seine gebräunte Haut über.

»Ich werde dich nie verlassen, nie«, flüsterte sie und stieß ihn mit ihrem Fuchsschnäuzchen an. An ihren Schläfen lockte sich flaumiges Haar wie der Qualm von Zigaretten. »Du weißt doch, dass ich dich nie verlassen werde, ich werde immer bei dir sein, egal, was passiert. Ich komme morgen zu dir, oder nächste Woche. Aber wenn ich mit den Jungs nach Odesa fahre, komme ich erst Ende des Monats. Und wenn sie mich in der Firma, die Start-Up-Gründungen unterstützt, als Assistentin nehmen, werde ich sehr beschäftigt sein. Aber ich stelle ständig Fotos auf

Insta, folge meinem Kanal, Bärchen, und du wirst über alles Bescheid wissen: meine Brunches, meine Unter- und Bettwäsche, die gekühlten, prickelnden Getränke, die ich abends an der Obolonska-Uferpromenade trinke, und die alten Käsesorten, die ich mit Aprikosenmarmelade und Himbeeren esse. So wirst du immer bei mir sein, immer in meiner Nähe, okay?«

*

Unser Protagonist, der Vierte im Zimmer, bevorzugte die Gesellschaft des Sterndornwelses. Er hatte sich mit der fülligen Krankenschwester Ljubow abgesprochen, jeden zweiten Tag brachte sie ihm ein Päckchen mit rubinroten, sich schlängelnden Mückenlarven.

Nicht nur er reagierte auf den Wels, der Wels reagierte vermehrt auch auf ihn. Auf irgendeine Weise spürte er das Kommen seines Futtergebers, denn kaum begann der Mann nach dem Schließen der Aufzugstür seinen leidvollen Gang, füllte sich der gesamte, lange Flur mit einem energischen Klacken und Knacken. So begrüßte ihn der Sterndornwels mit seiner harten Brustflosse, nachdem er an die mit einem Film bedeckte Oberfläche der Brühe gestiegen war.

Wenn der Mann das rote Knäuel aus dünnen, zappelnden Fäden, das an eine lebendige Himbeere erinnerte, ins Wasser warf, klappte der Sterndornwels seine Flossen kampflustig um und stürzte sich auf seine Beute. Später, satt und zufrieden, folgte er sogar dem Finger des Mannes. Es ähnelte einem gemächlichen Spaziergang zweier Freunde nach einer reichlichen Mahlzeit. Das Vertrauen wuchs in ihrem schweigsamen Bund, der von keinerlei Ansprüchen, Enttäuschungen und Illusionen beeinträchtigt wurde.

Wegen seiner Begeisterung für den Fisch begann der Patient Sitzungen bei der Psychiaterin Slonowa zu versäumen. Einmal stellte der Mann fest, dass das Aquarium tadellos geputzt worden war: keine Spur von einem Film oder Belag mehr, die überschüssigen Wasserpflanzen waren verschwunden, dafür war ein Palast dazugekommen aus kleinen, aneinandergeklebten Muscheln und ein zusätzliches Gerät zur Reinigung des Wassers. Slonowa saß neben dem Aquarium auf dem Couchtisch. Ihre von einer dünnen, hautfarbenen Strumpfhose überzogenen Knie wiesen skeptisch nach vorne.

»Sprechen wir über Fische«, sagte die Psychiaterin, als der Mann in ihre Parfumwolke eintauchte und den Geruch unbewusst, mit einem lauten Pfeifen durch die Nase einsog. »Wissen Sie, wie dieser Fisch heißt?«

»Kammdornwels«, antwortete der Mann folgsam. »Oder Sterndornwels. *Agamyxis pectinifrons.*«

Der Wels kam unter der Wurzel, die ihm als Versteck diente, hervor, schwamm an die Wasseroberfläche und heftete sich mit seinem flachen, schuppigen Körper ans Glas.

»Sieht so aus, als hätte er Sie liebgewonnen«, sagte Slonowa mit heiserer Stimme und betrachtete den Fisch mit seltsam glänzenden Augen. Im nächsten Moment wandte sie sich dem Mann zu und lächelte. »Setzen Sie sich neben mich«, dabei klopfte sie mit der Hand auf die Tischplatte.

Gehorsam setzte er sich zu ihr.

Die Frau holte ihr Telefon hervor und zeigte ihm das Bild eines roten Fischs, der aussah, als wäre er gleichmäßig mit aquamarinblauen Fäden umwickelt.

»Das ist ein Zwergfadenfisch, ein beliebter, pflegeleichter Aquarienfisch.«

»Und das?«, die Psychiaterin vergrößerte das Bild.

»Das ist eine Teufelskopfschmerle, ein Geflecktes Dornauge. Diese Art wurde erstmals 1846 beschrieben, sie kommt ursprünglich aus Sumatra, Borneo und Java. Das Gefleckte Dornauge lebt in Flüssen mit geringer Strömung und in Gebirgsbächen, deren Grund dicht mit Laub bedeckt ist. Die tiefhängenden Äste der Bäume werfen einen schützenden Schatten auf das Wasser.«

»Woher wissen Sie das alles?« Slonowas Gesicht hatte sich dem des Mannes genähert, ihr Blick hing an seinen Lippen. Er hätte annehmen können, sie betrachte seine Narben und Wunden, studiere, wie gut sie heilten, wie sich die oberste Schicht der Epidermis regenerierte, so wie es die behandelnden Ärzte machten, oder er könnte annehmen, sie beobachte, wie er mühsam Wörter aus seinem Mund hervorholte, sie mit der Zunge aus seiner Mundhöhle stieß, denn die Wörter gehorchten ihm nicht, lösten sich im Speichel auf, verteilten sich auf der Schleimhaut wie ein alter Kaugummi – es war nicht genug, seine Sprache zu hören, man musste sie auch sehen. Er hätte annehmen können, die Ärztin wollte etwas von ihm, erwarte konkrete Handlungen, doch der Mann wusste, dass das Verstehen ihrer Wünsche weit außerhalb seiner Möglichkeiten lag, deshalb zog er es vor, ihren unfokussierten Blick nicht zu bemerken, ihren dumpfen, beschleunigten Atem, ihre erhöhte Temperatur, ihren süßlichen Schweißgeruch, ihre dahinschmachtende Nervosität. Sie war so erwachsen und streng, diese Psychiaterin Slonowa, doch in diesem Moment war sie unschlüssig und verwirrt, und der Mann hatte Mitleid mit ihr.

»Es ist mir bekannt«, antwortete er.

»Warum haben Sie einen Fisch aus dem Aquarium geholt? Was haben Sie gespürt, als Ihre Hand das Wasser berührte? Welche Gefühle löst der Geruch eines vernachlässigten Aquariums bei Ihnen aus? Der glitschige Fischkörper auf der Haut? Das nasse Zappeln zwischen den Fingern? Warum haben Sie den Fisch einem Jungen geschenkt? Erinnern Sie Fische an irgendetwas? Oder an jemanden? An einen Menschen? An eine Berührung? Fällt Ihnen vielleicht etwas über sich ein, wenn Sie eine Berührung spüren?« Slonowas Hand war kalt und feucht, die Glieder ihrer Finger legten sich zärtlich auf seinen Nacken. Sie sah ihm fragend in die Augen, in ihrem Blick erkannte er eine unausgesprochene Frage – es war unerträglich und unverständlich zugleich. Sie hörte nicht auf, Fragen zu stellen, aber was sie sagte, interessierte sie selbst nicht: Etwas anderes interessierte die Frau, etwas, das sie nicht preisgab.

Diese Unstimmigkeit machte den Mann so böse, erfüllte ihn mit einem solchen Zorn, einer derart mörderischen Wut, dass er ihre Hand schnappte und wie besinnungslos zudrückte, die Frau stieß einen gellenden Vogelschrei aus, beherrschte sich jedoch ungeachtet der Schmerzen und des fatalen Knackens sofort, sammelte sich wieder, brach den Schrei ab, ohne ihn zu vollenden.

*

Eben dieser abgebrochene Schrei, aber wahrscheinlich auch die indischen Beruhigungsmittel, die offiziell noch nicht zugelassen waren, jedoch schon seit einigen Wochen vorsichtig an den Patienten erprobt wurden, waren Auslöser für die nächtlichen Fantasien des Mannes. Diese Fantasien erfassten in einer kollektiven Halluzination alle Bewohner des Zimmers.

Der Mann lag am Grund, zwischen Schichten von Blättern, die im Laufe vieler Jahre von den herabhängenden Ästen der Bäume ins Wasser gefallen waren. Der Mann war vergraben in der untersten Blätterschicht, die seit langem keine Ähnlichkeit mehr mit Blättern hatte; es war Schlamm, eine ölig-braune Pampe, zähe Melasse. Er wollte schlafen, sein einem glatten Torpedo gleichender, stromlinienförmiger Körper mit einer Haut wie nasser Satin war schwer und ungelenk. Doch die langsame Strömung nahm an Kraft und Sog zu, die Flossen fanden nicht genug Halt im Boden, konnten dem Fließen des Wassers nichts entgegensetzen.

Also nahm die Strömung den Mann mit, wurde von Augenblick zu Augenblick stärker und er spürte, dass es am besten war, sich zu entspannen, sich der Bewegung zu unterwerfen, dem Wasser zu erlauben, seinen scheckigen Schwanz herumzuschleudern, seine Kiemen gegen Steine und Wurzeln zu schlagen, seine Augen, Nase und Mund mit Schlamm zu füllen, ihn mit dem Bauch nach oben zu drehen wie eine Wasserleiche und wie eine Wasserleiche an die Oberfläche zu tragen, wo die Luft, der Wind mit kalter Zunge über seinen Bauch leckten, dann erfasste ihn eine noch größere Welle, zog ihn in einen Strudel, wirbelte ihn herum zwischen Plastiktüten, Spritzen und Schläuchen, bis seine Kiemen so eingekeilt waren, dass sie nicht mehr atmen konnten und seine schwarzen, kalten Lippen immer schneller die Blutpfropfen des Schreckens abhusteten.

Als seine flache, breite Stirn mit Wucht gegen etwas Hartes stieß, begriff der Mann nicht sofort, dass es sich um einen Sarg handelte. An seinem trägen Bewusstsein zog das Bild eines Kontrabasskoffers vorbei, beklebt mit bunten Festivalstickern, aber woher kam am Grund eines Gebirgsbaches in Borneo ein Kontrabasskoffer, dachte der Mann. Bestimmt war es ein Sarg mit einem Leichnam darin. Offensichtlich gab es am Festland keinen Platz mehr für Friedhöfe, und nun ließ man die Särge hinab zum Grund der Gewässer. Der Mann saugte sich mit seiner glatten Unterseite am Sargdeckel fest und konnte so der starken Strömung trotzen, woher auch immer sie in diesem gemächlichen Bach kam.

Nun fuhr er auf dem Sarg wie auf einem Unterwasserboot, er konnte sein Boot sogar lenken. Dort, unter dem Sargdeckel, lag ein Körper. Und dem Mann schien, als wüsste er genau, wessen Körper das war, als läge dieses Wissen unter einer dünnen Membran verborgen, die es von seinem Bewusstsein trennte.

Der Mann wusste, dass er den Sarg an eine sichere Stelle lenken musste. Wo er den Körper zurücklassen konnte, um ihn später zu besuchen. Um sich an ihn zu erinnern.

Der Mann wurde das hartnäckige Gefühl nicht los, dass er selbst irgendwie aus dem Körper im Sarg hervorgegangen war. Dass er ihm entwachsen, ihm entsprungen war. Und nun bestand seine Verantwortung und Pflicht darin, diesen Körper wieder in den Boden zu bringen, wie man einen Samen in die Erde eines Gemüsebeets pflanzt.

Der Mann kannte die genaue Lage dieses Gartens, dieses Friedhofs. Er war schon oft dort gewesen, auch wenn er nicht wusste, warum und unter welchen Umständen.

*

Die Grabhügel waren umzäunt, eingefasst wie Beete. In seiner Erinnerung spross der Mai, von überall kroch üppige Vegetation hervor, die Gräber waren umrankt von Efeu und wildem Wein. Die zarten, hellgrünen Blätter der jungen Brennnesseln schimmerten schüchtern zwischen den Grashalmen. Auf Friedhöfen waren die Pflanzen immer so ungestüm und fröhlich. Stängel und Blätter fleischig, die Blüten kräftig und aromatisch. Er war hier zu dieser Jahreszeit wie betäubt: Blütenstaub, Pappelwolle, herbe und süße Gerüche, Sonnenlicht. Er knöpfte den Kragen seines Hemds auf und suchte sich eine Bank, die nur wenig im Schatten stand, dann hielt er Gesicht, Kopf und Hals in die Sonne. Er erfreute sich an der Luft, dem Aroma von aufgeheizten Tannennadeln und Rinde. Seine Hände kneteten Stängel, bis die Fingerkuppen grün wurden vom Saft. Er leckte den Saft ab. Kaute Blütenblätter von der Kirschpflaume. Lutschte an dünnen Weinranken, sie schmeckten sauer.

Gegenüber stand eine alte Akazie, verwachsen mit den engstehenden Stäben der Umzäunung, die dem Gitter eines Kinderbettes glich. Der Stamm war dick und mächtig, doch wie weich seine deformierte Seite den Zaungürtel umschlang. So weiblich, so aufopfernd, ähnlich weichem Gewebe, das auf einen kräftigen Strunk gespießt wurde. Das Grab vor ihm war alt, abgesackt und verwahrlost. Offensichtlich gab es seit langem keine Verwandten mehr, sie ruhten selbst sanft auf anderen Friedhöfen. Statt der Verwandten war da die Umarmung von Eisen und Holz über den beigesetzten Knochen, und eine Welle frischen, dichten Immergrüns, das wie unterirdisches Fruchtwasser einen Damm durchbrach.

Als sich der Mann wieder überlegte, in was er sich früher oder später verwandeln, wie er unter Tonnen von Erde im Finstern verfaulen würde, und in Gedanken die nicht allzu angenehmen Prozesse überflog, die einhergingen mit Zersetzung und Verwesung, den Veränderungen des Gewebes, der Umwandlung von Stoffen in andere, mit Verflüssigung, Blubbern, der Entwicklung von Gasen, dem Gewimmel von Würmern und Insekten und mit der Ausweglosigkeit, dieser engen, endgültigen und unwiderruflichen, bemerkte er überrascht, dass er in Fantasien geriet, die ihm spürbare innerliche Linderung verschafften.

In diesen Fantasien wuchs eine Pflanze aus seinem Körper: Ein Samenkorn bricht schüchtern auf. Ein Spross, blind und blass, sucht unbeirrt seinen Weg ans Licht. Chlorophyll wuchert in den elastischen Zellen. Die Blätter rauschen im Wind. Die Wurzeln umflechten mit sanften, kräftigen Fingern seine Rippen, umschließen die Wirbel, dringen in die Öffnungen seines Schädels ein, halten fürsorglich die Knochen seiner Arme und Beine – er findet sich in einer Wiege wieder, in der zuverlässigsten Gefangenschaft. Er tränkt die Pflanze mit seinem Körper, nährt sie, hält sie am Leben; sie nimmt nicht nur die nahrhaften Stoffe seines Körpers auf, nicht nur Stickstoff und Phosphor, nicht nur Dung und Kompost, sondern auch seine Gefühle und Gedanken, seine Träume und sein Gedächtnis, den Geschmack seines Schweißes, das Fallen einer Gabel, das Explodieren von Schrapnellen, die feinen, langen, parallel verlaufenden, kiemenähnlichen Schnitte auf seiner Haut, die von einer scharfen Klinge stammen, die Stimmen und das Lachen der Menschen, die ihm nahestanden und doch eigentlich fern waren, die Tränen und die heftigen Schmerzen im Zwerchfell, seine Tage: sein ganzes Menschenleben.

Er will, dass aus ihm ein Walnussbaum wächst. Ein starker, reiner Baum mit glatter, heller Haut. Ein egozentrischer Baum, der andere Pflanzen unter seiner Krone vertreibt. Der Nussbaum nimmt sich bequem so viel Platz wie möglich, richtet sich zu seinem Vorteil ein, reckt sich und bleibt einsam. Andere Pflanzen ertragen ihn kaum: Der Nussbaum reichert die Erde mit für sie unverträglichen Stoffen an. Der Raum unter seinen Zweigen riecht herb, wie frisch gewaschen. Sein kühler Schatten verschafft Erleichterung, wie Aspirin bei Fieber.

Er wünscht sich, dass Frauen seine Früchte essen. Dass sie die jungen Nüsse mit Stöcken von seinen Ästen schlagen, die Bälle reichlich auf sie herunterregnen, auf ihre Köpfe und Schultern trommeln. Er wollte, dass die Frauen seine Früchte zwischen ihren Handflächen rollen, mit den Fingern streicheln, die harte Schale spüren. Dass sie die Nüsse auf den Asphalt legen, auf die Betonplatten des Weges oder auf eine Grabplatte, und die Schale mit einem großen Stein oder dem Fuß aufbrechen. Eine würde Schuhe mit den entsprechenden Absätzen haben.

Er will, dass ihre dünnen Finger mit den lackierten Nägeln im Inneren der Nüsse stochern, ihre Gesichter konzentriert und ernst werden, sich ihre glatten Münder mit ungeduldigem Speichel füllen. Dass sie sorgfältig und entschieden die dünne Haut von jedem Kern ziehen. Dass sie die Schönheit seiner Früchte erkennen, sich dafür begeistern. Dass sie sich ihre Beute langsam auf die Zunge legen, sie mit den Zähnen zermahlen, bis der Geschmack sie erfüllt. Dass sie nicht genug bekommen, nicht aufhören können. Dass sie immer wieder zu ihm kommen, wie zu einer Pilgerstätte. Bei ihm Zuflucht suchen, wie bei einem Geliebten. Dass sie sich voneinander verabschieden, traurig seufzen und fragen: »Wann gehen wir wieder zu unserem Nussbaum? Ich habe noch nicht genug.«

*

Der Mann spürte das Rascheln der dichten Baumkrone über sich. Plötzlich erzitterten die Zweige und knarrten angestrengt, aus dem Dickicht drang panisches Flüstern zu ihm:

»Bring mich weg, bring mich weg von hier, ich spüre meine Beine nicht mehr.«

Noch immer auf dem Sargdeckel liegend, aus dem ein großer Baum mit heller Rinde emporwuchs, hob der Mann den Kopf und erblickte über sich ein blasses Gesicht mit angstgeweiteten Augen und krampfhaft verzogenem Mund. Das Gesicht kam ihm entfernt bekannt vor.

»Über mir sind die Wände eingestürzt. Sie haben eine Kassettenbombe abgeworfen. Schau, alle sind tot hier, ich bin der einzige Überlebende, aber ich kann nicht gehen.«

»Nicht der einzige«, drang noch eine Stimme herüber. Der Mann drehte sich in die Richtung, aus der die Stimme kam, und sah im Dunkel des Zimmers ein einziges Auge unheilvoll blitzen. »Ich bin gerade erst zu mir gekommen. Mein Auge ist noch ganz blind, ich kann nicht richtig sehen. Wer hätte gedacht, dass sie heute angreifen. Es war die einzige Nacht, in der wir keinen Angriff erwartet haben.«

»Idioten«, hörte man ein Krächzen vom Bett in der Ecke. »Wir müssen weg von hier. Gleich geht es wieder los.«

»Dann mach schon«, sagte der Einäugige.

»Der kommt auch nicht von der Stelle!« Das wusste unser Held genau, wenn er auch nicht wusste, woher. »Wir müssen ihn tragen. Sieht so aus, als wäre er gelähmt.«

»Ich werde niemanden tragen, solange mein Auge nichts sieht.«

Der feindliche Scharfschütze glitt mit einem sauberen Lichtstrahl über ihre Körper, er zielte von der nächstgelegenen Ramme.

»Dein zweites Auge wird auch gleich nichts mehr sehen, wenn du den Helm nicht abnimmst. Darin spiegelt sich das Mondlicht«, bellte der Mann zornig.

Nach diesen Worten begann der Beschuss von Neuem. Das Dach des Unterschlupfs zerbröselte wie Zwieback. Der Mann packte den, der seine Beine nicht spürte, unter den Armen und zerrte ihn fort, ohne zu wissen wohin. Ihnen hinterher kroch der Einäugige. Sie bewegten sich einen engen Graben entlang, dessen Wände eingestürzt waren. Die Erde war trocken und bitter, staubig. Als das Pfeifen der Geschosse endete, wurde das intensive Knattern von Maschinengewehren hörbar. Der Mann ließ den Beinlosen hinter der durchlöcherten Mauer einer verlassenen Hütte zurück. Der Einäugige streckte sich auf der Türschwelle aus, presste die Hände gegen die Ohren und verbarg sein Gesicht in einem Loch des angekohlten Holzbodens.

Als sich unser Held, gebeugt unter dem Gewicht des Körpers des Mannes, der aufgrund seiner Lähmung noch schwerer wirkte, mit kleinen Schritten dem Eingang des Verstecks näherte, erspähte er im Licht der bunten Rauchschwänze der Leuchtspurmunition ein paar Gestalten, die eilig in seine Richtung liefen. Nun war ihm klar, dass sie nicht entkommen würden.

Ein Sanitäter in grün-blauem Mantel stach flink eine Nadel in das Gesäß des Mannes. In dessen Körper machte sich ein Gefühl völliger Schwerelosigkeit breit. Man hob den gelähmten Zimmernachbarn von seinen Schultern. Gleich darauf begannen die Medikamente zu wirken.

Als der Mann sanft in die Umarmung des Sanitäters sank, erblickte der Mann Besorgnis in den Augen der Psychiaterin Slonowa und einen Gipsverband, der ihre Hand und ihr Handgelenk fixierte.

»Und du hast gesagt, dass er ruhig ist, Emilia«, raunte der Chefarzt mit tiefer Stimme. Er hatte so buschige Augenbrauen, dass sie sich auf seiner Stirn lockten.

»Er ist ruhig. Nur darf ein Chirurg den Patienten keine Beruhigungsmittel verschreiben«, fiel Slonowa ihm verärgert ins Wort. Sie war zornig wie eine Wölfin, der man ihre Jungen weggenommen hatte. »Wann hört man endlich auf, sich in die Behandlung meiner Patienten einzumischen?«

»Als ob es so wäre, Emilia«, erwiderte der Chefarzt wohlwollend in seinem tiefen Bass.

*

Als unser Held am Morgen erwachte, die Augen aber noch geschlossen hielt, spürte er, dass alles in Ordnung, alles wie immer war: Er wusste wieder nicht, wer er war und woher er kam, was mit ihm geschehen und wie sein Leben gewesen war. Die Wunden und Glieder schmerzten, die Nähte juckten. Er hatte noch immer keine Zähne im Mund. Er war noch immer das entstellte Monster mit den zertrümmerten Backenknochen und der gebrochenen Nase, mit dem schiefen Schädel und einer ganzen Sammlung von Schmerzen im Körper.

Der Mann wusste nicht, wer er war, und wenn er in den Spiegel sah, rief sein Äußeres keinerlei Assoziationen bei ihm hervor. Aber mit dem Spektrum seiner Schmerzen hatte er, seit er aus dem Vergessen aufgetaucht war, im Rehabilitationszentrum gute Bekanntschaft geschlossen.

Er verfügte über feine, sehnsüchtige Schmerzen wie das Heulen des Windes, und Schmerzen, die Stromstößen unterschiedlicher Stärke glichen; hatte Schmerzen, als drehte man ihm einen Metallstift ins Fleisch, und Schmerzen, als drehte man diesen Stift wieder heraus; er hatte Schmerzen, die behäbig und füllig wie ein wohlgenährtes Haustier waren, Schmerzen, als würde ein Schraubstock zugedreht, Übelkeitsschmerzen, Hitze-Schmerzen, Schmerzen, als hobelte man seinen Leib, pulsierende Schmerzen, die mal anwuchsen und immer stärker wurden, bis der Körper krampfte, und dann wieder abnahmen und sanfter wurden, sodass sie fast Genuss brachten. Es gab auch Spannungsschmerzen, keine richtigen Schmerzen, die aber vielleicht am schwersten zu ertragen waren. Schmerzen, die aus dem Inneren des Schädels, des Magens, des Brustkorbs drängten, als blähten sie sich auf, als schwollen sie an, als entfaltete sich dort ein lebendiger Organismus. Sorge-Schmerzen. Leere-Schmerzen. Juckreiz-Schmerzen. Angst-Schmerzen, die Eiseskälte über die Innenwand seines Bauchraums jagten. Und noch eine Vielzahl anderer Schmerzen, die er alle genau beschreiben könnte, bis ins kleinste Detail, würde die Sprache ihm keinen Widerstand leisten.

Der Mann begriff, dass er in der Nacht einen seltsamen Traum gehabt hatte, und dass dieser Traum von der Wirkung minderwertiger Medikamente hervorgerufen worden war. Dass die Medikamente auch bei seinen Zimmernachbarn Wirkung gezeigt hatten, und sie gemeinsam ein makabres Spektakel veranstaltet und so dem Personal der Reha-Klinik Schwierigkeiten bereitet hatten, am meisten dem Chefarzt mit den buschigen Augenbrauen (im Grunde kein schlechter Mensch, ein hervorragender Chirurg).

Nur eines begriff unser Held an diesem unschuldigen Morgen am Höhepunkt des Frühlings, erfüllt von weißem Sonnenlicht und irrwitzigem Vogelgeschrei vor den Fenstern, nicht: Wer war diese unbekannte Frau, die ohne zu blinzeln in sein entstelltes Gesicht blickte, sich dabei auf die Unterlippe biss und mit den Nägeln der rechten Hand am linken Unterarm kratzte. Ihre Augen zwinkerten nicht hinter den Gläsern ihrer Brille. Die Bluse auf ihrer Brust hob sich rhythmisch. Sie saß auf seiner Decke, hatte es sich mit dem Hintern zwischen seinen Unterschenkeln bequem gemacht und presste sie mit dem Gewicht ihres Körpers in die Matratze. Wie ein Vogel im Nest. Wie ein Tier auf Jagd. Wie ein Weibchen, das ein Männchen ruhig beobachtete und nur ein bisschen mit den drahtigen Schnurrhaaren zuckte, wohl wissend, was sie beide erwartete, was es war, das keiner von ihnen vermeiden, dem sich keiner der beiden entziehen konnte. Dem Pulsieren der unerbittlichen Kraft der Natur unter dem dünnen Fell der Seidenbluse lauschend. Tuk-tuk, tuk-tuk, tuk-tuk.

Hinter ihr standen die Ärzte: der Chefarzt mit seinen dreisten Brauen, Slonowa, skeptisch und unzufrieden, die Augen verengt, die Nasenflügel gebläht, der Internist, der Röntgenologe, die Stationsschwester mit Namen Ljubow – Liebe –, von deren purpurrot verfärbten Wangen ein seidener Flaum wie aufgeladen abstand.

»Erkennen Sie diese Frau?«, fragte Slonowa hastig und streng mit seltsam kehliger Stimme.

»Nein?«, fragte der Mann relativ sicher zurück.

Slonowa pikste den Chefarzt mit ihrer Gipshand in den

Bauch und zischte sogleich vor Schmerz. Irgendwie schien es, als würde sie jeden Moment in Tränen ausbrechen.

»Man darf Patienten nicht einem derartigen Stress aussetzen! Jeden Dahergelaufenen zu ihm lassen! Sie haben ihn gerade erst mit Ihren miesen Beruhigungsmitteln fast umgebracht! Sie werden es noch zu weit treiben!«

Ohne den Blick von unserem Helden zu wenden, hörte die Frau mit der Brille endlich auf, an ihrer Unterlippe zu nagen, griff mit den Händen rechts und links an die Bettkante und zog sich über die Oberschenkel und den Bauch des Mannes nach vorne bis über sein Gesicht.

»Aber ich bin doch keine Dahergelaufene«, sagte sie. »Natürlich wird er mich erkennen. Er ist mein Mann. Ich bin seine Frau. Bohdan, ich bin's, Romana.«

BOHDAN

Den Frühherbst verbrachte Romana alleine in der Datscha. Ein paar Wochen lang sammelte sie mit der Schubkarre verfaultes Obst, mit dem das Wiesenstück übersät war, vor allem unter dem Birnbaum, wo das Gras am angenehmsten und dichtesten war. Romana brachte den braunen, nach warmer Leibesfäule riechenden Brei in den Wald und kippte ihn unter die Föhren. Später saß sie an der Bushaltestelle, die Füße auf das Rad der Karre gelegt, und beobachtete, wie der schwerelose Körper eines Eichhörnchens lautlos die luftigen Strecken zwischen den Ästen überwand. Alles an diesem Ort schien hohl, ausgedünnt. Zwischen den absolut gleichförmigen Stämmen der Föhren hätte man ganze Leinwände der eigenen Ängste, der eigenen Verzweiflung und Abgeschiedenheit anbringen können. Hier war Platz für alles, selbst für Dinge, für die in Romana selbst kein Platz war.

Zur Arbeit ins Archiv fuhr Romana mit einem verbeulten Bus, der an seinen weißen, abblätternden Seiten blaue Streifen hatte und sie morgens um 7:15 nach Klawdijewe brachte. Der Autobus erinnerte sie an das Wohnzimmer im Elternhaus einer ihrer Klassenkolleginnen: violette, mit einer Schleife zusammengehaltene Gardinen an der Heckscheibe, eine Plastikliane, mit der die Absperrung hinter dem Fahrersitz umwickelt war, und ein uralter, ausgebleichter Kalender mit Fotos einer schwarzhaarigen jungen Frau in Jeans und BH, die sich eng und zärtlich an den Hals eines Rappen schmiegte. Zugleich aber erinnerte das Innere des löchrigen, dröhnenden Busses, mit dem sie exakt dreizehn Minuten fuhr, an einen Leichenwagen, provisorisch geschmückt und unbequem, denn wem ging es hier schon um Komfort. Die Datscha-Rentner mit ihren abwesenden Blicken, Greise, die einen Steinwurf von der Demenz entfernt waren, sahen aus, als würden sie jemanden auf seinem letzten Weg begleiten und hätten sich dabei mit ihren Gedanken in den eigenen Gehirnen verirrt.

Um 7:30 brach Romana in der blauen Marschrutka namens »Bohdan«, deren Scheiben vom unausgeschlafenen Atem der Passagiere beschlugen, von Klawdijewe nach Kyjiw auf. Ein paar Minuten nach acht erreichten sie bereits Akademmistetschko, wo Romana eine Überdosis Nähe fremder Körper abbekam. Häufig wählte Romana danach die Route über den Kontraktowa-Platz: die Sahajdatschnyj-Straße entlang, vorbei an kleinen Tischen auf den schmalen Bürgersteigen, auf denen Morgencappuccinos standen, zur Kyjiwer Standseilbahn. Wer sonst auf dieser Welt fährt mit der Standseilbahn zur Arbeit, dachte Romana. Höchstens Standseilbahnfahrer.

Der Wagen kletterte gemächlich nach oben, schöpfte Sonnenlicht oder grauen Dunst, der vom Wasser des Dnipro genährt wurde.

In der Fassade des Hotel *Hyatt* spiegelten sich Krähen im Flug, Schwärme von Tauben, deren Flügel sich kantig übereinanderfalteten.

Der Wachmann an der Pforte zum Areal der Sophienkathedrale ließ Romana durch, ohne zu grüßen, ohne zu nicken, ohne ein einziges Wort zu verlieren. Innerhalb der Mauern verlangsamte sie ihren Schritt. Sie folgte einem gepflasterten Weg zwischen gelb gewordenen, aber dennoch gepflegten Rasenflächen, vorbei an beinahe kahlen Obstbäumen, an Sträuchern und Blumenbeeten, an Touristen mit Fotoapparaten und Müttern mit Kinderwagen. Dieser innere Bereich war erfüllt von seiner eigenen Luft, seinem eigenen Inhalt, die Steinmauern umschlossen ihn wie eine Schale ihr Eiweiß und Eigelb. Der Ort war völlig isoliert und abgeschieden, hatte keinen Bezug zur Stadt außerhalb der Mauern.

Das weiße, zweistöckige Gebäude der ehemaligen Börse, in dem sich das Archiv befand, schien noch abgeschiedener, trennte Romana noch mehr von der Außenwelt. Nachdem sie die Stufen zum Eingang hinaufgestiegen war, musste sie mindestens eine Minute innehalten, um noch ein paar Mal durchzuatmen und den Moment des Eintauchens noch ein bisschen hinauszuzögern. Mit dem Rücken zum Eingang und dem Gesicht zum Jasminstrauch. So blickte ein Selbstmörder vor jedem gescheiterten Versuch auf die Welt.

Im Inneren des Gebäudes herrschten Kälte, Dunkelheit und Feuchtigkeit. Lange, hallende Gänge wiesen in alle möglichen Richtungen, führten zu Räumen, die durchtränkt waren mit dem Geruch von Moder, Mayonnaisesalat, Wasserkochern und Schimmelpilz. Das Gebäude war in den Hang gebaut, und so entpuppten sich seine Keller als Geschosse mit den Magazinen und den Arbeitszimmern der Archivare.

Romana bewahrte bei sich im Lesesaal einen dicken, grünen Pullover mit gestricktem Gürtel und flauschigem Muster auf. Anders konnte man im Archiv unmöglich überleben. Selbst bei größter Hitze, wenn die Menschen auf der Straße schweißüberströmt waren und von den hohen Temperaturen und der Schwüle ohnmächtig wurden, kroch einem hier eine reglose Dunkelheit unter die Haut, durchdrang die Knochen.

Bereits nach fünfzehn Minuten an ihrem Arbeitsplatz spürte Romana, dass ihre Gliedmaßen kalt wurden. Nach einigen Stunden hatte die Kälte nicht nur ihren Körper, sondern auch ihre Gedanken und Gefühle gelähmt. Das Gehirn wurde taub, wie ein Arm oder ein Bein in einer ungemütlichen Position.

Romana zählte die Minuten bis zur Mittagspause, sogar im Winter, sogar an hoffnungslos verregneten Tagen, bei Wind, Nieselregen und Schneefall. Jede Wetterlage draußen war wärmer und sanfter. Kaum hatte Romana das Gebäude verlassen, begann sie zu atmen, aufzuleben, der Wind füllte ihre Lunge, ihre Brust wollte platzen vor Zorn und Verzweiflung, vor Einsamkeit schnürte es ihr die Kehle zu.

Im Archiv herrschte Stille. Der Drachenbaum ließ seine langen, schmalen Zungen hängen. Romana schwieg die meiste Zeit über. Manchmal kamen Angestellte anderer Abteilungen vorbei, um sie mit dem neuesten Tratsch zu versorgen. Die meisten Dialoge führte Romana jedoch mit den Besuchern des Archivs, den Forschern.

»Ich benötige redaktionelle Unterlagen der Zeitschrift ›Arbeit der Blinden‹. Ich habe sie vor ein paar Tagen bestellt.«

»Bestand 736, nicht wahr? Bitte schön.«

Die Ärmel ihres Pullovers über die Fäuste gezogen, saß Romana über den Verzeichnissen der Archivbestände, manchmal beobachtete sie über die Monitore der Überwachungskameras die Forscher, manchmal wechselte sie von ihrem Büro zum Lesesaal und betrachtete die Gardinen, die sich im Luftzug blähten, oder die ständig vom Nasenrücken rutschende Brille des glatzköpfigen Opern-Experten.

Vom Fenster des Lesesaals aus sah man in den Hof eines mehrstöckigen Wohnhauses, das auf dem nächsten, etwas niedrigeren Hügel stand. Dort gingen Mütter mit ihren Kindern spazieren, in der Mittagspause kamen Männer in dunklen Anzügen, die mit selbstsicherem Schwung die Türen ihrer teuren Autos zuschlugen, während sie mit der anderen Hand ihren Krawattenknoten lockerten. Dort klapperten Frauen mit ihren Absätzen, wenn sie am Abend nach Hause kamen, ein paar Minuten später betraten sie erneut den Hof, nun in bequemen Schuhen und Trainingshosen, einen Hund an der Leine.

Romana studierte entweder einen Menschen vor ihrem Fenster, dazu wählte sie eine Person aus (eine grauhaarige Dame mit kurzem Haarschnitt, die ständig telefonierte und dabei Anweisungen gab; einen Mann mit Falten zwischen den Augenbrauen, der zum Rauchen hinausging, sich mit dem kleinen Finger an der Schläfe kratzte und den Blick nie von seinem Tablet löste), oder sie suchte sich direkt im Archiv einen Helden, stieg dafür die Treppe hinunter, wo die Bestände aufbewahrt wurden, und holte sich Fotografien sowie Mappen mit Briefen und Tagebüchern aus den Schubladen – papierene Bruchstücke eines Lebens.

Gewöhnlich verfolgte Romana mehrere Linien: Sie rekonstruierte das Leben der Personen, die sie vom Fenster aus sah, dachte sich die kleinsten Details aus, ihren Charakter, emotionale Besonderheiten, zugleich aber stellte sie sich im Archiv Stück für Stück das Leben einer berühmten Persönlichkeit zusammen und war dabei keineswegs auf der Jagd nach »herausragenden«, sondern vielmehr nach alltäglichen Offenbarungen. Verdauungsproblemen, Packlisten, die Bitte, Stoff für einen Mantel zu kaufen. Notizen von Reisen nach Kuba, Mexiko, in die Länder Lateinamerikas. Ein Versicherungsausweis, eine Bestätigung über die Ausgabe von Valuten, der Erwerb einer Datscha, das Abschlusszeugnis der Vorbereitungsklasse des Öffentlichen Kyjiwer Mädchengymnasiums (1899), der Mitgliedsausweis eines Kandidaten der Russischen Theatergesellschaft (1916), eine Heiratsurkunde (1923), die Mitgliedskarte einer Gewerkschaft (1924), ein Testament (1928), ein Arbeitsbuch (1939), eine Lehrbefähigung (1946), eine Autobiografie (1954–1957).

Was die Forscher betraf, so kamen manche über Jahre hinweg hierher. Zum Beispiel Wasyl Ihorowytsch Malyschka, ein Mann mit keilförmigem Bart und stets zusammengekniffenen Augen, der immerfort Material für seine Arbeit über Fotij Krassyzkyj, den Großneffen Schewtschenkos, sammelte. Wenn es Zeit zum Essen war, zog Malyschka stets ein Roggenbrot mit Ei und Mayonnaise aus der Tasche seines Sakkos und vergrub seinen unersättlichen Mund darin. Die Brotzeit bedeutete für den Forscher einen Augenblick körperlichen Genusses; er stillte seinen physischen Hunger und seinen Durst nach Begegnung. Während Malyschka sein Brot kaute, beugte er sich zu Romana hinüber und erzählte ihr (um die anderen nicht zu stören) aufgeregt flüsternd von seinen neuen Erkenntnissen aus dem Leben und Schaffen Krassyzkyjs. So etwa, dass Krassyzkyj aus Anlass des 35. Geburtstages des von ihm hoch geschätzten Lyssenko eine Theaterdekoration entwarf. Oder er gab den Inhalt der Briefe von Fotij Krassyzkyj an Nadija Krupska wieder.

Zu den ständigen Besuchern zählte auch eine Wissenschaftlerin, die über das Leben des Architekten Sabolotnyj forschte – ein gewaltiges Weib mit mächtigen Gliedmaßen, sie trug Hüte, Schals und synthetische Blusen, die knisterten und Funken sprühten, als wären unter den Achseln dieser Frau ständig zwei Brigaden von Schweißern am Werk. Im Vergleich zu ihr war Malyschka mit seinem Mayonnaiseei im Bart ein Engel. Sie erzeugte stets Unruhe, weil sie unerlaubt Fotos von Archivmaterialien anfertigte, im Lesesaal am Handy mit jemandem stritt oder ihr Lesen mit einem unerträglichen Brummen begleitete. So zwang sie Romana einzuschreiten, sie zurechtzuweisen, einen sinnlosen Dialog zu führen, und damit über ihren eigenen Schatten zu springen. Die größte Marotte dieses Weibes, gegen die Romana nichts ausrichten konnte, weswegen der sie die Erforscherin von Sabolotnyj als ihre persönliche Feindin erachtete, war deren Angewohnheit, die Fingerkuppen reichlich mit Spucke zu befeuchten, bevor sie die Seiten der Briefe oder Handschriften umblätterte.

Die meisten, die im Lesesaal arbeiteten, waren jedoch

sporadische Besucher, Studenten, die ein- oder zweimal kamen, unkonzentriert in Mappen blätterten, ihre Kopien bezahlten, seufzten, sich langweilten und nie wiederkamen.

Die Mehrheit der Besucher vergaß Romana, kaum hatten sie die vier Wände des Archivs verlassen. Bei anderen wartete sie jahrelang darauf, dass sie wiederkamen.

*

Hin und wieder gab es auch skurrile Vorfälle. Einmal kam Sascha Korotulka völlig erhitzt und außer Atem aus dem Archivkeller gelaufen und berichtete Romana von einem Mann mit vier Koffern.

Sascha schnappte Romanas Hand und zog sie den Flur entlang zum Zimmer der Direktorin. Dort hatte sich eine Menschentraube versammelt: der Wachmann, die Putzfrau, ein paar Forscher und fast alle Angestellten. Im Zimmer der Sekretärin lag am Boden ein offener Koffer mit vergilbtem Zeugs. Alte Hefte, mit nach rechts geneigter Schülerschrift vollgeschrieben, die Tinte violett, ausgeblichen und verschwommen, aufgelöstem Kaliumpermanganat ähnlich. Sepiabraune Fotos mit gezackten Rändern. Von den glänzenden Rechtecken blickten ihnen naive, verlorene Gesichter von Menschen des letzten Jahrhunderts entgegen: Frauen mit Kopftüchern oder Baretten, Männer in ausgebeulten Anzügen, verschreckte und verweinte Kinder. Im Hintergrund einer religiösen Zeremonie saß ein großer, stolzer Hahn auf einem Holzzaun. Der Kopf einer Kuh, die sich mit weit aufgerissenem Auge zu einem Tor hin streckte, das für eine Hochzeit mit Blumen geschmückt war.

Über dem Koffer hing ein dumpfer Modermief.

Der Mann war gerade dabei, die Herkunft des Geruchs zu erläutern: Die Schwester seiner Großmutter habe ihre Aufzeichnungen und Fotos im Erdkeller aufbewahrt, bei den Kartoffeln und Zwiebeln, der roten Bete und dem Fass mit Sauerkraut. Obwohl sich die beiden Schwestern einen für ihr hohes Alter (in dieser Familie wurden alle Frauen an die hundert) relativ klaren Kopf bewahrt hatten, glaubten sie nach allem, was sie erlebt hatten, die Nachbarn würden sie jeden Moment an die Behörden ausliefern. Doch gleichzeitig belächelten die Alten ihre eigene Angst und glaubten sozusagen selbst nicht daran. Sie begriffen, dass das eine Art Wunde in ihrem Gehirn oder einem anderen Organ war, ein physischer Gewebedefekt, eine chemische Dysbalance der Substanzen im Blut, dennoch konnten sie nichts gegen die lästige Angewohnheit, ihre Sachen zu verstecken, tun. Der Mann hieß Bohdan. Er sprach selbstbewusst, bestimmt und schön, war ernst und ein wenig eitel, elegant gekleidet und hatte gute Manieren. Seine Frisur war gut geschnitten und doch lässig. Breite Schultern, das Hemd spannte über seinem muskulösen Rücken.

Er genoss die Aufmerksamkeit, die ihm hier zuteilwurde, und war sich völlig bewusst, dass nicht die stinkenden Koffer seiner uralten Verwandten diese Aufmerksamkeit erzeugten, sondern er selbst, mit seinem Tonfall, seinen Gesten, seinem ganzen Auftreten. Ein charmanter Typ. Solche Männer hatten Romana noch nie interessiert.

Der Besucher hatte ein paar Flaschen schäumenden, roten Lambrusco mit Beerengeschmack mitgebracht und sorgte persönlich dafür, dass nicht nur jede Archivmitarbeiterin, sondern auch der Wachmann, Sascha Korotulka und Romana ein Gläschen bekamen. Dazu gab es getrocknete Apfelspalten und karamellisierte Nüsse. Auf der Welle dieses Gefühls von Nähe und berauscht von der menschlichen Wärme, strömten alle Anwesenden auf die Treppe, die zum Ausgang des Archivs führte. Draußen begannen sie sich gegenseitig mit vor Lachen tränenden Augen und scherzend mit ihren Smartphones zu fotografieren: Sie machten Gruppenfotos und Fotos zu zweit, der Mann legte freundschaftlich den Arm um die Schultern der aufgeregten Angestellten, berührte beherrscht ihre Taillen. Auf den Bildern sah er perfekt aus, man hatte den Eindruck, als wären die Fotos das Ergebnis einer Photoshop-Montage. Als hätten die schrulligen Tanten das Bild eines adretten Schauspielers neben sich hineinmontiert.

Als Bohdan neben Romana zu stehen kam, sie an sich heranzog und Sascha Korotulka zulächelte, die vor Glück, dass sie den Gast auf ihrem Telefon verewigen konnte, ganz außer sich war, verzog Romana den Mund zu einem dummen Grinsen, die Haut in ihrem Gesicht spannte wie Wachstuch – sie bemerkte ihre unnatürliche Miene, konnte sich aber nicht entspannen.

Der Mann roch wie ein frisches, entrindetes Stück Holz. Wie neue Lederschuhe. Er war gerührt, seine Augen füllten sich mit Tränen.

Er hauchte Romana Worte des Dankes ins Gesicht. Sagte, dass die Geschichte seiner Familie voll von Dramen sei. Dass er von klein auf untrennbar mit diesen wandelnden Monumenten des weiblichen Geschlechts verbunden gewesen sei, die ihm statt Märchen ihre fürchterlichen Lebensgeschichten erzählten. Die Fotos würden eine ganze Epoche illustrieren. Einzelne Schicksale und unzählige Tode zeigen, und eine Liebe, die die Welt habe Kopf stehen lassen. Manchmal wolle er die Fotos aufessen, um kein Detail, keine Tatsache, die ganze Wahrheit nie zu vergessen – deshalb habe er die Fotos ins Archiv gebracht: um sie vor der eigenen Unersättlichkeit zu retten. Der Mann lächelte Romana an und seine Augen blinzelten dabei so charmant, dass ihr ein Schauer über den Rücken lief. Sie wurde das Gefühl nicht los, dass sie seine Scherze nicht verstand, den wahren Sinn seiner Worte, den Grund seines Auftauchens.

Der Mann zog unterdessen betrübt die Brauen zusammen – er sei wohl der Einzige in der Familie, der sich des Wertes der Fotos bewusst sei. Vor kurzem habe er mit der traurigen Wahrheit Bekanntschaft machen müssen, dass der eigene Vater, der Neffe der Fotografin, die Koffer entsorgen wollte. Bohdan sei sich sicher, dass die Koffer genau hierhergehörten, ins Museum, damit die Archivmitarbeiterinnen ihre Arbeit tun und er dank ihnen allen, dank ihr, Romana, wer weiß was noch über seine Familie und ihre Geschichte erfahren würde.

Später, als der Gast endlich gegangen war, lagen im Zimmer der Sekretärin noch immer die klaffenden Koffer mit Dutzenden Kilos Papier darin. Die Euphorie hatte sich in Luft aufgelöst. Der Tag nahm mit einem Mal trübe, graue Farbtöne an, als hätte er sich mit Toxinen vollgesogen. Die Mitarbeiterinnen verzogen sich mit hängenden Schultern in ihre Zellen.

Sascha Korotulka schickte Romana auf Viber in einem fort Fotos von den Umarmungen. Dann schrieb sie: »Hilfst du mir, die Koffer durchzuackern? Ich schaffe das nicht alleine.«

*

Es war hoffnungslos. Die Koffer waren zum Bersten voll mit Plunder. Mit stinkendem, vergammeltem Müll. An jenem Tag, als sie die Koffer ins Magazin des Archivs hinuntergetragen hatten, begegnete Romana Bohdan auf dem Weg zur Metro.

Sie hatte den Sophienplatz überquert und wartete eben an der Ampel, um die Sofijiwska-Straße hinunter zum Maidan zu gehen. Einzelne Schneeflocken tanzten durch die Luft. Der stürmische Wind änderte seine Richtung so blitzartig, dass die Schneeflocken im Licht der Scheinwerfer und Straßenlaternen manchmal nahezu stillstanden.

Romana sah, dass ihr der Fahrer des Autos am Zebrastreifen breit zulächelte und gestikulierte, aber sie ging weiter, denn den Gesetzen der Weltordnung zufolge würde kein Fahrer mit einem derart strahlenden Lächeln und in einem dermaßen teuren Auto ihr Zeichen geben.

Bohdan sprang im Hemd aus dem Auto. Schneeflocken landeten auf seinem Kragen und schmolzen augenblicklich. Die anderen Fahrer, die Bohdan an der Weiterfahrt hinderte, hupten wie verrückt.

»Wollen Sie, dass ich eine Strafe bekomme?«, lachte er und fasste ihr aus irgendeinem Grund mit beiden Händen an die Schultern. »Kommen Sie!«

Romana wollte nicht, dass sich das Problem mit dem Straßenverkehr zuspitzte. Rund um sie wuchs in der Dunkelheit die Ansammlung von Autos und von Menschen, die sie anstarrten. Romana war überraschend Auslöser eines Staus mitten im Zentrum geworden. Blökende Hupen, Schimpftiraden aus offenen Autofenstern. Jemand zeigte mit dem Finger auf sie. Ein ordinärer Kerl, dessen Gesicht vor Zorn krampfhaft verzogen war, sprang aus seinem Pajero und schimpfte wild vor sich hin. Schwach glänzte die Kuppel des Glockenturms über dieser Szene.

Romana ließ sich auf den Beifahrersitz fallen und das Auto fuhr an, Hysterie und Scham blieben hinter ihnen zurück.

»Wohin darf ich Sie bringen?«, fragte Bohdan. »Und wie heißen Sie? Wir haben uns im Archiv kennengelernt, aber Sie waren so viele, dass ich Ihren Namen vergessen habe.«

»Wozu die ganze Aufregung?«, brummte Romana unzufrieden, obwohl sie im Auto ein angenehmes und gutes Gefühl überkam, der Sitz war warm und bequem. Sie wollte sich hier einlullen lassen, alles vergessen, rund um Kathedrale und Oper kreisen, vorbei am Haus der Lehrer und am Haus der Wissenschaftler, und an der Armenischen Botschaft und an welchen Botschaften und Häusern von Lehrern oder Wissenschaftlern auch immer.

»Welche Aufregung? Ich wollte einfach nur Hallo sagen und Sie haben durch mich hindurchgeschaut, als wäre ich Luft. Dabei habe ich vier Koffer mit Archivmaterial zu Ihnen gebracht! Meinen Familienschatz! Wir haben es doch besprochen, das ist Ihre Arbeit als Archivarin!«

»Deshalb sind Sie mitten auf der Straße aus dem Auto gesprungen und mir nachgelaufen?«

»Hören Sie auf mit mir zu diskutieren«, sagte Bohdan kalt.

Tief im warmen Sitz versunken, dachte Romana, dass sie keineswegs in diesem Auto blieb, weil es bequem und behaglich war und weil sich ihr abendlicher Heimweg dadurch verkürzte, weil sie nicht in der überfüllten Metro nach Akademmistetschko fahren, nicht an der Haltestelle Schlange stehen, nicht im nassen Wind frieren und den Gestank der gefüllten Pyrischky, die am Kiosk verkauft wurden, ertragen musste, weil sie danach nicht eineinhalb Stunden eingezwängt zwischen irgendwelchen Typen in speckigen Jacken stehen musste, den Blick auf einen Nacken mit großporiger Haut gerichtet, die aussah wie die Haut eines Tiers, dem man das Fell abrasiert hatte. Vielmehr stellte Romana verwundert fest, dass sie bereitwillig und still sitzen blieb, weil dieser Mann so unfreundlich und brutal war, weil er ihr Unbehagen bereitete. Dieses Unbehagen, dieser Sand in den Schuhen, diese feuchte Unterwäsche unter ihrer Kleidung fesselten ihre Bewegungen, hypnotisierten sie. Dieser Zustand machte sie willenlos.

Der Mann dachte nicht daran, sie in Richtung Klawdijewe zu bringen. Auf der Werchnyj-Wal-Straße bog er nach dem Schytnji-Markt mit dem Schanzendach über den Glaswänden und den Metallreliefen ab. Die Markthalle war eine riesige, nachts verlassene Büchse, um die die schwarzen Schatten von Obdachlosen strichen. Die weißen Mauern der Mykola-Prytyska-Kirche wölbten sich im Licht der Straßenlaternen nach außen. Kurz vor dem Floriwskyj-Kloster hielt der Mann an der Bordsteinkante an.

»Anscheinend sind Sie eine der wenigen in dieser Stadt, denen ich vertrauen kann«, sagte Bohdan und trommelte nervös mit den Fingern aufs Lenkrad. »Da, wo ich herkomme, ist Vertrauen lebensgefährlich.«

Er blickte sie mit seinen ausdrucksstarken, hellen Augen an und lächelte bitter:

»Wissen Sie, morgen früh trete ich eine Reise an. Eine nicht nur unerfreuliche, nein, eine grauenvolle Reise. Ich weiß nicht, ob ich jemals zurückkehren werde, verstehen Sie? Ich will Sie bitten, diesen Abend mit mir zu teilen, wenn wir uns heute schon zufällig über den Weg gelaufen sind.«

Als er in Romanas Gesichtsausdruck Anzeichen von Empörung bemerkte, fügte er in förmlichem Ton hinzu:

»Sie müssen mir helfen, einen wertvollen Gegenstand zu finden. Sie können sich nicht vorstellen, wie kostbar er ist. Ohne Sie schaffe ich es nicht.«

»Ich muss?« Romana lachte kurz beunruhigt auf.

»Ich bitte Sie, mir zu helfen.« Bohdans Tonfall wurde mit einem Mal kläglich, fast weinerlich. »Ich habe wenig Zeit. Morgen früh werde ich schon unterwegs sein. Die Angelegenheit ist sehr wichtig. Unabwendbar, verstehen Sie? Nicht für mich persönlich, die ganze Sache geht weit über die Grenzen meiner persönlichen Ambitionen hinaus. Es geht um den Teil einer Skulptur, ein Stück eines Kunstwerks. Ich muss es einem Mann zurückbringen, dessen Lebensaufgabe es ist, die Kunst vergangener Zeiten vor der Zerstörung zu retten. Dieser Mann bedeutet mir sehr viel. Ich stehe tief in seiner Schuld.«

Er holte eine Zigarette aus dem Päckchen, das auf der Ablage vor der Windschutzscheibe lag, und rollte sie zwischen den Fingern, dabei bröselte Tabak auf seine Hose.

»Rauchen Sie?«, fragte er Romana. Und ohne ihre Antwort abzuwarten, fügte er hinzu: »Ich habe aufgehört.«

Nachdem er fertig geraucht hatte, machte er sich vergeblich an der Haustür zu schaffen, probierte die Schlüssel seines Schlüsselbunds einen nach dem anderen durch. Währenddessen formulierte Romana in Gedanken die Botschaft, dass sie nicht helfen könne, denn sie müsse schon gehen, er brauche sie nirgendwohin zu bringen, von hier seien es nur ein paar Schritte zur Metro-Station. Bohdans Hände zitterten.

»Verdammt«, presste er zwischen den Zähnen hervor. »Diese Tür ist immer offen, den Schlüssel habe ich im Leben noch nicht gebraucht.«

Schließlich öffnete der verschlafene Concierge von innen die Tür, es war ein älterer Herr mit einem zerzausten Rest Haare am Kopf. Bohdan nickte ihm wortlos zu, deutete mit dem Finger nach oben und betrat als Erster das Haus.

Eine breite Treppe führte nach oben. Romana hatte den Eindruck, als sei jede Stufe doppelt so hoch und doppelt so breit wie die meisten Stufen, die ihr im Leben begegnet waren. Ihre Handfläche glitt behutsam den kühlen Handlauf entlang.

In jedem der großzügig beleuchteten Stockwerke gab es nur eine Tür, eine Wohnung. Das Licht ging per Bewegungsmelder an, ein trockenes Klacken war zu hören. Da und dort blinkten die roten Lämpchen von Detektoren, Alarmanlagen und Überwachungskameras.

Im letzten Stockwerk, von dem aus nur noch eine Eisenleiter auf den Dachboden führte, gab Bohdan Romana mit einer Geste zu verstehen, ein paar Stufen weiter unten zu warten und sich nicht zu bewegen, er selbst näherte sich der stahlfarbenen Tür, die aus einem Romana unbekannten Material gefertigt war, das Holz, Metall und Plastik in sich zu vereinigen schien.

In diesem Augenblick hatte Romana den Eindruck, Bohdan sei betrunken. Die Finger weit aufgefächert, begann er die Oberfläche der Tür von oben bis unten abzutasten, er malte Figuren und Linien, geheime Zeichen an die Tür. So ging das eine Weile, bis Bohdan kniend die Türschwelle abtastete und daraufhin murmelte: »Da ist es ja.« Als Nächstes war ein rhythmisches Klacken zu hören, ein paar Signale ertönten. Bohdan stand auf, lachte siegreich und breitete die Arme aus, als wollte er Romana umarmen. Romana sah, dass die Tür bereits offen war. Schwaches, dunkelgelbes Licht drang durch den engen Türspalt.

»Man muss nur wissen, wo man drückt«, erklärte Bohdan zufrieden. »Tür auf, Kamera aus.«

Sie betraten das leere, helle Vorzimmer, das in einen ebenso leeren, langen Flur mündete, mit hellen Fotos wie Flecken an den Wänden. Die Fotos zeigten die Gesichter entstellter Menschen in Nahaufnahme. Romana ließ ihren Blick über die Fotos schweifen, senkte ihn aber im nächsten Moment und nahm ihre Brille ab. Doch der Eindruck der schauderhaften Porträts hatte sich sekundenschnell in ihr Gedächtnis eingebrannt: Statt Nasen waren da Löcher, in deren Schwärze geheime Knorpel zu sehen waren und tiefe, versengte Gewebeschichten hervorblitzten, Münder wie Abgründe, ohne Gaumen, eine chaotische Anordnung von Gesichtsteilen, wie in Arbeiten des Kubismus.

Bohdan lachte auf und klopfte ihr ermunternd auf den Rücken.

»Daran sollten Sie sich gewöhnen. Das ist die Wohnung meines Vaters, er ist plastischer Chirurg. Er arbeitet vorwiegend mit Gesichtern, ein wahrer Juwelier. Sehen Sie, wie sehr dieser Mensch seine Arbeit liebt?« Romana war sich nicht sicher, welche Emotion sie in Bohdans Stimme hörte: Stolz oder Spott. Er ging von Porträt zu Porträt, betrachtete jedes einzelne genau: »Er findet diese Fotos schön, können Sie sich das vorstellen?«

Romana setzte vorsichtig ihre Brille wieder auf, vermied es aber, die Fotos anzusehen.

Bohdan deutete ihr mitzukommen, und während sie ihm den Flur entlang folgte, begriff sie, dass der Mann bereits völlig von seiner Idee besessen war: Sein Blick war konzentriert, seine Augen schmal. Er musterte alle Winkel und Oberflächen, nahm sie genau unter die Lupe.

»Helfen Sie mir beim Suchen«, sagte er. »Sie können sich gar nicht vorstellen, wie viel unnützes Zeug es in dieser Wohnung gibt. Mein Vater kann sich einfach nicht eingestehen, dass er ein Konsum-Problem hat. Gierig und raffsüchtig ist er, mein Alter. Lustig, denn er kritisiert mich schon mein ganzes Leben für meine Liebe zu Gegenständen. Nur schätze ich ganz andere Dinge als er: Wissen Sie, welche?« Er schaute Romana nicht einmal an. Es war ihm offensichtlich nicht wichtig, ob sie ihm zuhörte und ihn verstand. »Ich schätze Dinge, die eine Geschichte erzählen. Zum Beispiel den Löwenkopf von der Skulptur des Heiligen Onufrij.«

»Was suchen wir?«, fragte Romana, nicht ganz sicher, ob sie herausfinden wollte, was genau Bohdan meinte.

Er zog verwundert die Brauen hoch, als wollte er Romanas Unbeholfenheit unterstreichen:

»Habe ich doch gesagt. Wir suchen einen Steinbrocken in der Größe eines Kohlkopfes. Sie werden darin einen Tierkopf erkennen: das Antlitz eines Löwen. Sein Aussehen ist ziemlich ehrwürdig. Keine Angst, Sie werden ihn erkennen. Der Stein war früher hell, ist aber mit der Zeit und von den Farbschichten, mit denen die Dorfbewohner ihn systematisch bedeckt haben, dunkel geworden. Wir müssen den Kopf an seinen Platz zurückbringen. Verstehen Sie?«

Romana spürte, wie Ärger in ihr aufstieg. Sie wandte sich von Bohdan ab, doch sofort fiel ihr Blick auf das Foto eines Frauenkörpers, von dem wie Säcke schwere, rätselhafte Bahnen weißer, faltiger Haut herabhingen. Von Bauch, Armen und Hüfte reichten sie bis zum Boden, erinnerten an eine Theaterkulisse.

Wieso ging Romana nicht? Wieso blieb sie in dieser fremden Wohnung mit einem Mann, der ihr widerstrebte und der offensichtlich nicht normal war?

»Beginnen wir hier«, sagte Bohdan entschieden. Er schob eine Wand auseinander, die sich als Tür eines geräumigen Schranks entpuppte. In den Regalen lagen Schachteln mit Haushaltsgeräten: Handmixer, Standmixer, Küchenmaschinen, Staubsauger, Bügeleisen, Nähmaschinen, Kaffeemaschinen, Kaffeemühlen und Milchschäumer, Multikocher, Wasserkocher, Thermopots, Brotbackautomaten, Zitruspressen, Joghurtbereiter, Waffeleisen, Schneidemaschinen, Fritteusen, Schaschlikgrille, Epilierer, Föne, Heizwickler, Haartrimmer, Massagepistolen, Personenwaagen und Heizdecken.

»Was ist das? Das Lager von einem Geschäft?«, fragte Romana.

»Das ist menschliche Gier«, antwortete Bohdan sachlich, während er achtlos alles auf den Boden warf. Er leerte ein Fach nach dem anderen, schaute in alle Schachteln, von denen die meisten noch originalverpackt waren. Bohdan nahm ein Messer aus einem Küchenmesserset und benutzte es zum Auspacken.

Sie gingen von Schrank zu Schrank, es stellte sich heraus, dass fast alle Wände in der Wohnung als Stauraum dienten. Bohdan drückte auf vertikale und horizontale Paneele und offenbarte Romana immer mehr Kommoden, Regale, versteckte Regalböden und Laden, zusätzliche Oberschränke und Abstellkammern. Bohdan und Romana gingen in den nächsten Raum, sie hinterließen eine verrückte Verwüstung, Spuren eines Erdbebens, eines Vulkanausbruchs, Chaos und Unflat. Eine ähnliche Verwüstung hinterlassen Einbrecher.

Seit Romana in das fremde Auto gestiegen war, nahm sie eine unüberwindliche Mauer der Fremdheit zwischen Bohdan und sich selbst wahr. Eine Mauer der Gleichgültigkeit, wie sie sie eigentlich gegenüber Menschen in der Metro oder in der Marschrutka sowie gegenüber Passanten spüren sollte, jedoch oft gar nicht spürte. Doch nun, da die Situation immer intimere Züge annahm, beunruhigte es Romana, dass der neue Bekannte ihr einfach nicht vertrauter wurde, trotz ihres gemeinsamen Handelns.

Romana versuchte zumindest ein Fünkchen Wärme zu finden, indem sie Bohdan in ein Gespräch verwickelte, während ihre zarten Hände Stoffe und Plastikverpackungen durchwühlten, Knöpfe und Zippverschlüsse öffneten, Türme von Gegenständen auseinandernahmen, um sie später wieder übereinanderzustapeln. Romana stellte Fragen über die Wohnung und ob der Vater nicht böse würde, wenn er sähe, dass sie alles hier auf den Kopf stellten (daraufhin fauchte Bohdan: »Aber wir wollen doch, dass er böse wird«), darüber, warum Bohdan gesagt habe, dass er niemandem vertrauen könne, und woher er stamme, sie versuchte ihn über seine Familie, sein Leben in Kyjiw, das Leben im Allgemeinen auszufragen. Bohdan antwortete einsilbig, sagte kaum etwas, um Romana nichts preiszugeben. Erst als sie sich dafür interessierte, wer denn dieser Mann sei, für den sie das ganze Haus auf den Kopf stellten, trat eine Veränderung in Bohdan ein.

Nun wurde Romana belohnt. Bohdans Blick wurde weicher und wärmer, fast zärtlich schaute er Romana an, musterte überraschend aufmerksam ihr Gesicht. Seine Stimme nahm einen runden, sanften Klang an, er sprach behutsam und interessiert, als schaukelte er ein Kind in seinen Armen.

Am liebsten würde er jetzt zu den Ausgrabungen fahren, sagte Bohdan. Ein kleines Gräberfeld freilegen. Aber da gerade nicht Saison sei, müsse er woandershin fahren, in einer anderen Angelegenheit.

Bei seinen allerersten Ausgrabungen, im ersten Studienjahr, habe Bohdan Dr.h.c. Omeljan Majstruk kennengelernt, bei den Steinbalustraden, die in den Kellergewölben der Burg Pidhirzi freigelegt wurden.

»Ich habe noch immer keine Ahnung, wie sein besonderes Wohlwollen mir gegenüber zu erklären ist.« Bohdan zuckte mit den Schultern. »Was hat er in mir gesehen, das ich selbst nie in mir vermutet, woran ich nie geglaubt und dem ich stets widersprochen hätte. Wie konnte er etwas derart Interessantes in mir sehen, das weder meine Eltern (kein Wunder, denn sie waren nie da) noch meine Großmutter und ihre Schwestern (sie wichen nicht von meiner Seite) noch die wenigen Freunde je in mir erkannt hatten.«

Bohdan beschrieb einen kleinen, dürren Mann mit grauem Haar, das sogar in Innenräumen nach allen Seiten abstand, als stehe er ständig im Wind. Er beschrieb den Saum seines Mantels, sein an den Schultern etwas zu breites Sakko, die etwas zu lange Hose, die abgetretenen Schuhe. Er beschrieb seinen wachsamen Blick, seine leise Stimme, seine Konzentration. Seine Manie, wenn es um Architektur oder Kunst der Vergangenheit ging, und besonders um Kunstwerke des Rokoko und Barock, in die er sich mit der Begierde eines Jünglings verliebt hatte, der wie gelähmt war vor Begeisterung.

»Damals erfuhr ich«, erzählte Bohdan Romana, »wie man die Steinskulpturen der Kirche in Pidhirzi richtig betrachten muss, die Skulpturen Thomas Hutters und Konrad Kutschenreiters, die Glocken Teodor Poljanskyjs, die Arbeiten seines Schwiegersohns Franciszek Olędzki, die Ikonostasen in Isjum, Lochwyzja, Hadjatsch, Koselka, Tschemerysy-Woloski; das Rathaus in meiner Heimatstadt, das ich früher anscheinend nie richtig angesehen hatte. Ich hörte quasi zum ersten Mal vom Künstler Pinsel, der Mitte des 18. Jahrhunderts in der Stadt gewirkt hatte, in der ich geboren wurde. In den katholischen und orthodoxen Kirchen fand man da und dort noch geplatzte Putto-Bäuche und abgebrochene Arme und Beine von Heiligen, die Pinsel geschaffen und die in den vergangenen Jahrzehnten noch niemand zum Feuermachen verwendet hatte.

Majstruk träumte von Museen und Restaurierungen, war zu allem bereit, um Geld zur Rettung einer halbvermoderten Kapelle in einem abgelegenen Dorf, das nur zu Fuß erreichbar war, aufzutreiben. Er war sich für nichts zu schade: schlief nächtelang nicht, verging vor Sorge, dass der Pilz die alten Holzschnitte diesen Herbst endgültig zerfressen würde, dass die Säulen der St.-Josephs-Kirche im Winter unter der Schneelast einstürzen würden. Deshalb bemerkte er die Schmerzen in seinen Knochen und im Magen nicht, und ebenso wenig die Bedürfnisse der Menschen, die ihm nahe waren und seine Hilfe benötigten. Mich aber bemerkte er aus irgendeinem Grund.« Wieder zuckte Bohdan mit den Schultern.

»Einmal bat er mich, die Skulptur des Heiligen Atanasij und die des Heiligen Leon in der Fassade der St.-Georgs-Kirche zu fotografieren. Ich musste mindestens hundert Fotos machen, sollte bestimmte, von Majstruk genau beschriebene Details festhalten«, erzählte Bohdan Romana. »Ich kann mich noch an die aus einem karierten

Schulheft herausgerissenen Seiten erinnern. Weiß noch, wie sehr Majstruks K einem N ähnelte, wie es manchmal fast unmöglich war, das N von einem H zu unterscheiden. Ich stand dort oben, neben den Metropoliten aus Stein, die besudelt waren von Taubendreck, und schaute von Zeit zu Zeit hinunter, auf die winzige Gestalt meines Lehrers, der den Kopf in den Nacken gelegt hatte und seinen Blick nicht von mir abwendete.

Das geschah, nachdem ich ihm einige alte Fotos meiner Verwandten gezeigt hatte. Bei ihrem Anblick geriet Majstruk außer sich vor Begeisterung. ›Sie haben Ihr Talent geerbt‹, sagte er zu mir. ›Sie haben die Gabe, Dinge zu sehen, die anderen Augen verborgen bleiben.‹ Und ich glaubte ihm!«, rief Bohdan aus. Romana antwortete ihm mit einem begeisterten Lächeln. »Von da an fotografierte ich für ihn Pinsels Skulpturen, bis ich Mist baute.«

Seine Stimme versagte vor Schmerz und für einen Moment verlor Bohdan alle Farbe.

Doch schon im nächsten Moment richtete er sich wie elektrisiert auf. »Ich mache alles wieder gut«, sagte er entschieden. »Auch wenn ich Majstruk nie wieder begegnen werde, auch wenn er mir nie verzeihen wird, aber ich werde ihm den verlorenen Kopf von Pinsels Löwen zurückbringen, und mir selbst hole ich meinen verlorenen Lebensinhalt zurück.«

Bohdan erzählte von seinem Beruf, seinen Reisen und der physischen Arbeit, vom Versinken und Aneignen, von den Begebenheiten und Werkzeugen, erzählte wie ein junger Vater von seinem Baby. Er war voller Besessenheit und Euphorie wie ein Spieler.

Bohdans Mund füllte sich mit Speichel, der zähflüssig auf seiner Zunge schimmerte, während er weiter ohne Pause Anekdoten und Vorfälle schilderte, die ihm bei der einen oder anderen Reise widerfahren waren, oder Details seiner Nachforschungen, Verkettungen falscher Entscheidungen, die ihm zum damaligen Zeitpunkt als die einzig richtigen erschienen waren, Zeit und Kraft fraßen, sich später jedoch als Sackgasse am Ende eines Labyrinths entpuppten. Seine Hände zitterten und seine Wangen glühten. Er lachte, während er Romana in die Mystifikationen und Falsifikationen einweihte, die länger währten als ein Menschenleben, als die Leben mehrerer Generationen.

Jetzt führte Romana die Suche an. Nun kümmerte sie sich darum, kein Regalbrett, keine Schublade auszulassen, denn Bohdan weilte, beflügelt von seiner Leidenschaft, mit seinen Gedanken irgendwo anders. Er stieß Romana an, fasste ihr in den spannendsten Momenten seiner Erzählung ans Knie, und sie – ein Lächeln als Antwort – freute sich, dass sie nun doch Zugang zu ihm gefunden hatte, dass dieser reservierte Mensch so leidenschaftlich und voller Feuer sein konnte. Und aus Dankbarkeit, dass er sich ihr geöffnet hatte, suchte sie umso eifriger.

Seine Leidenschaft, sein Feuer und seine Erregung ließen Romana erstrahlen und wärmten sie. Sie fühlte sich wie eine Komplizin. Fühlte sich beteiligt.

In einem Zimmer mit besonders intimer Beleuchtung, in dem am Fensterbrett in quadratischen Töpfen Zierrasen wuchs und unter dem durchsichtigen Boden schwarz eingefärbte Steine glänzten und schimmerten, streckte Bohdan sich behände nach oben, bis er eine Leiste zu fassen bekam.

»Das ist das Schlafzimmer«, teilte er Romana mit, während er ein breites Bett herunterklappte. Gleichzeitig wurde ein Holzregal freigelegt, das vollgestopft war mit verschiedenem Trödel, der inmitten der glänzenden Einrichtung der Wohnung fremdartig wirkte. Der Trödel roch nach Alter und Schimmel. Hier lagen Ikonen auf mit Rissen durchzogenen Stücken schwarzen Holzes, das sorgfältig vom Holzwurm durchgeackert worden war: die Gesichter der Heiligen, die aus der abblätternden, verblichenen Farbe blickten, ähnelten irgendwie den Gesichtern der Patienten an den Wänden der Wohnung, als hätte eine Kinderhand sich daran versucht, sie zu kopieren; Bündel von Banknoten aus der Weimarer Republik; österreichische Dukaten; Briefmarken zu Ehren von Hitlers Geburtstag; eine Postkarte aus dem Türkenschanzpark mit Wasserfall und Pavillon, auf der Rückseite in kleiner, unleserlicher Handschrift beschrieben; zwei Wandkerzenhalter aus Bronze; ein kleines, braunes Büchlein mit einem Einband aus weichem Leder, die Seiten gelb, fast hellbraun, sorgfältig vollgeschrieben und bemalt; und die abgebrochene Büste eines menschenartigen Löwen, der seine Pfoten wie zum Gebet gefaltet hatte.

Bohdans Gesicht erstrahlte in jungenhafter Begeisterung. Verschwörerisch blickte er Romana direkt in die Augen, näherte sich ihrem Gesicht, beugte sich zu ihr hinunter und berührte ihre Nase mit der seinen. Ihre Brille störte ihn dabei, deshalb nahm er sie ihr vorsichtig von der Nase und legte sie in ein Regal, zwischen die Ikonen. Dann hob er eine goldene, zu einem Rechteck gefaltete Rettungsdecke vom Boden auf und breitete sie aus irgendeinem

Grund auf dem Bett aus. Als Nächstes legte er Romana auf die ungemütliche Oberfläche, wie einen Fisch, den man zum Backen in einen Bratbeutel steckt. Romana ließ es folgsam geschehen, davor hatte sie ihm geholfen ihre enge Jeans abzustreifen, mit der er nicht fertiggeworden war, hatte sich den Pullover ausgezogen und den BH geöffnet, hatte auch zugestimmt, aus dem Slip zu schlüpfen. Während sie sich splitternackt auszog, saß Bohdan in einer unnatürlichen Pose neben ihr, halb nackt, ungeduldig, ernst und verärgert, und erzählte nicht weiter.

»Ich mag deine Brüste«, sagte Bohdan, ohne Romanas Brüste anzuschauen, und machte sich irgendwie sehr gewissenhaft daran, Romana zu küssen. Es schien, als ärgerte er sich darüber, dass Romana die ganze Zeit lächelte, als wolle sie sich für diese absurde Situation entschuldigen.

Unwillkürlich drückte Bohdans Hand ihre weiche Brust, dann glitten seine Finger, die Haut ganz leicht berührend, über ihre Rippen hinunter. Romana blies verbrauchte Luft auf Bohdans Hals. Er wurde zudringlicher und packte Romana mit beiden Händen fest an der Hüfte, zuckte jedoch plötzlich zurück, als hätte er sich verbrannt. Seine Finger waren auf eine starke Gewebeverhärtung gestoßen, die ihn an die Rinde eines Baumes erinnerte.

»Was ist das?«, fragte Bohdan, während er sich über Romana beugte und sie betrachtete. Seine Augen waren weit geöffnet. Es schien, als wäre er eben erwacht. Über den Bauch der Frau vor ihm zog sich ein breiter, unebener Pfad. Die Frau selbst war verstummt.

»Das ist meine Narbe«, erklärte sie leise, als wolle sie sich entschuldigen. Bohdan betrachtete weiterhin den braunen Streifen, berührte mit den Fingern Falten und Vertiefungen, sowie die Verzweigungen, die vom Hauptstrom wegführten und sich in verschiedene Richtungen über den unteren Rücken verästelten.

»Woher ist sie? Was ist mit dir geschehen?«, fragte Bohdan und näherte sein Gesicht wieder dem von Romana, ohne seine Hände von ihrer entstellten Haut zu lösen.

»Kann ich es später erzählen?«, bat Romana. »Ich will jetzt nicht … Es ist eine alte Geschichte. Ich will nicht zu ihr zurückkehren.«

Sie blickte Bohdan flehend und eigensinnig an, nahm seine Hände und legte sie wieder auf ihre Brüste.

»So«, sagte sie.

»Siehst du die Fotos an den Wänden?«, zischte Bohdan ihr plötzlich ins Ohr und knabberte schmerzhaft an ihrem Ohrläppchen. »Du bist nicht ohne Grund hier gelandet.«

Romanas ganzer Körper verkrampfte sich, mit einem kräftigen Ruck stieß sie Bohdan von sich. Er ließ sie nicht los, flüsterte ihr ins Ohr, bat um Vergebung, beruhigte sie und schließlich entspannte sie sich wieder.

Die Notfalldecke quietschte kalt und hart unter Romanas nacktem Rücken. Bohdans konzentriertes und eifriges Gesicht über ihr passte nicht zu dem, was weiter unten in ihrer heißen, weichen Enge geschah. Ein paar Millimeter fehlten, ein bestimmter Winkel, eine leicht veränderte Stellung, ein durchgedrückter Rücken oder ein ausgestrecktes Bein, damit dieses japanische Geduldspiel endlich funktionierte. Und Romana drückte ihren Rücken durch, streckte die Beine, stellte sie wieder auf, um sie weiter zu spreizen, unterdessen leckte sie die Speicheltropfen in ihrem Mund ab und bemerkte den Geschmack von eben erst entrindetem Holz, der sich in Gaumen und Kehle festgesetzt hatte – doch es war vergeblich. Sie blieben jeder für sich, losgelöst voneinander. Obwohl alle Details ineinanderpassten, obwohl die rotierenden Bewegungen mal langsamer, dann wieder schneller wurden, obwohl sich die goldene Notfalldecke mit feinen Tröpfchen bedeckte und die beiden ein süß-salziges Aroma umhüllte; keine der vier Pupillen dehnte sich auf die Größe der gesamten Iris aus, der Heißhunger ließ ihre Organe nicht in Flammen aufgehen, sie konnten nicht loslassen.

Entkräftet glitt Bohdan von Romana, die ausgestreckt dalag, er war fast nackt, trug nur sein aufgeknöpftes Hemd, das er aus irgendeinem Grund nicht ausgezogen hatte.

Bis zum Morgen waren es nur noch wenige Stunden. Bohdan packte für Romana einen Schlafsack aus, der sogar vor extremer Kälte und Feuchtigkeit schützen sollte, er selbst verschwand in den Tiefen der Wohnung. Das Rascheln der Plastiktüten, über die er stieg, wurde immer leiser, bis es nicht mehr auszumachen war. Stattdessen drang von irgendwo unter den Fenstern das Gemurmel von Frauenstimmen herauf, die vom Leben des Heiligen Onufrij redeten, Löwen und Datteln, von Gesprächen in Einsamkeit und von Eingebungen, von sechs Monaten Sünde und ewigen Qualen, von der Wüste und von Kleidung aus großen Blättern. Es waren die Nonnen des Floriwskyj-Klosters, leidenschaftliche Gläubige, die durch Wände blickten und in die Seelen Sündiger schauen konnten.

Am nächsten Morgen ging Romana nicht zur Arbeit. Bei Tagesanbruch stand sie in der Warteschlange vor der

Marschrutka nach Klawdijewe, auf dem Rücken trug sie einen neuen Tramperrucksack. Der Y-3-Rucksack von Yohji Yamamoto zog ihre Schultern deutlich nach unten, so gewichtig war sein Inhalt: Abgesehen von dem ziemlich schweren Löwenkopf hatte sie aus irgendeinem Grund das alte muffelnde Notizbuch mit den steif gewordenen Seiten eingesteckt. Der Löwe hatte sie mit seinem kläglichen Gesichtsausdruck angefleht, ihn nicht zurückzulassen, jemand sollte an seiner Seite sein; und Romana konnte nicht Nein sagen.

In der leicht frostigen Luft hing bereits der Geruch von in altem, giftigem Öl herausgebackenen Pyrischky. Romana überlegte, ob man ihr nächtliches Abenteuer als Liebschaft bezeichnen konnte. Und ob es sie noch einmal in die Wohnung in der Prytysko-Mykilska-Straße verschlagen würde.

*

Doch auch der Trödel in den Koffern ließ ihr keine Ruhe. Sie wusste genau, dass sie keine Fortsetzung ihres nächtlichen Liebesabenteuers wünschte, dass sie ihren zufälligen Liebhaber nicht wieder treffen wollte, dass nichts an ihm sie anzog, weder der angenehme Klang seiner Stimme noch die Form seiner Augen, seine großen Hände, der verträumte, abwesende Blick, sein hoher Wuchs, die rauen Wangen, sein muskulöser Rücken, sein Hochmut, die Zurückhaltung, sein Geruch, die Unverschämtheit, die plötzliche Milde und Begeisterung, das Gefühl der Komplizenschaft und auch nicht die rätselhafte, aber zweifellos ungesetzliche Erfahrung in der fremden Wohnung.

Romana hatte danach oft Schwierigkeiten einzuschlafen, vor ihren Augen tauchten Porträts entstellter Menschen auf, freiliegende Sehnen und Knorpel, fehlende Verbindungen zwischen Schädelteilen, oder zusätzliche Gewächse, aufgeblähte, blutgefüllte Geschwüre, grau-rosa Gebilde, dreiste Fettgeschwülste, Papillome. Sie konnte das Bild von blassem, zartem Gehirngewebe, das aus der Öffnung eines nackten Schädels hervorschaute, nicht verjagen.

Tagsüber, sobald sich die Gelegenheit bot, stieg sie in den Keller hinab, in die Gewölbe des einstigen Klosters, in die Magazine des Archivs, wo sie sich, beim gleichmäßigen Tropfen des Kondenswassers von den Rohren und beim aufgeregten Rascheln der unsichtbaren Nager, in Bohdans Koffer vertiefte, die zum Bersten voll waren mit Unmengen an Ramsch.

Wieder und wieder blätterte sie die sepiabraunen Fotos von Festessen, Geburtstagen, Begräbnissen und Taufen durch; betrachtete die Ansammlungen von Menschen (Frauen mit Kopftüchern, Männer, die ihre Schirmmützen gegen den Aufschlag ihres Sakkos drückten); versuchte, die Gestalt oder das Phänomen außerhalb des Bildes zu entdecken, auf das die konzentrierten Blicke gerichtet waren; studierte die Menschen mit Körben in den Kirchhöfen, die Menschen an den Eislöchern, im Winter, Tote mit eingefallenen Wangen in Särgen, umgeben von Blumen, verheulte und verschmierte Kinder im Hof oder inmitten von Kürbissen und Gänsen, im Morast, Felder und Berge, Brücken, Kirchturmspitzen, Türme, Mauern, Karyatiden, Treppen, Klöster, Ruinen; betrachtete Menschen, die mit Eimern Wasser von einer Quelle holten, Pferde und Wagen,

Kutscher, einen Priester in seiner Kutte mit Weihrauchfass und zwei Ministranten (Zwillingen), Männer im Wald auf der Jagd, ein Rathaus mit Skulpturen, deformierte Details von Skulpturen, Hügel, den Blick auf eine Stadt, Ruinen, ein Kloster, ein Rathaus, Tauben auf Dächern, Kürbisse auf Balkonen, schmiedeeiserne Kanalgitter, in die der Saft von verfaultem Gemüse rann, einen jüdischen Friedhof, einen christlichen Friedhof, eine Musikschule, eine Schwangerenbetreuung, eine Weide, einen Fluss, eine Garage.

Außer den Fotos gab es Postkarten mit Stadtansichten, auf deren Rückseite die banalsten Begebenheiten des Alltags berichtet wurden: »Uljana ist gesund«, »In diesem Jahr gibt es viele Nüsse«, »Kommt zur Taufe«.

Und zerfledderte Notizbücher, Zettel, von wie Gedärme verhedderten Schnüren zusammengehalten, Listen von Dingen, Gegenständen und Lebensmitteln. Notizen und Aufzeichnungen – mit Daten, Kilometerangaben, irgendwelchen Koordinaten und Wetterbeschreibungen sogar. Manchmal so etwas wie Tagebuchaufzeichnungen, auf die man sich (selbst wenn man die meisten Wörter entziffert hatte) keinen Reim machen konnte.

Gemeinsam mit Sascha Korotulka sortierte sie sorgfältig den Inhalt der Koffer: Sie ordneten ihn nach Gegenständen, sortierten die Fotos, blickten dabei in taube Gesichter, lasen noch einmal die Notizbücher und einzelne Zettel und kamen zu dem Schluss, dass der ganze Plunder keinerlei Wert hatte. Davon setzte Romana auf Bitte von Sascha Korotulka die Direktorin in Form eines dreiseitigen Berichts in Kenntnis. (»Du schreibst besser«, hatte Korotulka gesagt, »ich würde 100 Jahre daran sitzen.«)

»Das wusste ich auch so«, erklärte die Direktorin ungerührt, während sie aus dem Augenwinkel den Metropolitengarten und das Warlaam-Haus betrachtete. Selbst in dieser am wenigsten attraktiven Zeit des Jahres, wenn die Bäume nackt dastanden und aus dem Morast tote Büschel braunen Grases ragten, wenn am Morgen schon der Abend vor den Fenstern lauerte, dunkel und nah am Wasser gebaut, konnte man in den Resten der Blumenbeete und Rasenflächen des Metropolitengartens, auf dessen geheimen Bänken, verdeckt von den herabhängenden Zweigen der Ziersträucher, Ruhe und Schönheit finden.

Romanas Worten zufolge war die Direktorin sehr geneigt, alle vier Koffer unverzüglich zu entsorgen, um die Archivräumlichkeiten damit nicht weiter zu belasten. Die Forscher hatten auch so genug Arbeit und reichlich Materialien zu katalogisieren, Bestandsaufnahmen und Revisionen durchzuführen. Zahlreiche Handschriften wahrlich wichtiger Menschen warteten in den Magazinen darauf, beachtet, aufgearbeitet und besprochen zu werden.

Romana beunruhigte die Entscheidung der Direktorin. Auch sie war der Meinung, dass die Koffer im Archiv fehl am Platz waren, aber der Gedanke, dass all die hunderten dummen Fotos mit den einfachen, naiven Gesichtern, die Postkarten und Notizbücher mit den unleserlichen Krakeln im Gestank und Grauen einer Mülldeponie enden würden, war unerträglich für sie. Irgendwann war all das für jemanden von Bedeutung, vielleicht wertvoll gewesen und hatte allein deswegen ein Recht darauf, gerettet zu werden.

War nicht er, war nicht Bohdan in jener Nacht, als sie zu zweit zwischen den Kartons mit Haushaltsgeräten gesessen hatten, in dieser unüberschaubaren Unordnung, fast ins Stottern gekommen, während er über Bruchstücke und Scherben sprach, über kulturelle Schichten und Horizonte, die Tiefe von Ablagerungen, über Zähne und Wirbelsäulen, Münzen, Knöpfe, Brocken von verkohltem und versteinertem Holz, mikroskopisch kleine Schnipsel verrotteten Stoffs, über den außerordentlichen Wert unnützen Zeugs. Darüber, dass jeder beliebige Gegenstand eine Geschichte erzählte. Dass er, verbunden mit anderen Dingen, die sich im Inneren der Erde abgelagert hatten, die Geschichte von der Erschaffung der Welt erzählen könnte, die Geschichte des Krieges, die Geschichte des Menschen.

Nun blieb Romana nichts anderes übrig, als in die Prytysko-Mykilska-Straße zu gehen und noch einmal nachzufragen. Sie wollte ihn nicht sehen, allein beim Gedanken daran wurden ihre Gliedmaßen eiskalt, die unangenehme Notwendigkeit bereitete ihr Brechreiz. Aber die Geschichte der Erschaffung der Welt war wichtiger als ihre Gefühle, entschied Romana und bat die Direktorin des Archivs, ihr ein wenig Zeit zu geben, um die Angelegenheit der stinkenden Koffer endgültig zu einem Ende zu bringen.

DER PROFESSOR

Es war erst ein paar Minuten nach sieben und doch bereits stockdunkel wie in tiefster Nacht. Romana gelangte in die Kontraktowa-Straße und dort, in einem versteckten Winkel hinter der Eingangstür eines Ladens, hielt sie einige Minuten lang wie erstarrt inne, da sie sich unwohl fühlte und von Vorahnungen geplagt wurde. Die Leute liefen durch die Straßen, grüßten einander, riefen fröhlich, gähnten müde, warfen sich gleichgültige Blicke zu, murrten und explodierten gereizt. Es roch nach heißer Schokolade aus der Konditorei um die Ecke und nach den muffigen Klamotten eines Obdachlosen mit schmutzigen Händen und Füßen, der auf einer Betonbrüstung saß und den Zigarettenstummel von jemandem anderen zu Ende qualmte.

Romana schleppte sich für sie selbst unverständlich langsam vom Ausgang der Metro bis zur Kirche St. Mykola-Prytyska. Gebeugte Frauen schoben sich in Richtung Floriwskyj-Kloster, sie waren eng in schwarze Tücher gehüllt, sodass nur ihre Hakennasen hervorragten. Romana war klar, dass sie nichts von ihr wissen konnten – doch woher kamen diese scharfen Blicke, dieses Geflüster, die Augen, die ihr folgten? Da erspähte sie mit einem Seitenblick, wie eine der Frauen sich bückte und einen Stein aufhob und dann mit schnellen Schritten in Romanas Richtung eilte. Romana stürzte nach vorne und lief durch die sperrangelweit offene Eingangstür.

Sie rannte die Treppe hinauf und merkte zu spät, dass der Pförtner ihr etwas hinterherrief, aber sie konnte nicht stehen bleiben, konnte nicht antworten, konnte sich nicht beruhigen. Sie stürmte fast in die Wohnung: außer Atem, erhitzt, mit zitternden Händen und geweiteten Pupillen. Im bereits bekannten Korridor erstarrte sie und stellte fest, dass auch diese Tür aus irgendeinem Grund offen war. Vor ihr stand ein verdutzter Mann, den Romana zum ersten Mal sah.

Sie blickten sich schweigend durch die Gläser ihrer Brillen an. Romanas Brille war groß und auffällig, das blaue Plastikgestell nahm fast die Hälfte ihres Gesichts ein. Die Brille des Hausherrn war fast unsichtbar, schmal und länglich, die silbernen Bügel glitzerten an den Schläfen zwischen den grauen Strähnen. Romana überlegte, ob der Mann ebenso wie sie glaubte, dass eine Brille helfe, das Verborgene zu sehen. Im nächsten Moment bemerkte sie, dass der Mann Bohdan vage ähnelte, obwohl er nicht so groß und breitschultrig war und sich sein graues Haar auf eine andere Weise strubbelte – so, wie das graue Haar alter Männer in Momenten der Verwirrung eben zerzaust ist. Er war barfuß, hatte eine gestreifte Pyjamahose an und ein Hemd mit Krawatte, aus dessen Manschetten kräftige, gebräunte Handgelenke ragten, auf denen sich dunkles Haar leicht kräuselte. Das war also Bohdans Vater, begriff Romana.

Auch Bohdans Vater hatte sich merklich beruhigt. Die Verwunderung in seinem Gesicht war allmählich einem

Ausdruck des Erstaunens, des Verstehens und schließlich der Erleichterung gewichen. Das schien ihn allerdings nicht fröhlicher zu stimmen: Eine unüberwindliche Traurigkeit bedrückte ihn. Romana erkannte es sofort an den Schatten unter seinen Augen, den herabgezogenen Enden seiner dünnen Lippen, den eingefallenen Wangen. Kein Zweifel: Das war ein Mann, der sich für gewöhnlich jeden Tag sorgfältig rasierte, aber heute hatte er sein Ritual irgendwie ausgelassen, und nun war die unregelmäßige Haut seiner Wangen mit auffälligen grauen Stoppeln überzogen.

Er lächelte angestrengt und streckte seine Hand aus:

»Ich habe Sie heute nicht erwartet«, bemerkte er und drückte für einen kurzen Moment fest Romanas Hand. »Aber gut, dass Sie da sind, denn alleine würde ich damit nicht zurechtkommen.«

»Noch einer, der nicht alleine zurechtkommt«, seufzte Romana innerlich, verstand freilich nicht, worauf Bohdans Vater hinauswollte.

»Können Sie sofort mit der Arbeit beginnen? Hier ist etwas Unvorhergesehenes passiert.« Er nahm Romana sanft am Handgelenk und mit einer schwungvoll musikalischen, dirigentenhaften, obwohl nein, nein, eher chirurgischen Geste zog er sie hinter sich her, vorbei an den Bildern mit verzerrten Gesichtern, die schmerzhaft verkrampft und angeekelt von ihrer eigenen Hässlichkeit waren, ihre Blicke jedoch nicht von Romana abwandten. Der Mann nahm keine Notiz davon, er wollte Romana zeigen, was in den Zimmern seiner Wohnung passiert war.

»Eine Art Naturkatastrophe«, lächelte er bitter und rückte seine Brille mit einer Geste zurecht, die Romana an ihre eigene erinnerte, sie senkte den Kopf zur Brust wie eine traurige Taube, die unter einem Abflussrohr einen Regenguss abwartet.

Romana staunte keineswegs, als sie das Zimmer sah: offene Schränke, herausgezogene Schubladen, Kleiderhaufen, Kisten mit Mixern, Pürierstäben, Kaffeemaschinen, Bügeleisen, Haartrocknern und Grillgeräten. Umgekippte Töpfe mit Ziergras, zerrissene Säcke mit dekorativem Sägemehl, in den Ritzen zwischen den Dielen glitzerten bunte Kunststoffperlen.

»Soll das eine Art Warenlager sein?«, fragte sie, nur um etwas zu sagen. Ihr Atem hatte sich immer noch nicht ganz beruhigt.

Der ältere Mann sah sie erstaunt an:

»Nein, das sind alles unsere Sachen. Sie wurden einfach durcheinandergeworfen«, und seine Augen bekamen einen bittenden Ausdruck: »Können Sie das heute machen? Ich weiß, das war so nicht abgemacht.«

»Aufräumen?«, fragte Romana.

»Nun, ja«, der Mann breitete die Arme aus. Für einen Moment hatte sich ein leicht gereizter Ton in seine Stimme geschlichen, den er jedoch sofort unterdrückte, und er fragte freundlich: »Sie sind doch die Putzfrau, oder?«

Romana nickte. Der Besitzer ergriff ihre Hand etwas zu heftig und drückte sie für einen Moment an seine Brust, um sie dann verlegen und selbst verwirrt von dieser Geste loszulassen.

»Ach, danke, danke! Was würde ich nur ohne Sie machen … Ein mysteriöser Zufall: Sie sollten doch erst in einer Woche kommen, und ich hatte sogar vergessen, dass ich gebeten hatte, eine neue Putzfrau zu suchen. Was für ein glücklicher Zufall!«

Er freute sich und war dennoch traurig.

»Ruhen Sie sich einen Moment aus, Sie schnaufen so. Waren Sie sehr in Eile?«, fragte er vorsichtig. Und unterbrach sich selbst erschrocken: »Oder müssen Sie schon wieder weg?«

Romana versicherte mit einer erstaunlichen Ruhe, die sie plötzlich beim Einatmen durchströmte und sich in ihrer Lunge breitmachte:

»Nein, ich habe es nicht eilig. Wie gesagt, ich räume auf.«

Und sofort machte sie sich vor den Augen des Mannes an die Arbeit. Sie erinnerte sich noch gut, wo all diese Gegenstände zuvor gelegen hatten und in welche Schublade sie gehörten – Damenunterwäsche, Herrenunterwäsche, in welchen Schrank die Küchenutensilien und in welchen die Sportsachen gehörten.

Doch der Mann wurde wieder unruhig:

»Ich habe Sie doch nicht beleidigt?«, und dabei blickte er in das Gesicht der eifrig aufräumenden Romana. »Wie heißen Sie eigentlich? Wie ist Ihr Name?«

»Romana«, dabei lächelte sie, um zu zeigen, dass sie nicht beleidigt war.

»Krywodjak«, der Mann streckte erneut seine Hand aus, und Romana schüttelte sie und sah ihm in die Augen. »Professor Krywodjak, plastischer Chirurg«, fügte er hinzu, ohne auf die Idee zu kommen, seinen Vornamen zu nennen.

Ja, er und Bohdan waren sich in mancher Hinsicht ziemlich ähnlich, und doch waren sie auch sehr verschieden, aber Romana begriff nicht, worin genau der Unterschied lag. Das Timbre ihrer Stimmen hatte einen anderen Klang, sie intonierten die Worte anders, hatten verschiedene Augenfarben, Nasenformen, unterschiedlich geschwungene Augenbrauen, das Oval ihrer Gesichter war anders geformt, ihr Körperbau, ganz zu schweigen von Alter und Größe, und doch konnte Romana nicht umhin, ein anhaltendes, nicht ganz unangenehmes Gefühl zu verspüren, das sich langsam in ihrem Inneren ausbreitete und sie gleichzeitig ein wenig schmerzte und ihr schmeichelte: Ja, dieser Mann erinnerte sie sehr an Bohdan.

*

»Das ist die Polizei, keine Angst«, bemerkte der Mann in Romanas Richtung und eilte den Besuchern entgegen, wobei er barfuß über die Dielen patschte.

Inmitten der Wolkenkratzer aus Pappkartons, den glänzenden Schlauch des Staubsaugers wie eine Würgeschlange um sich gewunden und mit beiden Händen das kalte Metall zweier Hanteln umklammernd, lauschte Romana, was im Vorzimmer vor sich ging. Sie hörte eine unzufriedene Frauenstimme, die sich für die Bilder an den Wänden interessierte. Der Hausherr, Bohdans Vater, erklärte etwas. Er sagte, er sei plastischer Chirurg, und dies seine ehemaligen Patienten.

»Grässlich«, entgegnete daraufhin eine im Timbre höhere Stimme, die Romana eindeutig einem Mann zuordnen konnte.

Romana stellte sich vor, wie der Hausherr daraufhin in seinem hellblauen Hemd mit den Schultern zuckte, wobei die Krawatte lustig in die Höhe hüpfte. Die Frau forderte ihn zu einer Aussage auf. Romana hörte Schritte, die sich durch den Korridor näherten. Sie trug irgendwelches schweres Schuhwerk, Schnürstiefel, die bis zur Mitte der Wade reichten und dicke Sohlen hatten. Von den Sohlen lösten sich Schlammbrocken, unförmige grobe Stücke, und markierten einen unregelmäßigen Pfad. Der Gummizug der Pyjamahose wurde von nervösen Händen hochgezogen und schnalzte mit einem festlichen Klatschen gegen den unteren Rücken des Hausherrn. Er sagte: »Ich möchte meinen Anruf zurücknehmen. Es gibt kein Problem.«

Romana bemerkte, dass die Frau auf halbem Weg stehen blieb und sich scharf zum Hausherrn umwandte. Der Holster mit Pistole und Schlagstock schlug beim Gehen rhythmisch gegen ihre mächtigen Oberschenkel. Romana vermutete, dass das Gesicht der Frau nun vor Überraschung verzerrt war und sie die Augenbrauen runzelte. Mit ihrer tiefen Altstimme empörte sie sich, dass sich hier nichts zurücknehmen ließ, denn der Professor hatte einen Einbruch angezeigt, und jetzt waren sie, die Polizei, hier und konnten so eine Anzeige nicht einfach rückgängig machen. Und ganz allgemein: Er sehe doch, was hier passiert ist, er solle mal die Augen aufmachen.

Schließlich erschien sie auf der Schwelle des Zimmers, wo Romana inmitten von Wertgegenständen auf dem Boden erstarrt war. Das dunkle Haar der Polizistin war am Hinterkopf zu einem Pferdeschwanz zusammengebunden, die Wimperntusche unter ihren Augen bröselte nach einem anstrengenden Arbeitstag ab. Die Frau sah Romana misstrauisch an, ging auf sie zu, baute sich über ihr auf:

eine echte Riesin. Romana hob den Kopf und spürte das Pendeln eines Gummiknüppels neben ihrer Wange.

»Wer zum Teufel ist das? Warum ist sie am Tatort?«, fragte die Polizistin den Mann mit den wirren Haaren und der Pyjamahose, der gerade schmerzhaft mit dem Fuß gegen ein Hoverboard gestoßen war und laut ächzte. »Sie haben Ihre Schuhe nicht ausgezogen«, ermahnte Romana die Polizistin und hörte ihre eigene Stimme wie neben sich. »Schauen Sie sich den Dreck an, den Sie hier hereingetragen haben. Wer, glauben Sie bitte, soll das wegputzen?«

Diese Worte wirkten magisch auf die Polizistin. Der Hausherr brauchte nicht einmal zu erklären, dass Romana die neue Putzfrau sei, die ihm in dem ganzen Durcheinander helfe, denn alleine würde er es nicht schaffen. Die Polizistin kehrte auf Zehenspitzen zurück zur Tür. »Warum«, begann sie nun den Professor zu rügen, aber auf eine fast nette, mütterliche Art, »warum haben Sie uns gerufen und widerrufen das jetzt? Lassen Sie uns wenigstens das Überwachungsvideo ansehen, dort kann man die Einbrecher sehen.«

»Nein. Nein, nein«, entgegnete der Professor ebenso sanft, »verschwenden Sie keine Zeit, es lohnt sich nicht, ich weiß schon, wer das hier angerichtet hat, und ich habe nicht die Kraft, mir zum wiederholten Mal ins eigene Fleisch zu schneiden, zumal nichts verschwunden ist und man es nicht mal als Einbruch bezeichnen kann.« Der Partner der Polizistin, der den Stimmungsumschwung sofort bemerkt hatte, mischte sich ebenso freundlich ins Gespräch, um zu fragen, wer denn der Täter und Verursacher dieses furchtbaren Chaos sei.

Der Professor zögerte einen Moment. Er wollte offensichtlich nicht antworten. Scham und Trauer kehrten sein Inneres nach außen, und Romana konnte es sogar durch die dicken Mauern der Wohnung aus der Zarenzeit spüren, es quälte sie selbst schon eine Zeitlang, zweifellos, aber schließlich fühlte sich der Besitzer der Wohnung der Polizei verpflichtet und musste daher wenigstens deren Neugierde befriedigen.

»Das war mein Sohn«, murmelte er mit gesenktem Kopf. Dann richtete er sich plötzlich auf und überraschte die Gesprächspartner mit einer aufblitzenden Wut, die sich deutlich in seinem Gesicht spiegelte: Seine funkelnden Augen öffneten sich weit, seine gesamte Kinnpartie spannte sich an und seine Lippen verzogen sich zu einer zornigen Grimasse. »Das war mein vierzigjähriger Sohn, der nicht erwachsen werden will. Glauben Sie mir, das ist nicht das erste Mal, dass er so was macht!«

Romana hörte weiter zu, als der Professor den Polizisten einige seiner Lebensumstände erläuterte, und die Umstände seines Anrufs bei der Polizei nahmen menschliche, fast intime Züge an. »Meine Frau hat im letzten Stadium Krebs«, sagte der Professor und schenkte seinen Gästen Tee ein. Romana hörte deutlich das helle Plätschern, denn der Professor hatte die besondere Angewohnheit, mit der Teekanne von hoch oben, fast von der Höhe seines eigenen Kopfes aus, einzugießen. Seine Frau verlasse die Klinik nie, weshalb er, ihr Ehemann, die ganze Zeit in ihrer Nähe sein müsse. Er habe sich um die besten Spezialisten gekümmert, er sei selbst Chirurg und kenne jeden in der Welt der Medizin.

Nur, so bat er, sollten sie nicht denken, dass davon das Leben seiner Frau abhinge, die Polizisten sollten nicht glauben, dass er eine Art Held, Heiliger oder Märtyrer sei, denn seine Hingabe und seine Aufopferung folgten rein praktischen Erwägungen. Er sei Arzt, er müsse zusehen, wie die flüssige Chemie Tropfen für Tropfen durch die durchsichtigen Schläuche gleite, die sich um den vergilbten Körper seiner Frau schlängelten, wie die Flüssigkeit durch die Nadeln in die Venen mit ihren Wänden, so brüchig wie Gips, dringe, so dass das Blut das Gift durch den Körper transportieren und es in jede Zelle tragen könne, von denen viele zerstört werden müssten. Infolge dieser Prozedur sterbe die überwiegende Mehrheit der intakten Zellen ab, aber man hoffe eben, dass wie durch ein Wunder einige lebensfähig, ja sogar vital blieben, und dass es noch eine Chance gäbe, egal, was all die Onkogastroenterologen, Onkogynäkologen, Onkoneurochirurgen sagten. Der Professor erzählte (und die Polizisten schlürften inzwischen ihren Tee, auch wenn er noch sehr heiß war, so stark war die Wirkung des Mitgefühls auf sie), es gäbe überzeugende Gründe, warum er ihr Bett, ihren Körper in diesem letzten Jahr nicht verlassen habe. In gewissem Sinne (und damit meinte er keine Metaphysik oder magische Zufälle, sondern nur Physik, Logik, Ursache und Wirkung) war das, was mit seiner Frau geschah, seine Schuld, doch er könne ihr nicht helfen. Er könne nur an ihrer Seite sitzen und jeden Tropfen Asparaginase mit den Blicken begleiten, mit seinen Pupillen durch die Windungen des Systems leiten und dann in den Körper seiner Frau entlassen, wo die Tropfen frei schwimmen konnten, so wie eine Delfinmutter ihr Delfinkind auf immer ins Meer entlässt.

Nach dieser ausdrucksstarken Metapher, die sich auch auf seinen Sohn bezog, schwieg der Professor einige Zeit. Obwohl Romana fortfuhr, konzentriert und zielstrebig Perlenknöpfe, Perlen und venezianische Glasperlen in die sinnlos aufgerissenen Tüten zu stecken, wusste sie intuitiv, dass er in diesem Moment vornübergebeugt dasaß, die Ellenbogen auf den Küchentisch gestützt und die Stirn in die Hände gelegt. Sein Hals war faltig, rau, drahtige graue Haare stachen aus seinen Ohren. Ein Tropfen hing an seiner Nasenspitze, doch der Professor bemerkte ihn rechtzeitig und wischte ihn weg.

»Mein Sohn ist mir spinnefeind«, murmelte der Professor stumpf, ohne den Kopf zu heben oder zu merken, wie lange er bereits so dagesessen hatte: Inzwischen hatten die beiden Polizisten ihren Tee ausgetrunken, sich bei Romana für den verschmutzten Boden entschuldigt, sich bedankt und verabschiedet. Sie hatten beschlossen, nicht auf einen Abschiedsgruß des Professors zu warten.

»Haben Sie eine Ahnung, wie es ist«, brummelte er in der Dunkelheit in seinen Krawattenknoten hinein, »eine ganze Woche am Krankenbett seiner Frau zu verbringen, die mittlerweile fast wie eine vertrocknete Grille oder eine skythische Mumie aus dem vierten Jahrhundert vor Christus aussieht. Genau solche hat mein Sohn zu Dutzenden bei seinen archäologischen Ausgrabungen gefunden, und jetzt will er seine eigene Mutter nicht besuchen, solange sie noch im Krankenhaus und nicht in einem Grabhügel liegt. Und wie es ist, wenn man merkt, dass man nicht mehr helfen kann, und dann in eine leere Wohnung zurückkehrt, um wenigstens in einem normalen Bett zu schlafen, und die Wohnung stattdessen in einem totalen Durcheinander vorfindet, das gleiche Chaos wie im eigenen Inneren. Und dann noch diese Notiz über seine Meldung zu einem Freiwilligenbataillon, wo er nützlicher sein wird als irgendwo anders. Mein Sohn rächt sich an mir, und seine Wut ist zum Teil sogar berechtigt«, flüsterte der Professor. Die Manschetten seines Hemds waren aufgeknöpft, seine teure Armbanduhr zeigte ein Uhr nachts.

»Aber den Großteil dieser schrecklich dummen Wut«, sagte der Professor, »wenn man sie überhaupt messen und definieren kann, habe nicht ich verschuldet, und das kann mein Sohn einfach nicht verstehen. Eine Person kann nicht den Zorn von mehreren Generationen auf sich nehmen. Das ist mir zu viel, viel zu viel.«

Er hob seinen Blick und die geröteten Augen mit den geplatzten Äderchen sahen Romana an. Sie stand in der Tür, seitlich an den Türrahmen gelehnt, mit einem ausgewrungenen Lappen in der Hand. Romana bemerkte plötzlich, wie anmutig und harmonisch die Falten im Gesicht des Professors waren: als ob ein pedantischer Zeichner seine scharfe Feder in schwarze Tinte getaucht und in feinsten Linien von den Augenwinkeln ausstrahlend gezeichnet habe, zwei Ausrufezeichen über dem Nasenrücken, akzentuiert durch eine kurze Querfalte, saubere Halbbögen über jeder Augenbraue, die schließlich ineinander übergingen wie Wellen auf der Oberfläche eines sich leicht kräuselnden Sees.

»Oh, ich habe Sie ganz vergessen«, stieß der Mann hervor. »Es tut mir leid, es war einfach zu viel. Sie hätten nicht bis jetzt arbeiten sollen.«

»Kein Problem«, lächelte Romana ihn aufmunternd an. Sie schwieg und richtete einen fragenden Blick auf den Professor. Dabei wippte sie vor und zurück, schob die Brille hoch, die ihr auf die Nase gerutscht war, und überlegte, wie sie dem Hausherrn zu verstehen geben könnte, dass sie hier übernachten würde, dass sie jetzt nicht mehr hinausgehen wollte, da die Marschrutkas schon lange nicht mehr fuhren, und für ein Taxi bis nach Poroskoten und darüber hinaus bis zur Datschensiedlung »Nahe Gärten« hatte sie kein Geld, auch gab es keine Notwendigkeit für sie, nach Hause zu fahren. Dort wartete außer Mäusen und Motten niemand auf sie.

Inzwischen war der Professor aufgestanden und begann, etwas in einer Schublade mit Medikamenten zu suchen. Er drehte die Pillengläser um, schaute in die Verpackungen, fingerte eine Packungsbeilage heraus, um sie sofort wieder wegzulegen, und murmelte angewidert etwas vor sich hin. Schließlich nahm er zwei kleine weiße Tabletten und schluckte sie mit dem Rest des viel zu starken Tees aus dem Kännchen mit dem Teesud.

»Entschuldigen Sie mich«, sagte er zu Romana und verbeugte sich plötzlich, »ich muss mich hinlegen. Es war zu viel heute.«

Er entfernte sich durch den Korridor unter den Blicken seiner ehemaligen Patienten, deren Bilder an den Wänden hingen: eine Frau ohne Haut, ihre Knochen und Gesichtsmuskeln lagen vollständig frei, ein Mann mit einem Wolfsrachen, ein Mädchen mit einer Hasenscharte, ein Wesen unbestimmten Geschlechts (Romana erfuhr bald darauf vom Professor, dass es sich um eine Frau handelte) mit einer Lippen-Kiefer-Gaumenspalte, einer abgeflachten Nase und einem mongoloiden Augenschlitz (Romana erfuhr später, dass dieser Geburtsfehler prämaxillare Agenesie genannt wird). Der Professor verschwand ins Schlafzimmer, aber seine Stimme hallte noch eine Zeit lang dumpf durch die Wände wie das Wasserrauschen in den Rohren. Romana erinnerte sich, dass sich in seinem Zimmer ein Schrankbett befand, und wenn es von der Wand geklappt wurde, gab es den Blick auf Regale mit altem Krimskrams frei – Ikonen, Geld, Steinsplitter.

Sie vermied es, in die aufdringlichen, unangenehmen Gesichter der Patienten des Professors zu schauen, öffnete eine Tür und fand schließlich ein nettes Zimmer für sich.

Es ähnelte einem Musikstudio: Die Wände waren mit Kork überzogen, es gab einen Verstärker, Lautsprecher, Keyboards und Gitarren, von denen sich Drähte wie Efeu wanden. An den Wänden erblickte Romana gut gelungene, verschwommen gemalte Landschaften mit laubbedeckten Alleen, Pavillons und langen Schatten, schimmerndem Mondlicht auf einem fast ausgetrockneten See. Im Rahmen eines der Bilder steckte ein Hochglanzfoto: auffallend breite Lippen, die Mundwinkel unnatürlich weit auseinander liegend. Alles andere an der Frau wirkte eher fein und zerbrechlich. Sie war umgeben von Grundschülern, unter denen sie durch ihre geringe Größe nicht besonders auffiel. Romana vermutete, dass es sich um Bohdans Mutter handelte, eine Musiklehrerin. Sie betrachtete das Foto einige Minuten lang und versuchte, sich die Krankheit der Frau vorzustellen. Nachdem sie Trommel, Pauke und Bongos zur Seite geräumt hatte, rollte sie sich auf dem schmalen Sofa an der Wand zusammen. Sie schlang die Arme um ihren Rucksack, in dem sich der Teil eines steinernen Löwenkopfes mit den wie betend gefalteten Pfoten und ein in Leder gebundenes Notizbuch befanden. Diese Dinge hatte sie sowohl Bohdan als auch seinem Vater, dem Professor für plastische Chirurgie, geklaut.

*

Früh morgens sammelte Romana Nüsse vom gefrorenen Boden auf. Sie widerstand der Versuchung, in die warme Weiche des ungemachten Bettes, in die muffige Düsternis ihres geheimen Lochs zurückzukehren, und tastete in der Dunkelheit nach den harten Früchten, die von einer angefaulten, faltigen Kruste überzogen waren. Abgestorbene Grashalme, zu frostigen Zacken gefroren, leuchteten in Neonfarben. Sie verflochten sich zu einem steinharten Filz. Der Raureif glitt durch Romanas aufmerksame Finger und kroch wie ein flinkes Tier über ihre Hände. Eisige Kugeln füllten mit einem gedämpften Klappern ihren Rucksack.

Später verbrachte Romana den Tag in der dämmrigen Feuchtigkeit des Archivs. Sie würde in einen scheintoten Zustand fallen, eingewickelt in den Falten ihres Angorapullovers, hypnotisiert von den gespenstischen Mustern, die in der Luft der Gewölbe und Gänge hingen und sich in den düsteren Spiegeln und ungewaschenen Fenstern abzeichneten. Nanotropfen hingen in der Luft, Sporen, eine jahrtausendealte Suspension aus Feuchtigkeit und unterirdischen Dämpfen, die unter dem Druck der Zeit und der unvermeidlichen klimatischen Schwankungen aus dem alten Stein des Gebäudes herausgepresst wurden.

Am Ende ihres Arbeitstages ging Romana den Andrijijwskij Uswis hinunter und bog links in die Wosdwyschenska-Straße ab. Unerwartet tauchte der Professor vor ihr auf: im grauen Mantel, mit eleganten Schuhen, die sich katastrophal mit feuchtem Straßendreck vollsaugten. Romana erkannte ihn nicht sofort, doch sie spürte, dass ihr ein Mann den Rucksack von den Schultern nahm. Nachdem sie bemerkte, dass es der Professor war, wurde sie nervös: Unten im Rucksack, unter den Nüssen, befand sich immer noch das Stück Löwenkopf und das Notizbuch. Vom Gewicht des Rucksacks überrascht, schnaubte der Professor dichten Dampf aus. »Das sind Nüsse«, erklärte Romana. »Dieses Jahr gibt's viele Walnüsse, ich habe Ihnen welche mitgebracht.«

»Walnüsse ähneln dem menschlichen Gehirn«, bemerkte der Professor. »Sie wissen schon, dass Sie nicht mehr als fünf Walnussviertel pro Tag essen dürfen?«

»Das glaube ich nicht«, sagte Romana. »Das gleiche sagt man von Eiern«, fuhr sie fort. »Angeblich heißt es, ein Mensch darf nicht mehr als ein Ei pro Tag essen. Das ist doch Unsinn!«

»Eier enthalten Cholesterin«, sagte der Professor ernst. »In meinem Alter muss man auf Cholesterin achten.«

»Und doch ist es Unsinn«, unterbrach ihn Romana wieder (es machte ihr Spaß, an der Seite eines ergrauten, intelligenten Mannes zu gehen, sie blickte auf die Manschettenknöpfe, die aus den Mantelärmeln herausblitzten, auf seine Hände, mit denen er im Licht der Schaufenster und Bürofassaden gestikulierte, auf sein trauriges, müdes Profil, auf die schlaffe Haut an seinem Hals, der aus dem

Mantelkragen ragte). »Ich bin sicher, man kann fünf oder sechs Eier am Tag essen und nichts passiert. Wussten Sie, dass ein Hühnerei fünf Wachteleiern entspricht?«

Nein, das hatte der Professor nicht gewusst. Er verfiel in melancholische Gedanken und sah sich zerstreut um. »Wissen Sie«, begann er wie mit abwesender Stimme, »dieser Teil von Kyjiw macht mir ein wenig Angst. Es ist ein unangenehmer Ort. Ich versuche, ihn zu meiden. Nur heute hat es mich aus irgendeinem Grund hierher verschlagen.«

Er erklärte, sein Sohn habe das Auto mitgenommen. »Ja, ich selbst habe ihm erlaubt, es mitzunehmen. Und unser alter Volvo ist mal wieder in der Werkstatt: Er gehört meiner Frau, ich habe schon lange diese unerklärliche Verbindung zwischen den beiden bemerkt, aber den mir nahestehenden Menschen, ich meine Krankenschwestern und Assistenten, davon zu erzählen, ist mir irgendwie peinlich. Denn es klingt absurd«, der Blick des Professors glitt an Romanas Wange herab, »dass es eine Art Beziehung zwischen einem mechanischen Gegenstand und einem Menschen geben kann, eine Anziehungskraft. Ein Schuldgefühl lässt mich in dem Auto nicht richtig atmen, ich kriege einfach keine Luft, ich öffne das Handschuhfach – und da sind ihre Nagelfeile, ihre Handcreme, zusammengerollte Notenblätter. In den Ritzen der Sitze – Parfümproben, Lippenstifte, Konzertprogramme. Einmal fand ich eine Maultrommel unter der Gummimatte«, die Stimme des Professors wurde kleinlaut, »aber das Schlimmste ist der Geruch. Das ganze Auto riecht nach meiner Frau, ihrer Haut, ihrer Unterwäsche, ihrer Kleidung, ihren Haaren, ihrer Müdigkeit, ihrer Wut, ihrem Groll. Ich bücke mich, um etwas aufzuheben und ihr morgendlicher Geruch (Sie wissen schon, der nicht besonders angenehme) schlägt mir entgegen. Ich öffne den Kofferraum, und ein Schwall ihrer Badekosmetik steigt mir in die Nase. Einmal träumte ich, dass das Auto mit ihrer Stimme sprach, und da wurde mir klar, dass sie, also meine Frau, gestorben war. Ich habe ihr nicht von diesem Traum erzählt, denn sie ist sehr empfindlich bei solchen Sachen.«

»Ich glaube, es gibt so einen amerikanischen Film«, begann Romana vorsichtig, um an ihre Anwesenheit zu erinnern. Der Professor schaute sie missmutig an. »Vielleicht. Ich habe keine Zeit für Filme. Vor zwanzig Jahren habe ich alle von Fellini, Bergman, Antonioni gesehen. Aber das ist nicht, was ich meine. Ich will sagen, dass diese Hügel, diese neuen Gebäude, in mir eine gereizte Stimmung aufkommen lassen, Unruhe, Nervosität. Diese Gebäude sehen aus wie hohle Kulissen, wie Pappschachteln mit Baisers. Nein, nicht einmal mit Baisers und auch nicht mit Eclairs – das würde ich noch akzeptieren. Fällt Ihnen denn nicht auf, wie tot sie sind, wie menschenverachtend? Wenn ich hier bin, werde ich das Gefühl nicht los, dass ich nicht richtig lebe.«

Der Arbeitstag war zu Ende und die Büros leerten sich. Helle Straßenlaternen beleuchteten die engen Gassen, die von glatten Fliesen und sauberem Kopfsteinpflaster gesäumt waren, gleichförmige Spielzeugfassaden, deren blinde Fenster die hoffnungslose und bedrohliche Leere verrieten, die dahinter lauerte. »Hatten Sie als Kind je das Gefühl, dass Sie ganz genau wussten, wenn Sie sich jetzt umdrehen, wird der Teil der Welt hinter Ihnen verschwinden, sich in der Dunkelheit auflösen?«, fragte der Professor. »Alles, was man sieht, existiert nur so lange, wie man hinschaut.«

»Bei mir ist es immer noch so«, antwortete Romana.

»Dann können Sie mich verstehen. Dieser Ort verrät am offensichtlichsten eine solche Ordnung der Dinge.«

Er blickte sich wütend um und warf angewiderte Blicke auf die Schilder der Cafés, auf die Läden, die Bioprodukte verkauften, auf die schmiedeeisernen schwarzen Figuren, die die Gitter an den Fenstern einer Galerie schmückten. Außer ihnen war keine einzige lebende Seele zu sehen. Seit einer Weile waren sie niemandem mehr begegnet. Die Stimme des Professors hallte von den Gipskartonwänden wider, kam zurück, getragen vom scharfen Wind, der aus den Toren strömte, den plötzlich geöffneten, stinkenden Abwasserkanälen, die säuerliche Fäulnis atmeten. Der Ort hatte einen Atem, der sich weder durch Desinfektion noch durch die Verlegung neuer Abwasserrohre verschleiern ließ: Uterussäfte blubberten, jahrtausendealte Hefe fermentierte, Kompost aus den halbverdauten Resten im Bauch der Kyjiwer Hügel brodelte.

Der Professor berührte Romana leicht an der Schulter. »Kommen Sie mit«, sagte er und führte sie durch Innenhöfe, wo ihre Schritte besonders laut widerhallten. Sie kletterten über einen Haufen zerbrochener Ziegel und Glas, der Professor verhedderte sich mit einem Fuß in einem Stück Maschendraht, wie ein Vogel, der sich in einer Schlinge verfangen hat, und Romana, die vor dem Ammoniakgeruch zurückschreckte, half ihm, den Fuß freizubekommen. Schließlich standen sie vor der Mauer eines zerstörten Hauses. Die Wand war das Einzige, was von dem Gebäude geblieben war: wie die Rippen eines ausgegrabenen fossilen Lebewesens mit Resten zerfetzter Haut. Dahinter trat die innere Konstruktion hervor, überkreuzte Balken und einige mit Gips verputzte Stücke. An der gezackten Kante, dort, wo ein zerbrochener Fensterrahmen war, sah man Schichten vergangener Epochen: Tapetenfragmente, Spuren von Isoliermaterial, Flecken von altem Wandputz. Romana strömte ein Geruch von alten Knochen, Schwefel und einem verrotteten Sarg entgegen. »Man kann die Zeit an diesen Dingen ablesen wie an den Ringen eines Baumes«, sagte der Professor und berührte mit den Fingern die Strohhalme, die aus dem feuchten Lehm des verfaulenden Fundaments ragten. »Das hat mein Sohn gesagt, er hat mir diese Ruine gezeigt«, fügte der Professor hinzu.

Sie brauchten viel länger, um aus diesem Hof herauszukommen, als sie hinein benötigt hatten. Sie stolperten über Trümmer und rutschten aus. Vor den Füßen des Professors sprang plötzlich ein schwarzes Tier hervor und wirbelte mit unangenehmen Geräuschen um die ungebetenen Gäste herum. Der Professor strauchelte und stützte sich an Romanas Schulter ab. »Es tut mir leid«, sagte er und räusperte sich. »Ich habe nicht gleich erkannt, dass es eine Ratte war.«

Der Professor fuhr fort: »Stellen Sie sich diesen Ort einmal vor fünfzig Jahren vor, ich erinnere mich, wie er in den siebziger Jahren ausgesehen hat. Alte, ein- und zweigeschossige kleine Holzhäuser standen hier. Sie hatten keine echten Winkel und geraden Linien. Wenn Sie einen

Moment stehenbleiben und genau hinsehen, können Sie an den verrußten Holzwänden und den schiefen Fensterläden noch erkennen, dass sie sich unaufhörlich bewegten. Ja, diese Häuser bewegten sich, sie krochen. Sie rutschten mitten auf der Straße ineinander und glitten die Hügel hinab in die Mulden. Man konnte am Anfang der Dehtjarna-Straße einschlafen und mitten auf der Koschumjatsa-Straße aufwachen, umgeben von neuen Nachbarn, und sich selbst nicht wiedererkennen. Die Decken fielen den Bewohnern auf den Kopf, der Boden rutschte ihnen unter den Füßen weg. Als die Menschen von hier vertrieben worden waren, herrschte Leere. Die Türen der leeren Häuser klapperten, Grundwasser überflutete die Räume. Und dann noch die Brände: Die Häuser fingen eines nach dem anderen Feuer, ganze Straßen brannten ab. Nach den Bränden wurde hier alles schwarz-weiß und man ging inmitten von Kohlezeichnungen.«

»Wissen Sie«, begann Romana, »als Kind war ich mir sicher, dass in der Vergangenheit, bevor ich geboren wurde, die Welt schwarz-weiß war. Erst im Laufe der Zeit wurde sie immer farbiger.«

Der Professor sah sich skeptisch um: »Das sollen Farben sein? Das sind Kulissen eines schrecklichen Traums«, entgegnete er. »Wenn ich mich an meine Kindheit erinnere, da habe ich Träume gehabt, in denen ich unendlich lange, eine Ewigkeit, durch vertraute Straßen irrte. In einer dieser Straßen war das Haus, in dem ich geboren wurde und mit meiner Mutter, meiner Großmutter und den Schwestern meiner Mutter lebte, ich war von Frauen umgeben. Ich bin in diesen Straßen aufgewachsen, die sich in meiner Großhirnrinde festgesetzt haben. Aber in den Träumen waren die vertrauten Straßen entfremdet. Sie waren mir vertraut, aber ich fühlte einen unwiderruflichen Verlust. Ich habe mein Zuhause nie gefunden. Und wenn doch, wenn ich die Treppen zur Tür hinaufstieg, wenn ich sie öffnete, traf ich dort auf Fremde, die mich nicht kannten. In anderen Versionen des Traums kam mir meine Mutter oder eine ihrer Schwestern entgegen. Sie sahen äußerlich entstellt aus, wie streitsüchtige Schreckschrauben, sie erkannten mich nicht und jagten mich fort.«

»Ich hatte auch solche Träume«, erwiderte Romana, aber der Professor schien sie nicht zu hören, er war zu sehr in seine eigenen Erinnerungen vertieft. Romana sah sein Spiegelbild in den Schaufenstern zerfließen.

»Schauen Sie, was sind das für Turmspitzen?« Er reckte verzweifelt beide Handflächen in die Höhe. Romana blickte zu den Turmspitzen empor, zu den Türmen mit den filigranen Verzierungen vor dem Hintergrund des finsteren Himmels, auf dem Wolken wie Flecken prangten. »In dieser Stadt wurden nie solche Turmspitzen entworfen. Der Bauplan für dieses Gebäude wurde von einer kleinen holländischen Stadt kopiert. Und dieses Gebäude an der Ecke hat sein genaues Spiegelbild im nächsten Block. Es ist, als renne man von Spiegel zu Spiegel und nie kann man ganz sicher sein, ob man je wieder in eine vertraute Dimension zurückkehrt.«

»Was erschreckt Sie dabei so?«, fragte Romana. Der Professor krümmte sich, schlug den Kragen seines Mantels hoch und versuchte, sich vor dem Wind zu schützen. »Ich habe doch gesagt, dass mich diese Häuser an einen schrecklichen Traum erinnern. Es ist, als ob ich mich gleichzeitig an zwei Orten befinde, an denen ich noch nie war, die aber Spuren meiner Schuld und der Schuld meiner Familie tragen. Unterschiedliche Zeiten und Orte schichten sich über- und ineinander wie die Ablagerungen auf der zerstörten Mauer, die wir gerade gesehen haben. Die Straßen und Hügel meiner Heimatstadt in Galizien kreuzen sich plötzlich mit den Straßen und Hügeln von Kyjiw, wie detaillierte Karten, die übereinandergelegt werden, Satellitenbilder von Landschaften. Die Zeit läuft rückwärts, weit, weit zurück, dorthin, wo meine physische Existenz noch nicht (wirklich) vorhergesehen, nicht vermutet wurde, und trotzdem werde ich das Gefühl nicht los, ich kann es nicht rationalisieren, dass mein Gedächtnis, das doch eine Funktion meines physiologischen Gehirns sein sollte, bis dorthin reicht.« Der Professor verstummte, dann fuhr er zögernd fort: »Oder vielmehr kommt es, mein Gedächtnis, von dort, irgendwo dort hat es seinen Ursprung, dort schlägt es Wurzeln, und erst später, im Laufe der Jahrhunderte und Jahrzehnte, nimmt es einen physischen Körper an. Und so bin ich anscheinend aus dem Gedächtnis entstanden und nicht aus einer befruchteten Eizelle«, endete der Professor überraschend.

»Wie kann ich mich an Häuser mit niedrigen Decken erinnern, in deren beengten Räumen ich den Kopf einziehen muss? Warum sehe ich die rituelle Tötung eines Tieres so klar und deutlich vor meinem geistigen Auge, sehe, wie ein hinkender Mann mit durchdringend schwarzen Augen, der einer Kuh beruhigende Worte ins Ohr flüstert, geschickt eine vierkantige Klinge in ihre weiche Kehle sticht? Warum muss ich das Häuten der muskulösen

Körper der Tiere bis ins Detail sehen, hören, wie das Gewebe reißt, sich nicht lösen will von Sehnen, Knochen, Fleisch? Pfützen aus fauligem Blut, in denen schmuddelige Kinder mit bloßen Füßen herumspritzen. Fässer mit Hering und Sauerkraut. Der feine, erdige Geruch von Lehm und Händen, die ihn kneten, wie Teig, der sich langsam in einen Körper verwandelt. Ein mit feinen Mustern verzierter Bronzekelch, gefüllt mit Wein, der jeden Samstag für ein Ritual verwendet wird. Die Bärte von Wasserträgern, Kerzen in einem siebenarmigen Leuchter, durchscheinende, knusprige Brotscheiben. Ich höre mir fremde Sprachen und doch kann ich unterscheiden, in welcher von ihnen gebetet und endlos vorgelesen wird, in welcher die Menschen diskutieren, und in welcher sie fluchen, heulen und verzweifeln und in welcher sie ohne Hoffnung auf Rettung wimmern.

Romana merkte, dass der Weg mit dem Professor drei- oder viermal länger war als sonst. Er führte sie durch die Abenddämmerung, die unbeirrbar in die Nacht floss, durch den Gestank der Mülltonnen am Getreidemarkt. »Ich weiß nicht, ob ich heute noch Zeit zum Aufräumen habe«, sagte Romana. »Ist schon gut«, antwortete der Professor, »Sie brauchen heute nicht aufzuräumen.«

Seltsamerweise gab es unter all den Küchengeräten in der Wohnung keinen einzigen Nussknacker.

*

Eines Tages sagte ihr der Professor schließlich, dass sie zu oft käme, um zu putzen. Sie hatten nur einmal in der Woche vereinbart, und er habe die Ehre, Romana an drei oder sogar vier von sieben Tagen zu sehen. »Sie stören mich natürlich nicht, in gewissem Sinn ist es sogar angenehm, eine lebendige Seele in diesem leeren Haus vorzufinden, wenn ich von meiner Frau zurückkomme und jedes Mal denke, dass ich mich auf immer von ihr verabschiedet habe«, sagte er und stellte seine Lederaktentasche auf den Boden, dann wickelte er seinen Schal in einer kreisenden Bewegung ab.

Es war an diesem Abend, dass der Professor Romana dabei ertappte, wie sie sich Fotos und Krankenakten seiner Patienten ansah. Sie hatte die Zeit aus den Augen verloren, nachdem sie im Büro des Professors den Inhalt mehrerer Heftmappen aus einer Schublade auf dem Teppich ausgekippt hatte. Der Raum versank langsam in einer flauschigen Dämmerung. Sie fiel wie ein Wattebausch auf den Boden des Zimmers. Draußen vor dem Fenster fiel Schnee lautlos auf dieselbe Weise. Die Schneeflocken verklebten sich zu Mosaiken, tanzten langsam durch die Luft und erzeugten die Illusion eines trägen Verfließens. Romana lag auf dem Bauch, stützte sich auf die Ellbogen und blätterte in den Krankenakten, las, wie Emma Bovary Liebesromane gelesen hat. Die Metamorphose der Gesichter und Körper auf den Bildern war grandios: Zuerst erschienen Punkte und Linien auf der Haut der Patienten, geheime Zeichen, die an Markierungen auf geografischen Karten erinnerten: Straßen, Seen, Täler und Erhebungen. Sie ähnelten den taktischen Karten von Kampfeinsätzen: Die Punkte und Linien markierten, wo Soldaten angeborene Defekte, Spuren von Katastrophen, die Ursachen gescheiterten Lebens und Gründe für Selbsthass umzingelten. Die nächste Etappe ließ das Blut in Wallung geraten: geschwollen und zerschnitten, geflickt, mit Narben und blauen Flecken verunstaltet, nach den Operationen blickten die Patienten mit traurigen, schmerzerfüllten Blicken in die Linse. Mit jedem Foto veränderten sich ihre Gesichter mehr und mehr: Das Überflüssige verschwand, übermäßige Schwellungen glätteten sich und die beabsichtigten Gesichtszüge erschienen. Die Helden veränderten sich, Romana ordnete die Bilder in ihrer Reihenfolge an und versuchte herauszufinden, ob es sich bei diesen Veränderungen um neue Eigenschaften handelte, die mit dem neuen Äußeren entstanden, oder ob es sich um Persönlichkeitsmerkmale handelte, die in der Person angelegt gewesen und nur durch die körperlichen Mängel vor den Augen des Betrachters verborgen geblieben waren. Romana betrachtete die Bilder intensiv und fragte sich, ob man die neuen Gesichter für die echten Gesichter dieser Menschen halten sollte? Oder war es nur eine weniger furchtbare, annehmbarere Maske, hinter der sie ein geringeres Ausmaß inneren Schmerzes erhoffte?

Der Professor beugte sich noch im Mantel über sie und begann schweigend, seine Unterlagen zurück in die Mappen zu sortieren. Romana half ihm träge. Irgendwie fiel ihr keine überzeugende Entschuldigung ein. Mit einem lauten Knall schloss er die letzte Schublade, und ohne Romana anzusehen, ging er in Hausschuhen auf den Balkon.

Romana versuchte, seine unscharfe Silhouette durch die Fensterscheibe zu erkennen. Der Doktor rauchte. Der immer dichter werdende Schnee schwebte leise durch die schwarze Nacht und vermischte sich langsam mit den

Rauchwolken. Schließlich hielt es Romana nicht mehr aus: Sie wickelte sich in ihre Daunenjacke, zog vor der Balkontür ihre Stiefel an und ging nach draußen.

Der Professor sprach fast augenblicklich, als habe er auf ihr Erscheinen gewartet. »Wissen Sie, dass sich dieses Haus zwischen zwei ›Gefängnissen‹ befindet? Nun, keine echten Gefängnisse, sondern eher symbolische: ein Kloster auf der einen und eine Kaserne auf der anderen Seite. Das erste Gefängnis ist für Frauen, das zweite für Männer«, sagte der Professor höflich und blinzelte dabei mit einem Auge. »Freiwillig und lebenslang das erste und meist unfreiwillig und zeitlich begrenzt das zweite.«

Das Kloster wurde hier und da von Laternen erleuchtet. Die körnige Materie des schmutzigen Lichts nistete sich in der Dunkelheit ein und offenbarte einzelne Inseln der Klosterwelt, doch auf eine Weise, die mehr verbarg, als sie offenbarte. Das Licht verdichtete sich inmitten der Schwärze, wie sich Muscheln auf dem Schlick des Meeresufers sammeln. In das zerfetzte, helle Grau der Wolken bohrte sich das Kreuz des Glockenturms der Sophienkathedrale. Hinter dem Turm klaffte der hohle Schlund einer Fensteröffnung wie in einem weißen Gesicht. Daneben schob sich die Himmelfahrtskathedrale in den Blick, als Quader, der einem Eiswürfel glich. Anderswo grinsten die Säulen der abgerundeten Portikus des Äbtissinnenhauses wie Zahnstummel dümmlich hervor. Die winzige St. Mykola-Tichwin-Kirche jedoch, die Romana am liebsten gesehen hätte, war hinter den Gebäuden und Bäumen versteckt und sie musste sich den barocken Bau in ihrer Fantasie ausmalen …

Das ganze nächtliche Bild, umgeben von Düsternis, Wind und Schnee, schien wie eine verschwommene Kopie, die an eine Wand projiziert wurde, eine im Halbschlaf angefertigte Zeichnung. Die Proportionen durcheinander, die Achsen nicht ausgerichtet. Eine kleine Gestalt bewegte sich durch helle Flecken und dunkle Abgründe: Sie schwebte mit einer für einen Menschen ungewöhnlichen Schnelligkeit an den Klosterzellen entlang, um dann plötzlich in einem der schwarzen Löcher zwischen den weiß getünchten Wänden der Wirtschaftsgebäude zu verschwinden, die mit den Baumstämmen und den Zierbeeten zusammenflossen. Die Schritte der Gestalt hingegen hallten überlaut, wie von unsichtbaren Röhren verstärkt, die den Schall sammelten und vervielfachten. Laufen die Nonnen denn nachts in Stöckelschuhen herum, hatte Romana Lust zu fragen. Für einen Moment schien ihr, der Wind trage den Seufzer einer Frau oder gar ein gedämpftes Knurren herüber, als ob ein bitterheißer Atem oder der Geruch eines Fremden ihre Wange berührte.

Der Professor erschauderte und zündete sich eine weitere Zigarette an. Romana hörte seine dumpfe Stimme, die es kaum über die Stimmritze schaffte und sich fast sofort in Zigarettenrauch und Schneeflocken auflöste. Der Professor sprach über seine Mutter Uljana, die noch vor seiner Geburt Nonne werden sollte. Gleich nach Kriegsende ging sie zu Fuß von ihrer Heimatstadt in das nicht weit entfernte Jaslowez und bat die Vorsteherin um Erlaubnis, eine der Zellen zu bewohnen. Als die Vorsteherin die verletzten Handgelenke der Mutter bemerkte, lehnte sie sie entschieden ab, doch die Mutter des Professors folgte ihr mehrere Wochen lang auf Schritt und Tritt und so gelang es ihr, in das Schloss einzudringen, sie schlängelte sich zwischen den Stämmen der mittelalterlichen Apfelplantage hindurch, die vom Festungskommandanten Chrzanowski gepflanzt worden waren.

Das Mädchen gewann das Vertrauen der spindeldürren Nonnen unterschiedlichen Alters und unterschiedlicher Herkunft (es gab sogar ein paar vor dem Tod gerettete getaufte Jüdinnen). Nach den Kriegsjahren glichen sie alle eher Hunden als Menschen. Es war, als bäte Uljana darum, in eine Hundemeute aufgenommen zu werden, denn nur bei ihnen, bei den struppigen Biestern mit hungrigen, fiebrigen Blicken, mit Schaum vor dem Mund, der von gelblichen Reißzähnen tropfte, mit Rotz an den Schnauzen, fand sie etwas, das halbwegs mit den grässlichen Erfahrungen übereinstimmte, die auch sie zerstört hatten …

Die Vorsteherin winkte mit einer Krücke in ihre Richtung. Aus ihrem Kinn wuchsen graue Stoppeln. In ihren Augen glühte ein ungesundes, trockenes Feuer. Schließlich willigte sie ein, Uljana anzuhören. Sie sprachen in der Kapelle der Seligen. Uljana murmelte mit hängendem Kopf etwas vor sich hin, ihre Blicke jagten über die rosa-grauen rautenförmigen Bodenfliesen. Ihre Stimme teilte sich in mehrere Stimmen, die von dem halbrunden Gewölbe der Kapelle widerhallten: Einige Worte wiederholten sich mehrmals, andere erklangen nur bruchstückhaft, manchmal nachholend, manchmal vorwegnehmend, was sie noch gar nicht gesagt hatte. Das machte Uljana Angst. Es behinderte sie in ihrer Rede, und sie verstummte, fiel in völlige Apathie und vergaß für kurze Zeit, wer sie war und was sie hier machte. Doch noch immer hörte sie ihre Stimme durch die hohen Fenster der Kapelle sickern. Rotz und Tränen durchnässten ihre Kleidung, die auf der Brust unangenehm kalt wurde. Die Vorsteherin tippte ihr auf die Schulter: »Sprich weiter, Sünderin, sprich weiter. Wie kann dich die Erde noch tragen? Warum bist du nicht in eine Schlucht gestürzt, als du zu uns gewandert bist, warum wurdest du nicht von Wilchowez verschlungen?«

»Ja«, sagte der Professor, »die Geschichte meiner Mutter überzeugte die Vorsteherin. Spirituelle Menschen haben eine besondere Schwäche für das, was sie für die schrecklichen Sünden der Sterblichen halten. Je schlimmer die Sünde, desto unwiderstehlicher ist die Anziehungskraft der Sünder.«

Die Alte packte das Mädchen am Handgelenk und zog sie zu der schneeweißen Marmorfigur der Jungfrau Maria von Jaslowez. Sie schlug dem Mädchen mit der Krücke mit aller Kraft auf den Rücken, sodass es vor der Statue in die Knie ging. Marias reines Gesicht war traurig, der Blick demütig gesenkt, die Augen geschlossen. Sie hatte die Hände über der Brust gefaltet, zwischen ihren Handflächen das Tuch, das ihren Körper verhüllte. »Bettle«, zischte die alte Vorsteherin Uljana ins Ohr, »und bitte, wie es sich gehört!«

»Meine Mutter hob immer wieder den Kopf vom steinkalten Boden, durch einen Tränenschleier sah sie die schönen Marmorzehen der Mutter Gottes unter dem Mantel hervorlugen. Vor lauter Müdigkeit schien es dem Mädchen, als bewegten sich die Zehen und berührten spielerisch die Früchte, die am Saum der Mutter Gottes verstreut lagen. Auf der rechten Seite wand sich der dünne Schwanz eines Reptils, dessen Körper sich offenbar hinter der Statue befand. War sich die Mutter Gottes der Gefahr bewusst, die in ihrer Nähe lauerte? Oder hat sie die Schlange absichtlich in ihrer Nähe gewärmt? Wusste die zahnlose Vorsteherin überhaupt etwas davon? Auf diese Fragen kannte meine Mutter selbst dann noch keine Antwort, als sie mir, ihrem fünfjährigen Sohn, anstelle einer Gute-Nacht-Geschichte davon erzählte«, lächelte der Professor Romana zu, die ihn erschrocken ansah.

»Später brachte die Vorsteherin Uljana zum Schloss, das in ein Kloster der Schwestern der Unbefleckten Empfängnis umgewandelt worden war. Alle Zellen waren bereits belegt. Die Vorsteherin führte Uljana zu einer der Nischen, die beim Umbau des Schlosses unberührt geblieben waren. Diese Nische diente der Vorsteherin als Schlafplatz. Meine Mutter konnte auf dem Boden schlafen, neben dem Bett der Alten.«

»Gab es einen Baldachin?«, fragte Romana. »Nein, meine Mutter hat nie etwas von einem Baldachin erzählt.«

»Stattdessen erzählte sie viel darüber, dass ihre kurze Zeit im Kloster vielleicht die ›richtigste‹ Zeit in ihrem Leben gewesen war (sie sagte nicht die ›glücklichste‹ oder ›beste‹, sie sagte ›richtigste‹). Nach dem Ende der Welt war ihre Existenz zu einem schrecklichen Irrtum geworden, zu einem Missverständnis. Sie wiederholte es immer wieder«, erklärte der Professor Romana. »Daran erinnere ich mich am deutlichsten aus den ersten Jahren meines Lebens: Meine Mutter hätte, bevor ich noch geboren wurde, nicht mehr existieren dürfen, und deshalb hätte meine Geburt nicht stattfinden dürfen, deshalb war sie ein Fehler, ein Irrtum, eine Verzerrung, ein Missverständnis, wie ich selbst, wie das Leben, das ich mit meiner Mutter, meiner Großmutter und den Schwestern meiner Mutter führte, und dann mein Leben mit meiner Frau und meinem Sohn, mein Leben mit anderen Frauen, mein Leben mit Zoya, mein ganzes Leben bis hin zu diesem Moment.«

»Was hat sie Ihnen vom Kloster erzählt?«, fragte Romana und versuchte, die von der Kälte verursachte Taubheit in Händen und Füßen, die eingefrorenen Gesichtsmuskeln, die starren Lippen zu ignorieren.

Bevor er antwortete, zündete sich der Professor noch eine Zigarette an. Die dritte, vierte oder sogar schon die fünfte. Romana hatte den Überblick verloren. Dies flößte ihr ein wenig Unbehagen ein, denn es schien, als würde sie die Kontrolle über die Situation verlieren. Deshalb stand sie abrupt von dem niedrigen Holzstuhl auf, berührte leicht den gebeugten Rücken des Professors, um ihm zu signalisieren, dass sie gleich zurückkommen werde, und betrat den warmen Raum. Ihr Körper taute in der Heimeligkeit des Zimmers augenblicklich auf. Romana schaltete den Wasserkocher ein, kochte Tee, fand in einem der Schränke zwei schwere Pelze – einen roten und einen schwarzen – und ging ein paar Mal hin und her, um alles auf den Balkon zu bringen. Das rote Fell bedeckte den gebückten älteren Mann, der immer kleiner zu werden und sich spurlos in der Nacht aufzulösen schien. Von dem Gewicht, das sich auf ihn senkte, vom muffigen Geruch des Schranks, von der Wärme, die ihn umhüllte, kam der Professor wieder zu sich. Er schaute überrascht auf die zwei Tassen dampfenden Tee in Romanas behandschuhten Händen. Er lächelte ihr dankbar zu und betrachtete den schwarzen Pelz, den sie über ihre Daunenjacke geworfen hatte. »Das ist der Lieblingspelz meiner Frau«, sagte er, »es ist ein Schwarzfuchs.«

»Also, was ist dort passiert?«, wiederholte Romana ihre Frage und verbrannte sich die Zunge an dem heißen Tee. »Was war mit ihren Handgelenken?«

»Ihre Handgelenke waren mit frischen tiefen Narben bedeckt, hässlich und sehr deutlich. Mutter war einige Monate, nachdem sie versucht hatte sich umzubringen, ins Kloster gekommen. Die Wunden waren fortwährend entzündet, nässten, sonderten blutigen Eiter ab, wollten einfach nicht heilen. Unmittelbar nach ihrem erfolglosen Selbstmordversuch hatte ein sowjetischer Sanitäter, der es versäumt hatte, mit dem Rest der Armee abzuziehen, bevor die Deutschen wiederkamen, die Schnitte grob zusammengeflickt und eine Wundinfektion verursacht. Doch Mutter starb weder am Blutverlust noch am Schmerz und auch nicht an der Infektion oder am Wundfieber. Je mehr sie sich den Tod wünschte, desto weiter schien er zurückzuweichen. Ich hatte Angst vor ihren Narben. Sie versteckte sie immer, umwickelte sie mit Bandagen, bedeckte sie mit Manschetten und Ärmeln. Ich schämte mich für sie und ekelte mich davor, die nackte Haut der Hände meiner Mutter zu berühren. Im Grunde haben wir uns nur selten berührt. Sie hat mich nie umarmt. Und ich wollte sie nie umarmen.«

»Warum wollte sie sich umbringen?«, fragte Romana.

Der Professor schwieg lange.

Romana wartete ungeduldig und ließ ihn nicht aus den Augen. Das rote Fell seines Kragens breitete sich wie ein Strahlenkranz um sein ausgetrocknetes Gesicht aus.

»Sie konnte den Krieg nicht ertragen«, sagte der Professor schließlich, »da sind Dinge passiert, die niemand ertragen konnte. Dinge, die auch jetzt noch niemand ertragen kann.«

Er verstummte wieder. Es war offensichtlich, dass er nicht mehr reden wollte. Unter dem Pelz war dem Professor warm geworden. Er trank Tee und döste ein. Der Nachtwind schlug an die gefrorenen Äste der Bäume. Eines der Lichter des Floriwskyj-Klosters fiel aus und das Gebäude mit den Zellen tauchte auf den Grund der Dunkelheit.

»Hat sie etwas Schlimmes gemacht?«, fragte Romana. »Hat Ihre Mutter etwas Böses verbrochen?«

*

Im Kloster zu bleiben, erschien ihr richtig, denn es war wie eine Strafe. Die Vorsteherin schlug sie mit der Krücke. Während der wenigen Nachtstunden, die sie zum Schlafen vor dem ersten Gottesdienst hatte, kroch ihr die Kälte des Steinbodens in die Knochen und der Luftzug blies ihr ins Gesicht. Sie konnte dort nicht schlafen, und das war das Beste, sagte die Mutter. Denn sobald sie einschlief, erlebte sie das Geschehene immer und immer wieder. Geschehnisse, die ihre weitere Existenz unmöglich machten. In diesen Träumen wusste sie nicht, dass es ein Traum war. Alles wiederholte sich immer und immer wieder, bis ins Unendliche, unveränderlich. Der Schrecken wurde und wurde nicht weniger. Sie überschritt die Grenze immer von Neuem.

»Die Vorsteherin war überzeugt, dass Mutter vom Teufel besessen sei«, murmelte der Professor. Romana rückte ganz nah an ihn heran, aus Furcht, etwas zu überhören. Gleichzeitig wagte sie nicht, nachzufragen, weil sie merkte, dass der Professor dann sofort aufhören würde zu reden, dann würde sie nichts mehr von ihm erfahren.

»Die Vorsteherin schlug Uljana mit der Krücke, um ihr das Böse auszutreiben«, erklärte der Professor. »Sie setzte sich auf ihre Brust, öffnete ihr gewaltsam den Mund und starrte ihr lange, lange Zeit in den Rachen. Oder sie flüsterte Gebete hinein. Oder beschimpfte sie. Oder erzählte ihr etwas im Vertrauen: klagte über harte Zeiten, über Sünder, über Juden, die nirgendwo mehr waren, über die Deutschen, die verloren hatten, über die sowjetischen Gottlosen, die nicht wussten, was sie taten, über den Engel, der die himmlische Schriftrolle aus der Offenbarung immer weiter aufrollte. Die anderen Nonnen hatten Angst vor Uljana und mieden sie. Sie spuckten aus, wenn sie sie sahen, klopften auf Holz, fummelten mit nervösen Fingern an ihren Rosenkränzen herum, bekreuzigten sich, streuten heiliges Salz in die Ecken ihrer Zellen und streuten auch heimlich eine Prise Asche oder Pottasche in Uljanas Suppenteller und flüsterten untereinander, dass sie ihnen allen noch schlimmeres Unglück bringen würde als das, was sie schon hinter sich hätten. Schwester Centula waren alle Zähne ausgeschlagen worden, Schwester Edeldreda hatte all ihr Haar verloren, Schwester Hortuliana hatte die menschliche Sprache vergessen und konnte nur noch schreien wie eine Hirschkuh, Schwester Casilda blutete die ganze Zeit, Schwester Modesta kicherte fortwährend, Schwester Woborada wurde blind und begann Dinge zu sehen, die andere nicht sehen konnten, und so weiter. So viele Nonnen es im Kloster gab – so viele verschiedene Laster und Qualen.

Aber Uljana war die Schlimmste von allen, sie musste am härtesten bestraft werden. Sie durfte nicht mit den anderen am Tisch sitzen, während des Gottesdienstes musste sie ihren Kopf mit einem dunklen Tuch bedecken und in der Ecke mit dem Rücken zur Ikonostase knien.

Manchmal verbot die Vorsteherin Uljana, sich nachts hinzulegen. Und manchmal verbot sie ihr im Gegenteil mehrere Tage hintereinander, vom Steinboden aufzustehen. Sie sperrte sie in den Keller und behauptete, dass das ganze Geklapper, Kratzen und Quietschen von niemandem anders als den schuppigen Lucifugi und abscheulichen lichtscheuen Kreaturen käme.

Das letzte Mal, als die Vorsteherin Uljana mit der Krücke bearbeitete, war am Tag, als ihre schlimmsten Befürchtungen wahr wurden. Die Repräsentanten des neuen Regimes, die Befreier und Sieger, kamen ins Kloster. Sie näherten sich in mehreren schwarz glänzenden Autos aus Tschortkiw oder Ternopil, kamen mehrmals vom Weg ab, verirrten sich auf Nebenstraßen, unpassierbaren, verschlungenen Pfaden und abseits der Straße. Es schien, als würden die Schnauzen ihrer Autos immer wieder gegen eine unsichtbare, elastische Wand stoßen, die sie zurückwarf, sie zwang, um das Kloster zu kreisen. Fast hätte sich eines der Autos auf den Serpentinen nach Jaslowez noch überschlagen.

Die Männer in Mantel und Hut, die schweigend in das Refektorium eindrangen und sich vor den verängstigten Schwestern aufstellten, sahen bedrohlich und düster aus. Sie ließen ihren Blick über die eingeschüchterten Nonnen gleiten, die sich zu einer zitternden und bebenden Masse zusammengekauert und die Arme umeinandergeschlungen hatten, sie klammerten sich an ihre blauen Gewänder und zogen sich dabei fast gegenseitig die weißen Schleier vom Kopf, sie pressten sich aneinander und wimmerten leise. Eine der Schwestern flehte das Bild der heiligen Marcellina, der Gründerin des Klosters, an und bat um Errettung.

Nur einer der Männer verhielt sich freundlich, ein großer, sympathischer Soldat mittleren Alters mit einer Uniformmütze auf dem Kopf und einer Uniform aus grobem Stoff mit Schulterklappen und dunkelblauen Reiterhosen. Seine blauen Augen leuchteten sanft und warm. Mit leisen Schritten näherte sich der Mann der Vorsteherin, verneigte sich kurz und bat sie, indem er sie sanft am Ellbogen fasste, um ein Gespräch unter vier Augen. Die Vorsteherin versuchte sich loszureißen, stöhnte, fuchtelte mit ihrer Krücke in der Luft, doch der Mann, der weiterhin beruhigend lächelte und den Ellenbogen der Alten nicht losließ, bändigte sie rasch. Anscheinend drückte er auf einen bestimmten Punkt am Arm der Vorsteherin, was direkte Auswirkungen auf ihre Nervenenden hatte, denn sie ging folgsam mit ihm zum Ausgang des Refektoriums. In der Stille hallte nur das Schniefen und Pfeifen ihrer Nase mit den verstopften Nebenhöhlen und das Klopfen der Krücke auf dem Steinboden nach.

Solange das Gespräch dauerte, blieben die Männer und die Nonnen die ganze Zeit über im Refektorium. Sie betrachteten sich gegenseitig mit einer Mischung aus Überraschung, Neugier, Spott, Angst, Ekel und einigen klammen Gefühlen. Die Nasenflügel blähten sich, als sie versuchten, die ungewohnten Gerüche zu unterscheiden, Gänsehaut lief ihnen über den Rücken, Handflächen, Achselhöhlen, Brust und Füße schwitzten, im Magen wurde es flau. Schwester Centula entblößte wehrlos ihre Zähne, lächelte schüchtern einen jungen blonden Mann an, der untätig am geschnitzten Portal des Eingangs lehnte. Schwester Modesta zog ihr augenblicklich eins mit dem Rosenkranz über, und als sie sich ihrer eigenen Sünde bewusst wurde, fiel sie mit einem dumpfen Schlag ohnmächtig zu Boden.

Aufgeregte Gefühle wogten durch die Stille des Refektoriums, und wer weiß, wie alles geendet hätte, wäre nicht die kleine Schwester Euphemia mit den zwei spitzen Höckern auf dem Rücken wie ein Kamel erschienen. Schwester Euphemia näherte sich Uljana wie ein Krebs von der Tür aus rückwärts durch den Raum und brummte ihr mit gesenkten Blicken zu, dass ihr, Uljana, befohlen sei, zu dem Gespräch hinzuzukommen.

Das Gespräch fand in der Nische der Vorsteherin statt. Die saß auf ihrem Bett und lehnte mit unnatürlich gekrümmtem Rücken an der Wand. Wenn sie nicht ab und zu mit den Lippen geschmatzt hätte, hätte Uljana gedacht, dass sie ihre Seele bereits Gott überantwortet habe. Der Habit war unanständig bis über die geschwollenen Knie der alten Frau hochgerutscht, quer darüber lag ihre Krücke. Später begriff meine Mutter«, erklärte der

Professor Romana, »dass die Vorsteherin sich in einem Schockzustand befand, nachdem sie von dem Mann das unausweichliche Schicksal ihres Klosters, ihr eigenes, das aller Nonnen, der römisch-katholischen Religion in diesem Land und des Herrgotts selbst erfahren hatte.

Der galante Mann stand mit den Händen hinter dem Rücken verschränkt am Fenster und genoss die Landschaft: die gekrümmte Linie des Dorfes Wilchowez, die dichten Wälder ringsum, die alten Apfelbäume unter den Fenstern des Schlosses, die blutrote Erde, die hier und da entlang der Schlucht am Grat aufbrach und das Grün und Blau des Himmels kontrastierte.

›Der Boden hier hat eine ungewöhnliche rote Farbe‹, der Mann lächelte Uljana anstelle eines Grußes an. Das Mädchen nickte und wartete vorsichtig darauf, dass er fortfuhr. Der Mann trat auf sie zu und streckte ihr die Hand entgegen: ›Hauptmann Krasowskyj vom NKWD.‹ In seinen Augen lag eine berührende Schüchternheit.

Er hielt ihre Hand in seiner Handfläche, bedeckte sie mit der anderen und schaute ihr, ohne sie loszulassen, direkt in die Augen. Uljana spürte mit ihren Fingern die harte Verdickung der Schwielen an seinen Händen. Krasowskyj begann zu erzählen, dass Uljanas jüngere Schwestern und ihre Mutter sie schrecklich vermissen würden und dass ihr Platz an ihrer Seite sei, in ihrem Haus in ihrer Stadt. Und sie nur dort friedlich und in Würde leben könnte, außerdem könnte sie mit ihren geschickten Händen als Krankenschwester nützlich sein. Er sagte, dass er ihre Verzweiflung gut verstehen könne, er verstehe alles, was sie durchmachen müsste, verstehe die Gründe, warum sie weggelaufen sei. Aber sich im Aberglauben, hinter irgendeinem vorzeitlichen Wahn zu verstecken, sich der menschlichen Dummheit, Primitivität und Begrenztheit unterzuordnen, helfe doch nichts, da sie dadurch nur noch mehr leide. Zumal jetzt, nach dem triumphalen und endgültigen Sieg der Mächte des Guten über das Böse, die religiösen Kulte verboten würden. Ihre gründliche und allumfassende Ausrottung habe bereits begonnen, das bedeutete, dass jeder intelligente, weitblickende und aussichtsreiche Mensch die Beine unter die Arme nehmen und sich schnellstmöglich an einen sicheren und für ihn vorteilhaften Ort begeben sollte. Schließlich wisse er sehr wohl, wie klug, außergewöhnlich einfühlsam und vielversprechend Uljana sei. Und deshalb sei er, Hauptmann Krasowskyj vom NKWD, bereit, ihr persönlich zu helfen, sie in verschiedenen Lebensbereichen zu unterstützen, ihr die Hand als aufrichtiger Freund zu reichen. Er habe auch schon eine wunderbare Neuigkeit für sie: Die Ärzte und andere Mitarbeiter ihres Rajon-Krankenhauses erwarteten sie schon als geschickte Krankenschwester. Sie sei bereits offiziell dort angestellt. Alles, was sie unternehmen müsse, sei, zu ihm ins Auto zu steigen und nach Hause zu fahren, zu ihrer Familie, die auch so schon zu viel Kummer hatte, um jetzt noch eine weitere Verwandte, eine Tochter und eine Schwester zu verlieren. Und dann, wenn sie sich ein wenig erholt habe, könne sie zur Arbeit gehen und ihre Aufgaben wahrnehmen, dem Volk und ihrem neuen, wahren Vaterland dienen. Und damit Uljana es genau weiß, dabei zwinkerte ihr der Hauptmann verschwörerisch zu, ihr nagelneuer weißer Kittel hänge bereits im Schrank und wartet auf sie. Und auch eine Krankenschwesterhaube warte auf sie, ebenso Gefäße und Thermometer, Infusionen und Spritzen.

Der Hauptmann legte seine Handflächen auf Uljanas Schultern und näherte sein Gesicht dem ihren, er sah ihr direkt in die Augen.

›Ich werde offen sprechen, Uljana‹, fuhr er mit gedämpfter, weicher Stimme fort, ›ich werde offen und direkt mit dir sprechen. Du bist mir nicht gleichgültig. Du bist eine Seelenverwandte. Hab keine Angst, es ist einfach so. Ich kann dir jetzt nicht alles sagen, ich kann nur sagen, dass wir durch unsere Verwandten und nahestehenden Menschen miteinander verbunden sind, dass wir, ohne es zu wollen, das Leben des anderen beeinflusst haben. Und für diesen Einfluss werden meine Frau und ich dir bis ans Ende unserer Tage dankbar sein. Außerdem hat sich noch jemand anderes für dich eingesetzt, jemand, der dir und mir nahesteht. Jemand, dem ich mehr verdanke als mein Leben, egal, wie laut man es herausschreien mag. Deshalb will und muss ich mich um dich kümmern, Genossin Frasuljak. Mich nicht nur um deine Arbeit, sondern auch um dein Privatleben kümmern‹, sagte der Hauptmann feierlich.

Uljana schien ihm entweder nicht zuzuhören oder gar nicht anwesend zu sein. Mit außergewöhnlicher Klarheit konnte sie die Haut eines unbekannten Mannes etwa einen Zentimeter vor ihrem Gesicht sehen, mit Stoppeln, die durch Poren stachen. Sie sah, wie sich sein Mund öffnete und schloss, wie sich seine Gesichtsmuskeln anspannten, Muskeln, die keine Faszien haben und nicht an Knochen und Gelenken hängen, sondern direkt mit der Haut verbunden sind. Sie war tatsächlich Krankenschwester und kannte solche Dinge aus den polnischen Lehrbüchern für Physiologie. Uljana beobachtete, wie sich die Muskeln um die Öffnungen je nach Gesichtsausdruck des Fremden zusammenzogen oder dehnten. Seine Ohren bewegten sich. Seine Augenbrauen zogen sich hoch. Die Wellen fremden Atems schlugen rhythmisch an Uljanas Nase, Lippen und Wangen.

Es war ihr egal, wovon er sprach. Sie erinnerte sich an einen Traum von einer kleinen Kalbin, die sie mit weit aufgerissenen, feuchten Augen ansah, voller Verzweiflung, Angst und dem Wunsch, gehört zu werden. Die kleine Kalbin öffnete ihr Maul und gab Geräusche von sich – Stöhnen, Heulen, kurze Schläge von labialen Konsonanten. Uljana verstand, dass das Kälbchen versuchte, eine Trennwand zu durchbrechen und in Menschensprache zu reden. Und sie spürte die Schläge gegen diese Wand mit ihrem eigenen Körper, ihrem eigenen Kopf, klebrige blutige Ströme, eine aufgerissene Wunde. Und die Unantastbarkeit der Wand, ihre völlige Undurchdringlichkeit.

Und die Erinnerung an diesen Traum, der viel realistischer war als das Gesicht und der Atem des Fremden in ihrer Nähe, als der Kehlkopf, der unter der gelben Haut des Halses auf und ab sprang, wurde überlagert von Krasowskyjs Worten über jemanden, an den sich Uljana dunkel aus ihrer Vergangenheit erinnerte.

Krasowskyj sagte: ›Matwij Krywodjak, natürlich ist er ein Verräter, Saboteur und Bandit, ein nationalistischer Bastard. Solche verdienen es, zumindest erschossen zu werden. Er hat den nazistischen Barbaren gedient und viele Jahre alles nur Mögliche unternommen, um der

Sowjetunion zu schaden und sein eigenes Volk zu verraten. Dabei ist er ein Mann von außergewöhnlicher Intelligenz und vielen Talenten, und umso größer seine Schändlichkeit, alles das auf so destruktive Art einzusetzen. Aber was kann man von einem Mann erwarten, der seit jungen Jahren davon träumt, sein Leben mit der griechisch-katholischen Religion zu verknüpfen?‹ Krasowskyj schüttelte missbilligend den Kopf. Dann verstummte er und ließ seinen Blick über die schattigen und kalten Wände der Nische gleiten, sein Blick verweilte auf dem großen Kruzifix gegenüber dem Bett und er unterdrückte ein Lächeln.

›Die Sehnsucht nach dem Glauben verstehe ich‹, sprach er noch leiser, Uljana schon fast ins Ohr flüsternd. ›Das konnte man während der Herrschaft des alten Systems verstehen. In diesem klebrigen Netz aus Aberglauben und listiger Manipulation konnte man leicht hängen bleiben, was auch mehr als einmal geschah, selbst bei den hellsten Köpfen. Schließlich bist du, Genossin Uljana Frasuljak, auch kleben geblieben, verirrt und selbst verloren. In diesem Sinn ist Krywodjak also nicht so sehr ein Verbrecher, als vielmehr ein Opfer‹, sagte Krasowskyj und zuckte dabei leicht zusammen, als sei er von seinen eigenen Worten erschrocken. Aber er beruhigte sich sofort wieder und fuhr fort: ›In gewisser Weise wurde Krywodjak zum Opfer, und das machte ihn selbst zum Verbrecher. Wir, die Erbauer der neuen Ordnung‹, sprach Krasowskyj und streichelte Uljanas Rücken mit seinem harten Handteller, »stechen durch unseren Gerechtigkeitssinn hervor, unsere Härte und Standhaftigkeit, unsere Entschlossenheit, die Uneinsichtigen zu strafen. Aber gleichzeitig sind wir stolz darauf, dass wir die Feinheiten der menschlichen Natur und ihre Schwächen verstehen. Wir sind in der Lage, Schädlinge zu vernichten, die Verderbten zu erziehen und umzuerziehen, aber wir haben auch Mitgefühl. Ich weiß, Uljana, dieser Mann ist dir nicht gleichgültig.‹

Wie zur Antwort kam Uljana ein wenig zu sich, hob ihren Blick, in dem ein Hauch von Überraschung lag, der den dichten Nebel fast gänzlich auflöste. Schwer zu sagen, ob Krasowskyj es bemerkte. Jedenfalls verriet er es mit keiner Geste und fuhr fort: ›Ich weiß mit Sicherheit, Genossin Frasuljak Uljana, der Mann, den ich meine, der Mann, der sowohl Opfer als auch Täter ist, er ist zweifelsohne ein lebendiges menschliches Wesen mit seinen Schwächen, doch er hat tiefe, starke und außergewöhnliche Gefühle für dich. Er respektiert und ehrt dich, er bewundert dich, er braucht dich. Man könnte sogar sagen, dass jetzt, wo er neutralisiert ist und seine Flügel gestutzt sind, du sein letzter Grund zu leben, seine letzte Hoffnung bist.‹

›Woher wissen Sie das?‹, flüsterte plötzlich Uljana mit vor Durst ausgetrocknetem Mund. Sie sah Krasowskyj mit wachem Blick an. Krasowskyj machte eine bedeutungsvolle Pause.

›Wir wissen eine Menge, Genossin Frasuljak. Es ist nicht unsere Gewohnheit, unsere Wege und unser Wissen offenzulegen. Aber es gibt keinen Anlass zu zweifeln: Matwij Krywodjak braucht dich wirklich. Diese reine, rührende Zuneigung überzeugte uns, die Erbauer der neuen Ordnung, dass der nationalistische Bastard, der sich jahrelang in Höhlen im Wald versteckt hat, Sabotageakte durchführte, das bürgerlich-nationalistische Virus unter Wirrköpfen verbreitete, den deutschen Barbaren und Sklavenhändlern diente, sich von Wurzeln nährte, unschuldiges Blut vergoss, tötete und folterte, intrigierte und manipulierte, mordete und raubte – dass auch er ein Mensch mit einem zarten, sensiblen Herzen ist. Und das lässt uns Mitgefühl für ihn empfinden. Wir wollen ihm also den letzten Schluck aus dem Becher des Lebens schenken. Und deshalb bitten wir dich, Genossin Frasuljak Uljana Wasyliwna, Tochter des Helden, der sich während des letzten Aufflammens des Krieges tapfer widersetzte, dabei brutal in den Händen deutscher Faschisten und ihrer nationalistisch-bürgerlichen Handlanger gefoltert wurde, sofort deine Sachen zu packen, zu uns ins Auto zu steigen und der Begegnung mit Matwij Krywodjak entgegenzusehen. Er wartet schon sehr auf dich‹, endete Krasowskyj.

Bald darauf saß Uljana auf dem Rücksitz eines schwarzen Autos, in dessen Innenraum es durch unsichtbare und sehr sichtbare Ritzen zog und pfiff, und doch hielt sich gleichzeitig der Gestank von ranzigem Öl, zusammen mit einem stechend säuerlichen Schimmelgestank wie von fermentierten Gurken. Uljana saß zwischen zwei schweigsamen Typen, die sie mit spitzen Ellenbogen von beiden Seiten bedrängten. Einer von ihnen rülpste leise von Zeit zu Zeit und bedeckte seinen Mund unbeholfen mit der Handfläche. Im Rückspiegel begegnete Uljana dem Blick des Hauptmanns. Er fuhr das Auto und hatte den eigentlichen Fahrer neben sich platziert. Er sprach mit dem schnurrbärtigen Mann, den seine rauen, nervösen Hände mit blau eintätowierten Buchstaben auf den unteren Fingergliedern unentwegt nötigten, eine Zigarette anzuzünden und sie wieder auszudrücken.

Vor den Fenstern wellten sich Hügel auf und ab, Felder krochen wie auf einer trüben Leinwand vorbei, doch den größten Teil des Sichtfelds nahm ein grauer Himmel ein, der wie aus übereinandergeschichteten, durchsichtigen Blütenblättern zu bestehen schien, zwischen deren Lücken und unsichtbaren Spalten glitschiger Dunst waberte. Die Dörfer und Städte, an denen sie vorbeikamen, waren bedrückend in ihrer Ärmlichkeit und Öde. Aus den zerstörten Häusern quollen verbrannte und verrottete Eingeweide hervor. Hier und da konnte man mitten in dieser Trostlosigkeit eine hagere schwarze Gestalt sehen – etwas wie eine Vogelscheuche, blöde und bis zum Äußersten getrieben, zu erschöpft für jedes Gefühl und Verständnis.

Die Umrisse der Burg, die sich perfekt zwischen die beiden Türme des Basilianer-Klosters der Kreuzerhöhung des Herrn einfügte, zeichneten sich bereits vor ihnen ab, doch das Auto bog in einen Feldweg ein, bevor es die Stadt erreichte.

Das Gebäude war massiv und geräumig, mit hohen Fenstern und einer Terrasse entlang des gesamten Erdgeschosses. Ein einst sehr gepflegter Garten umgab das Haus, davon zeugten die Überreste fantasievoll gestalteter Blumenbeete, ein Labyrinth aus Buchsbaumsträuchern, die sich entlang der Pfade schlängelten, ebenso der mit flachen Steinplatten ausgelegte Weg, in dessen Rissen und Spalten Gras und Disteln wucherten, ein saurer Teich, in dem – sehr wahrscheinlich – früher Karpfen schwammen. Nur die Obstbäume streckten gehorsam ihre noch nicht verwilderten Zweige aus. An der südlichen Mauer des Hauses und auf den Dächern der Nebengebäude rankte sich Wein.

›Es war ein ehemals jüdisches Anwesen‹, erklärte Krasowskyj, während er Uljana aus dem Auto auszusteigen half. ›Die Besitzer sind spurlos verschwunden. Während des Krieges waren hier Deutsche einquartiert.‹

Er schaute sich mit dem Blick eines zufriedenen Besitzers um, breitete die Arme weit aus, richtete sich ganz auf und streckte sich. Unter seinen groben Sohlen knirschte der Schotter.

›Wir verfolgen übrigens keine Juden‹, sagte er mit bedeutungsvollem Gesichtsausdruck in Richtung Uljana, ›es sei denn, sie sind Feinde des Volkes. Das ist dann eine andere Sache. Dann ist es bedeutungslos, ob du einem Juden, Tadschiken oder Karelier gegenüberstehst. Aber darüber brauchen wir jetzt nicht zu reden.‹

Er deutete mit der Hand einen Halbkreis an und lud Uljana ein, das Anwesen zu bewundern. Neben den üppigen Hortensien, die graublau in ihrem Verblassen aufschäumten, spazierte gemächlich eine gestreifte Katze und hatte ein wachsames Auge auf die ungebetenen Gäste.

›Wir werden das hier zum Wohle des Volkes nutzen‹, sagte Krasowskyj. ›Doch inzwischen soll die leere Villa als Zufluchtsort für die Gefühle zweier Normalsterblicher dienen.‹

Er kicherte über seine eigene Schönrednerei und schüttelte sogar selbst den Kopf. Und dann zog er Uljana hinter sich her ins Gebäude.

Sie durchquerten die breite Eingangshalle, von der sie über eine breite Treppe mit glänzendem Geländer zum zweiten Stock hinaufstiegen, gingen einen langen Korridor entlang, dessen Wände mit grünem Stoff überzogen waren, und gelangten in eine Bibliothek mit samtbezogenen und mit gewundenen Silberschnüren und Quasten verzierten Lesesesseln. Die Sessel standen unter einem Fenster, das die gesamte Rückwand der Bibliothek einnahm. Endlich öffnete Krasowskyj eine dunkle Tür und schob Uljana mit den Worten hinein:

›Ich lasse euch zwei jetzt allein.‹

Die Tür schloss sich und Uljana fand sich in einem kleinen, abgedunkelten Raum mit ordentlichen Möbeln wieder. Sie konnte die Einrichtung freilich nicht ausgiebig betrachten, sie erhaschte nur einen flüchtigen Blick auf Farbkleckse, verschwommene Umrisse eines Tisches, dessen Spiegelung in einem abgeschrägten Spiegel gegenüber vom Eingang, ihr Blick streifte die vergilbten Zähne eines Klaviers mit offenem Deckel und Aquarelle an den Wänden. Doch es gab keine Möglichkeit, sich genauer umzuschauen. Uljana sah Matwij Krywodjak vor sich, und seine Gestalt füllte das ganze Feld ihrer Wahrnehmung aus. Er stand vor dem Spiegel, so erschöpft und farblos, dass er wie durchsichtig schien. Der Spiegel warf sein Abbild nicht zurück, sondern es verschwamm im Spiegel. Seine Konturen verschmolzen. Sein Körper hing fast in der Luft.

Aber er war noch am Leben. Krywodjak, ein Seminarist des nach dem Heiligen Josaphat benannten Missionsinstituts, erkrankt an einer unbekannten Krankheit, der dann Partisan im Wald geworden war. Krywodjak fiel mehrmals am Tag in Ohnmacht, konnte fast keine Nahrung verdauen, litt unter Kopfschmerzen und Augenflimmern. Ein Krüppel, dessen Haut immer so dünn und trocken wie Pergament und dessen flüchtiger, knochiger Körper völlig haarlos war. Krywodjak hatte nicht einmal Augenbrauen oder Wimpern und nicht den geringsten Flaum in seinem Gesicht. Er hatte jahrelang unter der Erde gehockt, ohne frische Luft, Wasser und Nahrung. Er hatte absichtlich gegen Gottes Gebote verstoßen, obwohl er doch sein Leben einst Gott hatte weihen wollen. Uljana hatte ihm mehrmals Lebensmittel, Medizin und wichtige Informationen in den Wald gebracht. Er war immer gejagt worden: zuerst von den Deutschen, dann von NKWD-Leuten. Krywodjak, der schon lange in der Erde verwesen sollte.

Als er Uljana erblickte, veränderte sich sein Aussehen. Sein Gesicht erwachte zum Leben. Die Augen verdunkelten und weiteten sich noch mehr. Die Schwärze der Pupillen erfasste die gesamte Iris. Er bewegte sich und trat nahe an Uljana heran. Er stand vor ihr, zerbrechlich und zart, wie ein getrocknetes Blatt oder eher ein Insekt mit einem steifen, verhornten Körper, der einem Blatt glich, und bebte – aber nicht so, wie ein Blatt im Wind bebt. Er zitterte vor Anspannung, einer Kraft, die durch seine Haut strömte, die floss wie Elektrizität, die die Wolken während eines Gewitters zerreißt.

Sie schwiegen. Sie bewegten sich nicht, setzten sich nicht auf die Couch gegenüber des Tisches, lächelten nicht, weinten nicht, umarmten sich nicht und hielten sich nicht an den Händen. Sie standen sich einfach gegenüber, wie betäubt, und schauten.

Das dauerte an, bis Krasowskyj vorsichtig an die Tür klopfte. Er öffnete sie und steckte seinen Kopf hinein. Eine unsichtbare Welle wie eine Handvoll heißer Sand, der vom Wind aufgewirbelt wird, schlug ihm ins Gesicht, versengte ihm fast die Haut und löschte das Lächeln aus seinen Zügen. Er kniff die Augen zusammen und zuckte zurück. Er räusperte sich, seine Kehle war ausgetrocknet und zog sich krampfhaft zusammen.

›Was ist das denn?‹, murmelte er und wagte einen weiteren Blick auf die zwei Menschen, die regungslos einen Schritt vom Eingang entfernt standen, sich nicht bewegten, nicht zu atmen schienen, nicht blinzelten und sich gegenseitig nur in die Augen schauten.

Er hustete noch einmal und da rührte sich Uljana. Sie drehte sich um und sah Krasowskyj mit abwesendem Blick an.

›Es ist Zeit zu gehen, Genossin Frasuljak Uljana Wasyliwna‹, sagte der Hauptmann mit heiserer Stimme, als steckte ihm ein Reiskorn im Hals. ›Sie werden noch die Gelegenheit haben, mit dem Bürger Krywodjak … hmmm … zu reden … Noch zahlreiche Gelegenheiten.‹

Als das Auto losfuhr, sprang eine Katze mit wildem Schrei unter den Rädern hervor. Krasowskyj packte das Lenkrad mit beiden Händen und drückte das Gaspedal durch, Uljanas Bewacher rutschten mit ihren unförmigen Körpern auf sie drauf.

Als das Auto vor dem Haus von Uljanas Familie abbremste, war es stockfinstere Nacht. Der Himmel war ganz und gar mit Wolken überzogen, keine Spur von Mond oder Sternen. Uljana blieb einen Moment im Hof stehen und lauschte dem Knattern des Motors jenseits des Zauns. Von dort, wo sie stand, überblickte man einen Teil der Stadt mit ihren verwinkelten Straßen, steinernen Häusern, Dächern, die an der Krümmung des Abhangs wie hingestreut lagen, wie die Schuppen eines eben geputzten Fischs am Rande einer Abfallgrube, mit Türmen und Glockentürmen, mit der Ruine einer Burg. Genauer gesagt, kannte sie dieses Panorama von früher, konnte es jetzt, in dieser Dunkelheit, aber nicht sehen. Unten, unterhalb von Uljana, und oben, über ihr, und überall um sie herum war eine schwarze Leere. Als ob die Welt, die einmal existiert hatte, für immer mit dunklem Wasser überflutet wäre. Irgendwo, ganz weit unten, in der Alten Synagoge am Markt, schwankten die blassen Tücher der heiligen Schriftrollen, die seltsamerweise unangetastet geblieben waren.

Uljana stieg die Verandastufen hinauf, drückte die Tür auf und trat ein. Über die abgenutzten Dielen im Vorraum schnitt diagonal ein schmaler Streifen schummrigen Lichts, der durch die offene Zimmertür fiel. Im nächsten Moment schwang die Tür auf. Uljanas Mutter stand auf der Schwelle. Hinter ihr bemerkte Uljana ihre beiden jüngeren Schwestern Nusja und Chrystja.

Der seltsame, unnatürliche Schrei, der die fassungslose Stille zerriss, kam von Nusja. Sie schob ihre Mutter weg und rannte heulend zu Uljana. Die Schwester warf sich ihr um den Hals und stieß sie dabei fast um. Nusjas Körper zuckte und zitterte. »Verzeih mir, verzeih mir bitte«, wiederholte sie unter Tränen, wobei eine unangenehme Feuchte Uljanas Hals benetzte.

Am nächsten Tag ging Uljana zur Arbeit im Krankenhaus. Alles war für sie vorbereitet worden: ein neuer Chefarzt, der von irgendwoher aus dem Osten gekommen war, ein neuer Kittel, vorgefertigte Dokumente und Patienten, deren Krankheiten beruhigend wirkten.

Manchmal passte Krasowskyj sie ab und brachte sie mit dem Auto zur Villa, damit sie sich mit Krywodjak treffen konnte. Unterwegs unterrichtete er Uljana darüber, über was und wie sie mit ihm sprechen sollte, um dem Verurteilten eine Chance zu geben, seine ausweglose Situation wenigstens ein bisschen zu verbessern. Krasowskyj breitete Listen vor Uljana aus und bat sie, Namen zu unterstreichen. Er berichtete ausführlich über Sabotage, Anschläge und Geiselnahmen. Darüber, wie eine Gruppe von Banditen unter der Führung von Krywodjak vorgegeben hatte, sie seien sowjetische Partisanen, und dann ein Dorf niederbrannten. Vier Kinder, fünf Frauen, darunter zwei Schwangere, und sechs alte Menschen kamen dabei ums Leben. ›Du musst ihm helfen, als Mensch und Frau‹, sagte Krasowskyj zu Uljana, ›und uns als Krankenschwester und Bürgerin. Sprich mit ihm, frag ihn, erkundige dich, sei sanft, berühre ihn, gewinne sein Vertrauen, setze ihn unter Druck, schmeichle ihm, mach ihn gefügig, mit Zuckerbrot und Peitsche, krieche ihm unter die Haut, löse dich in seinem Blut auf, sickere in die Neuronen seines Gehirns, du bist Krankenschwester, eine barmherzige Krankenschwester. Du schaffst das, wir setzen unsere Hoffnungen in dich, wir haben unsere Finger am Puls der Zeit, wir haben dich in unserem Visier. Alles, was wir machen, ist für dich, für ihn, für das Land der Sowjets.‹

Doch all seine Beschwörungen, all die subtilen psychologischen Intrigen und Techniken, die ganze Hypnose, die er anwendete, seine Drohungen und seine eigentlich überzeugende Aufrichtigkeit führten zu keinem Ergebnis. Die Treffen fanden in völliger Stille statt. Eine Katze saß draußen auf dem Fensterbrett und starrte mit großen runden Augen durch die Fensterscheibe auf die zwei reglosen Gestalten. Sie standen oder saßen in einem gewissen Abstand zueinander und wandten den Blick nicht voneinander.

›Wie bist du schwanger geworden?‹, schrie Krasowskyj sie später in der Praxis des Gynäkologen an. Uljanas nackter Fuß ragte hinter dem blauen Wandschirm auf Höhe seines Kopfes hervor. Uljana schwieg. Metallinstrumente klapperten, die der Arzt nacheinander in eine Aluminiumschüssel zur Desinfektion warf.

›Wenn du nicht kooperieren willst, dann soll es so sein. Du wirst ihn aber nie wieder sehen. Du wirst ihn nie, nie wieder sehen‹, zischte Krasowskyj durch seine zusammengebissenen Zähne. Er packte den Stoff des Paravents und riss ihn wütend herab. ›Das kann ich dir hundertprozentig versprechen‹, fügte er hinzu und sah Uljana an.

Seitdem kam das Auto nicht mehr. Sie wurde von ihrer Stelle im Krankenhaus entbunden und lag zu Hause, starrte an die Decke. Nusja wirbelte stolpernd um sie herum. Sie leerte die Schüssel mit Erbrochenem, brachte frische Brühe, die sie ein paar Minuten später in derselben Schüssel wieder aus dem Haus brachte.

Von Zeit zu Zeit lief Nusja irgendwohin und kehrte nach ein paar Stunden angespannt zurück, finster. Dies geschah eins ums andere Mal, bis sie sich an den Rand von Uljanas Bett setzte. Sie stützte die Ellbogen auf die Knie und verbarg ihr Gesicht in den Händen. ›Krywodjak ist in einem Arbeitslager in Norilsk‹, sagte sie kaum hörbar. ›Ihm geht es angeblich gut, er arbeitet in einem

Nickelkombinat, er bekommt ordentlich zu essen und bat auszurichten, dass er seine Fehler bereut.«

Uljana beugte ihren Kopf aus dem Bett und erbrach eine blubbernde Fontäne. Sie ließ sich auf das Kissen zurückfallen und sagte: ›Und was mache ich jetzt mit diesem Jungen?‹«

*

Dick wie eine Schicht Schweinespeck unter der Haut dämpfte der Schnee die Geräusche. Sogar die verzogene Tür des Schiguli, die der Taxifahrer mit bewundernswerter Selbstbeherrschung mindestens ein Dutzend Mal hintereinander zugeworfen hatte, bis sie schließlich richtig in den Fahrzeugrahmen einrastete, klang halbwegs gedämpft. Der Taxifahrer klagte die ganze Fahrt lang über den Schnee und äußerte Zweifel daran, dass sein Schiguli es durch die Schneewehen auf der Warschauer Schnellstraße schaffen würde, obwohl diese eigentlich gut geräumt war, es hätte viel schlimmer sein können. Doch selbst wenn sie halbwegs durchkämen, die weitere Strecke würde unpassierbar sein – ab dem Bahnübergang oder nach der Abzweigung Richtung Klawdijewe, ganz zu schweigen von der Straße nach Poroskoten an den Wäldern entlang, oder gar von den »Gärten« selbst, in denen zu dieser Jahreszeit niemand wohnte, wohin im Winter keiner auch nur einen Fuß setzte, und wo erst recht niemand die Wege räumte.

»Und wenn wir stecken bleiben«, drohte der Taxifahrer Romana, »wenn ich Ihretwegen hier festsitze, dann können Sie sich darauf gefasst machen, dass Sie mir die Ausfallzeit eines ganzen Tages ersetzen. In Kyjiw hätte ich heute nämlich eine Menge Geld verdient, das ist Ihnen hoffentlich klar, da fährt man sich höchstens in einem Innenhof fest, und selbst wenn, gibt es immer einen, der einen herauszieht.«

Der Taxifahrer beschwerte sich außerdem über die Koffer, vier Koffer mit alten Fotos, die Romana aus dem Archiv des Museums für Literatur und Kunst zur Datschensiedlung »Kalyna-1« brachte. Keiner der Angestellten hatte ein Wort darüber verloren. Für die Koffer interessierte sich niemand. Nur Sascha Korotulka zog ihre Kreise hundertfach um Romana, so wie Hunde aus unbändiger Energie während Spaziergängen um einen herumspringen, während Romana einen Koffer nach dem anderen aus dem Archiv über die Kellertreppe ins Erdgeschoss und dann zum Ausgang schleppte.

Der Taxifahrer übertrieb natürlich: Die Koffer waren mit Papier und nicht mit Steinen gefüllt. Und die Straßen waren geräumt, und zwar gründlich, besonders auf dem Stück von Klawdijewe nach Poroskoten. Hinter der Einfahrt zur Datschensiedlung lag natürlich eine unberührte Schneedecke, hier und da (ein wenig) verziert mit einzelnen Tannennadeln, verschrumpelten Hagebutten, Rindenstücken und Schuppen von Tannenzapfen, die unerbittlich von Amseln zerfetzt worden waren. Als Romana aus dem Auto stieg, erblickte sie den rotbackigen und erhitzten Vorsitzenden der Datschensiedlung, Stepan Iwanowytsch Sopilotschka, der gerade dabei war, einen Trampelpfad von seinem eigenen Haus zur Einfahrt zu schaufeln.

Romana bezahlte den Taxifahrer und blieb mit ihrem Schatz mitten im Schnee stehen. Zusammen mit Sopilotschka trug sie die Koffer zu ihrem Haus. Der Geruch von Sopilotschkas salzigem Schweiß stieg in die klare, frostige Luft und bildete einen merkwürdigen Kontrast zur erstarrten Sinnlichkeit der Natur.

Verschwitzt und außer Atem, schneenass und mit pochenden Schläfen kam Romana schließlich zu Hause an. Sie saß auf dem Küchenboden, ohne das Licht einzuschalten, und starrte auf die schwarzen Koffersilhouetten neben der Wand.

Mehrere Male während ihrer langen Gespräche, die jedes Mal in ausufernde Geschichten, endlose und detaillierte Geständnisse ausarteten, bei denen er sich so verausgabte, dass er seine Stimme verlor, ganz schwach wurde, Blutdrucktabletten und Herztropfen nehmen musste, hatte der Professor über die verlorenen Familienfotos gesprochen, die sein Sohn gestohlen hatte.

»Wenn ich mich an diese Menschen erinnere, überfallen mich Ohnmacht und Verzweiflung«, sagte er zu Romana. Das strenge Gesicht des Mannes, dessen Züge sich mit der Zeit so verhärtet hatten, dass es fast unfähig zur Mimik geworden war, mit seinen feuchten Augen und den kleinen geplatzten Äderchen darin, sah seltsam fremd aus, wie aus einem anderen Gesicht herausgeschnitten – es zeichnete sich etwas Verletzliches, Wehrloses, Verwirrtes darin ab.

»Denn mein Gedächtnis, mein löchriges, von der Zeit zerfressenes Gehirn ist ihre letzte Zuflucht«, sagte der Professor, und seine Lippen zitterten, sein Kinn bebte. Romana hatte Mitleid mit ihm. Sie hob ihre Hand, streckte sie bis zum Ellenbogen des Professors aus und berührte mit ihren Fingerspitzen beinahe die raue Haut, doch zog sie ihre Hand rasch zurück, zurück nach Hause, auf ihre Knie.

Ihre Stimmen, ihre Gesichter, all ihr Stöhnen und Seufzen, ihr Gehinke und Geschniefe, ihre Gewohnheiten – mit verkniffenem Mund zu fluchen, sich nachdenklich unter den Achseln zu kratzen, vor sich hin zu starren, als fielen sie durch Raum und Zeit, der einzigartige Klang des Knarrens der Dielen unter ihren Füßen, die Wiederholung der immergleichen kleinen Handlungen Tag für Tag und die Motive, die das ganze Leben hindurch ewig wiederkehrten, ohne Unterbrechung, in einem Kreis, eine kosmische Tragödie, verpackt in fettiges Zeitungspapier – all das ist irgendwohin spurlos verschwunden, und nur einige kaum lesbare, tränenverschmierte Zeichen tauchten noch in der Erinnerung des Professors auf.

Deshalb lag ihm so viel an den Fotos. Flache, winzige Abbildungen von Gesichtern, menschlichen Figuren, eingefroren in unnatürlichen, lächerlichen Posen, mit furchtsamen Blicken, angespanntem Lächeln, ungewohnten Drehungen des Kopfes, aus merkwürdigen Perspektiven, eine geballte Faust, ein schüchternes Erröten – die einzigen Haken, an denen man den glitschigen Faden der Erinnerungen festmachen konnte, die sich stets zu verflüchtigen und aufzulösen bestrebt waren.

»Wissen Sie«, erklärte der Professor, doch in Wirklichkeit redete er wieder einmal mit sich selbst, »wissen Sie, Bohdan hat beschlossen, dass ich kein Recht auf Erinnerungen habe. Dass ich es nicht verdiene, mich mit den Menschen auf den Fotos verbunden zu fühlen.«

»Wie kann er das entscheiden?«, fragte Romana.

»Jemand muss es entscheiden«, zuckte der Professor mit den Schultern.

Er sehnte sich nach den Fotos. Er beschrieb sie Romana – dutzende, sogar hunderte, bis ins kleinste Detail: Dieses hat einen gewellten Rand und eine Prägung, jenes hat einen Fleck von einer dunklen Flüssigkeit, und wieder bei einem anderen fehlt die linke untere Ecke. Das hier hat den Abdruck eines Poststempels. Auf einem befindet sich dunkelgrüner Plüsch hinter den Fotografierten. Ein anderes zeigt einen üppigen Garten, das nächste einen Baum mit morschem Ast, von dem der Professor als Kind gestürzt war und sich den Knöchel gebrochen hatte. Es schmerzte noch immer, und zwar zunehmend. Der Bruch war unregelmäßig verheilt, man konnte den Spalt noch durch die Haut sehen.

»Bitte, Romana, werfen Sie einen Blick darauf.«

Und sie löste mit zitternden Händen langsam die Verschlussklappe des ersten Koffers und öffnete ihn. Es folgten die drei anderen. Sie war von einer derartigen Aufregung, vom Gefühl eines eben begangenen furchtbaren Verbrechens so überwältigt, dass sie Angst hatte, das Licht einzuschalten, um nicht geblendet zu werden. In der Dämmerung schaute sie sich die Bilder genau an, sie erkannte jeden, der auf ihnen abgebildet war. Wasyl Frasuljak mit seiner Frau Sena – ein altes Hochzeitsfoto, fast vollständig verblasst. Sena hatte ein breites Gesicht und hervorstehende Augen. Der junge Wasyl mit noch unrasiertem Flaum auf der Oberlippe machte ein müdes Gesicht, als ob er schon jetzt, noch ganz am Anfang, die gesamte Last dessen auf sich fühlte, was ihn erwartete. Er spürte das Gewicht, verstand aber dessen Bedeutung noch nicht.

Drei Schwestern unterschiedlichen Alters vor dem

Hintergrund eines blühenden Flieders. Schuhe im dichten Gras zwischen den flauschigen Kleeblättern. Verweinte Augen. Chrystja ist die Jüngste: unschuldig, ängstlich, neugierig. Pausbäckchen. Offener Mund. Eine Hand mit Grübchen. Sie sieht einen schrecklichen Apparat vor sich, der gleich hell blitzen und ihr und ihren Schwestern die weichen Herzen aussaugen wird. Entsetzen und Neugier in Chrystjas Augen.

Nusja, die Mittlere: verärgerter Ausdruck, ein tiefes Gefühl von der Ungerechtigkeit der Welt, Eifersucht. Schräger Scheitel, saubere Ärmel.

Uljana, die Älteste: irgendwo weit, furchtbar weit weg, in der unendlichen Ferne, an nichts gebunden. Nicht einmal an dieses Foto. Schmales Gesicht, eingefallene Wangen, große und ernste Augen. In den Augen – Freude an der Ungerechtigkeit, ein Lächeln. Eine trotzig hochgezogene gebogene Augenbraue. Sie ist noch ein Kind. Hier ist sie zwölf Jahre alt.

*

Und hier war eine andere Frau. Aus einer anderen Zeit, aus einer anderen Familie, in einer anderen Situation. Obwohl die Zeiten und Situationen so eng miteinander verflochten waren, so verschlungen, dass es unmöglich war, sie zu entwirren, zu enträtseln, zu verstehen, was woher kam, wie was verbunden wurde und warum.

»Das ist das Einzige, was ich noch von ihr habe«, hatte der Professor mit müder Stimme gesagt. Romana hatte Angst gehabt, dass er in Ohnmacht fallen könnte. Vorsichtshalber hatte sie seine Tropfen aus dem Kühlschrank geholt und sie vor ihm auf den Tisch gestellt. Der Professor tippte mit den Fingern auf die Tischplatte, schaute aber weder auf die Tropfen noch auf Romana und drehte den Kopf zur Seite. »Das Bild zeigt ihr Gesicht, wie es war, als sie das erste Mal zu mir kam. Als ich sie zum ersten Mal sah.«

Romana ließ die aufgeklappten Koffer in der Mitte der Küche liegen und schob nur ein wenig die Glanzpapierfotos in der Mitte zusammen. Bei all ihren gewöhnlichen Handlungen an diesem Abend – Essen kauen, Tee trinken, Wasser für die Dusche anstellen – wandte sie den Blick nicht vom Gesicht der Frau.

Sie wollte die ganze Zeit die Oberfläche des Fotos berühren. Es schien von einem weichen und warmen Film überzogen, der sich so angenehm an den Fingerkuppen anfühlte. Es war biegsam und weich, verformte sich bei Berührung oder Druck und kehrte doch in seine ursprüngliche Form zurück, sobald der Druck nachließ. Als Romana das Foto mit ihrer Handfläche bedeckte, spürte sie sogar, wie es pulsierte, fühlte den Rhythmus, der dem Blutfluss, dem Herzschlag in einem heißen menschlichen Körper ähnelte.

Die Farben des Porträts verdichteten sich zu einer glänzenden Dunkelheit: das Samtige einer reifen Pflaume, dunkles, betäubendes Fruchtfleisch von Feigen, Granatapfelkörner mit der Schwärze geheimster Winkel, Ritzen, Verstecke. Am liebsten wollte sie dorthin fassen, tief nach unten, den Nacken berühren, mit der Hand unter den Kragen des Strickpullovers mit rundem Halsausschnitt kriechen, um die Wirbel, die hervorstehenden Schulterblätter zu fühlen. Und den Hals direkt unter den Ohren mit dem Daumen und Zeigefinger leicht zusammendrücken, ihn fest mit der Hand umfassen. Sie wollte hören, wie die Frau vor Schmerz und Überraschung aufschrie, den Ausdruck ihrer Augen verstärken, um darin lesen zu können.

Die größte Unruhe rief in Romana ihre Unfähigkeit hervor, die Gefühle in den Augen der Frau zu verstehen. Ihre Lippen waren völlig ruhig. Kein einziger Muskel auf ihren Wangen zeigte irgendeine Anspannung. Die Glätte ihrer Haut störte keine einzige Falte. Das Gesicht, weich und zart, hatte die Stille einer Steinstatue oder einer Totenmaske.

Stattdessen waren die Augen dieser Frau beängstigend. Sie lächelten, aber das Lächeln war weder fröhlich noch sanft. Romana sah Schmerz, Schrecken, Verlust und Grausamkeit in ihren Augen. Einen Ausdruck, den Menschen zeigen, die viele Stunden und Tage lang Schmerzen ertragen mussten. Wie ein Echo im Hintergrund einer kontinuierlichen, aufdringlichen Melodie. Dann wiederum tritt es in den Vordergrund, betäubt und übertönt alles andere.

Ihr wurde klar, dass die Frau auf dem Foto des Professors Schmerzen hat. Dass sie sie erträgt, weil sie ihre Begleiter sind. Dass sie den Schmerz vielleicht sogar genießt, weil er ihr vertraut ist, sie kennt all seine Windungen und Vertiefungen, er verbindet ihren Körper mit der Welt um sie herum. Romana sah sich das Foto genau an und ihr wurde klar, dass diese Frau sich nach Schmerz sehnt. Dass sie gewohnt ist, sich nur im Schmerz selbst zu spüren. Die Frau hat verstanden, dass dies für sie die vernünftigste Art zu leben ist.

Romana wusste, dass der Name dieser Frau Zoya war. Sie war eine Patientin des Professors gewesen. Eines Tages war sie mit einer Bitte zu ihm gekommen.

*

Der Professor erzählte Romana: »Ich hatte eine solche Frau noch nie in meinem Leben gesehen. Sie setzte sich vor meinen Schreibtisch, ich schaute auf ihre Knie, die unter dem engen Rock hervorlugten, der an den Oberschenkeln ein wenig hochgerutscht war. Ohne es wirklich zu wollen, wanderte mein Blick an ihrem Rocksaum entlang und in den engen Spalt zwischen den Knien. Sie bemerkte meinen Blick und begann, ihre Oberschenkel aneinanderzureiben, als ob sie frieren würde oder es ihr peinlich wäre. Aber ich spürte sofort, ohne ihr auch nur in die Augen geschaut zu haben, dass ich die Situation nicht unter Kontrolle hatte.

Einen Moment später blickte ich in ihr undurchdringliches Gesicht. Kein Hauch von Verführung. Tadellose Zurückhaltung. Doch als ob ihre Beine in den dünnen Strumpfhosen ein Eigenleben führten, rieben sie sich weiter knisternd aneinander, bewegten sich weiter kaum merklich mit unkontrollierbarer Ungeduld, wie abwesend, mit einer heißen Anspannung, die ihre Schenkel nicht zur Ruhe kommen ließ. Die Frau berührte schließlich eine Wade mit ihrer Handfläche und streichelte sie sanft. Eine Haarsträhne fiel ihr theatralisch über die Wange. Ihre Hand kroch langsam den straffen Wadenmuskel hinab bis zum Knöchel und zeichnete die geschwungene Linie nach. Ich nahm es in meinem peripheren Sichtfeld wahr, ohne den Blick von ihrem Antlitz zu wenden. Wir hatten noch kein Wort gesprochen. Ich sah sie überrascht und fragend an. Aber in ihren Augen, die ihr versteinertes Gesicht als Einzige etwas aufhellen konnten, las ich fragende Verwunderung. Als ob nicht sie zu mir gekommen wäre, sondern ich sie zu mir gerufen hätte.

›Wie kann ich Ihnen behilflich sein?‹, fragte ich schließlich und merkte, dass mein Kehlkopf und meine Stimme zitterten.

›Ich möchte mein Aussehen verändern‹, sagte sie, ohne mit der Wimper zu zucken.

›Warum?‹, fragte ich.

Sie sah mich direkt an und antwortete nicht.

›Warum?‹, wiederholte ich meine Frage. ›Sie sind eine sehr schöne Frau. Aber das wissen Sie auch so, oder etwa nicht?‹

Ich stand auf und ging auf sie zu. Diese Bewegung, die ich dutzende Male am Tag vollführte, wenn ich mich einem Patienten näherte, um festzustellen, in welchen Bereichen die Defekte lagen, wie tief und katastrophal der Verfall war, um meine eigenen Chancen, die Grausamkeit der Natur zu beeinflussen, besser taxieren zu können, kam mir nun unendlich schwer vor. Als kämpfte ich mit einer plötzlichen Schlaftrunkenheit. Der Körper der Frau ließ mich nicht näher an sich heran.

Während ich ihr Profil betrachtete, das perfekteste Profil, das ich in meinem Leben gesehen hatte, während ich, aufgeregt wie ein junger Mann, der einen ersten Kuss erhaschen will, an ihrem Hals entlang nach unten schaute, direkt in den runden Ausschnitt ihres Strickpullovers, saß sie reglos da, schien nicht einmal zu atmen. Bemüht und konzentriert, signalisierte sie mit ihrem ganzen Auftreten, dass sie mir helfen wollte, dass sie versuchen wollte, mir nicht im Weg zu stehen.

Jeden anderen Patienten hätte ich gebeten, sich auszuziehen, um seinen Körper zu begutachten. Vielleicht geht es ja um ihren Körper. Vielleicht gefällt ihr die Form ihres Busens nicht. Vielleicht hat sie Dehnungsstreifen auf dem Bauch. Vielleicht hat sie eine Narbe von einer Blinddarmoperation. Vielleicht will sie, wie es derzeit populär ist, einen dieser Makel loswerden.

Aber ich konnte sie einfach nicht bitten, sich auszuziehen. Es schien unvorstellbar. Würde alles auf einmal enthüllen. Meine Gedanken und meine Erregung. Würde mich völlig bloßstellen. Und obwohl wir uns bis vor zehn Minuten nicht gekannt hatten, fühlte ich mich nun wie ein Vergewaltiger.

›Ich verstehe nicht‹, sagte ich und versteckte mich wieder hinter der Barrikade meines Schreibtisches. ›Ich verstehe nicht, was genau Sie ändern wollen. Es ist alles in Ordnung mit Ihnen. Die Höhe Ihrer Stirn entspricht der Länge Ihrer Nase und dem Abstand zwischen der Nase und dem Kinn. Die Breite der Nase an den Nasenlöchern ist gleich dem Abstand zwischen den Augen. Die Mundwinkel befinden sich auf einer vorgestellten Linie, die von der Mitte Ihrer Iris nach unten führt. Die inneren und äußeren Augenwinkel liegen auf derselben horizontalen Linie. Die drei Zonen Ihres Gesichts sind perfekt proportioniert. Sie haben eine matte, fleischfarbene Haut mit bräunlicher Färbung des Gewebes. Ihre Haut ist straff, die Poren sind sauber und verengt, die Falten weniger ausgeprägt als bei anderen Frauen Ihres Alters. Ich verstehe nicht, was genau Sie verändern wollen und warum.‹

›Ich will alles ändern‹, sagte sie ruhig. ›Ich will ein ganz anderes Gesicht.‹

›Warum?‹, fragte ich von wachsender Unruhe geplagt.

›Weil dieses Gesicht nicht meins ist. So sollte ich nicht aussehen.‹

An diesem Punkt hätte ich mich höflich von ihr verabschieden und sie an einen Psychologen verweisen sollen. Ich habe das oft gemacht, indem ich die Person sanft davon überzeugt habe, dass eine solche Beratung üblich und Voraussetzung ist. ›Sozusagen unabdingbar, ohne die Unterschrift eines Psychiaters darf ich nicht operieren‹, sagte ich üblicherweise. Ich habe nie Patienten mit psychischen Problemen operiert. Ich war stolz darauf, aus Prinzip keine Frauen zu operieren, die Angst vor dem Altern haben. Meine Aufgabe ist es, echte Fehler zu korrigieren: Lippen- oder Gaumenspalte, Agenesie, Makro- oder Mikrostomie, einen doppelten Mund oder eine zusätzliche Nase. Diese Frau hatte eine perfekte Nase, kann ich Ihnen sagen.

Doch ich begann, sie völlig ruhig zu befragen, wie sie denn aussehen wolle. Sie kam näher und wir sahen uns Fotos von Nasen und Lippen, verschiedene Facelifts, Ergebnisse von Nasenkorrekturen, Augenlidkorrekturen und Otoplastiken an. Sie wurde ganz aufgeregt, sie keuchte und seufzte verwundert, sie war so erregt von den Bildern, die ich ihr zeigte und die ich zu Hunderten aus meinen ordentlichen, systematisch systematisierten Ordnern herausholte, dass ich ihr Zittern spürte und ihren schweren Atem hörte – rau, heiß, schnell. Der Atem, der tief aus ihrem Bauch kam, stieg in ihren Oberkörper auf und ergoss sich über meine Wange, ins Ohr, in den Kragen meines Hemds. Ihre Füße tanzten neben mir, ihre Finger glitten über die Bilder von Gesichtern und jenen Teilen, die sie besonders anzogen.

Ich redete mir ein, dass all das nur vorübergehend sei. Dass ich mir erlaubte, ein wenig zu spielen, um sie hierzubehalten, nur für ein paar Minuten an meiner Seite. Soll sie mich doch unabsichtlich mit ihrem Körper berühren, mit ihrem Haar kitzeln. Es ist ja nur für einen Moment, nicht länger. Ich bin Arzt. Ich weiß doch, wie weit man gehen darf, um keinen Schaden anzurichten. Ich weiß mich rechtzeitig zu beherrschen.

*

Als ich das erste Mal die Verbände von ihrem Gesicht entfernte und die Nähte, die violett-schwarze, nasse Schwellung untersuchte, rief der Schmerz in den Schlitzen ihrer folienbedeckten Augen eine Erregung hervor, in der ich mich für ein paar Augenblicke völlig vergaß. Als ich wieder zur Besinnung kam, merkte ich, dass der Zeigefinger meiner rechten Hand halb in Zoyas Mund steckte, dass er in Zoyas Speichel badete, ihre Zunge streichelte, ihre Lippen liebkoste. Sie öffnete ihren Mund und ließ mich gehorsam gewähren. Ich sah das Lächeln, das plötzlich in ihren Augen erschien. Ich konnte ihre Dankbarkeit und Erleichterung spüren.

Das ist genau das, was ich wollte, sagte sie mir damals zum Abschied, und ich weiß nicht, was sie eigentlich meinte, die Form ihrer Nase, die nicht zu sehen sein würde, bis die Schwellung zurückging, oder das illegale Eindringen meines Zeigefingers in ihre Mundhöhle. Mein Finger hörte an diesem Tag nicht auf zu pochen. Er pulsierte, hatte ein Eigenleben. Ich spürte ihr Saugen, Pressen, ihr kräftiges, heißes, glattes Gewebe.

Mit jedem Mal gingen wir ein Stück weiter. Wir küssten uns, ich betastete ihre Brüste und vergewisserte mich, dass mit ihrer Form alles stimmte, ich berührte ihren Körper unter der Kleidung und vergewisserte mich, dass es keine Narben gab, keine sichtbaren Mängel irgendeiner Art. Der Makel lauerte in ihrem Inneren, daran hatte ich keinen Zweifel. Diese Frau trug einen fatalen Defekt in sich, dessen Wesen mir Angst machte und dessen Einzelheiten ich nicht wissen wollte. Aber sie zog mich an, und ich war dieser Erregung nicht gewachsen.

Ich redete mir fortwährend ein, dass ich es jederzeit beenden könne, gab weiterhin vor, nichts wäre passiert, und schloss deshalb nicht die Tür zum Arbeitszimmer, als wir zum ersten Mal Sex hatten. Ich schob ihr nur das Kleid hoch, wir zogen uns nicht aus. Ich blieb auf meinem Stuhl sitzen, sie saß auf mir und lehnte ihren Kopf an meine Schulter, anschmiegsam und zart. Ihre wie leblosen, kalten Handflächen umfassten meinen Nacken unter dem aufgeknöpften Kragen meines Hemds.

Aber dort, wo sich unsere Körper berührten, wo unsere empfindlichen Gewebestellen aneinanderrieben, schien die Temperatur auf ein Niveau zu steigen, das Metalle schmelzen konnte. Die Muskeln ihrer Pobacken spannten sich rhythmisch an. Sie drückte mich mit einer Gier, die an den Wunsch grenzte, mich einzusaugen, zu absorbieren. Sie öffnete sich mir, als biete sie mir an, sie zu töten.

Irgendwann betrat eine der Krankenschwestern den Raum. Ich, verschwitzt und wie irre, begegnete ihrem Blick und sah uns wie von der Seite. Die Krankenschwester zog sich zurück, ging rückwärts aus der Tür und schlug sie hinter sich zu. Ich packte Zoya bei den Haaren und zog ihren Kopf nach hinten. Ich sah ihr in die Augen. Jetzt waren wir beide verdorben und das Gift breitete sich in unseren Körpern aus. Wir trennten unsere klebrigen Körper, die miteinander verschmolzen waren. Sie waren nun nicht mehr das, was sie zuvor gewesen waren.

*

Ich besorgte eine Wohnung, in der wir uns treffen konnten. Sie lag in einer der alten, versteckten Straßen von Petschersk, gegenüber dem kürzlich erbauten Hotel Salut. Die enge Straße mäanderte dahin, knickte dann einige Male ab und bildete eine Art Labyrinth. An der Mauer des dreistöckigen Hauses, das in einer der engen Kurven stand, rankte sich wilder Wein empor, unter dessen mehrjährigen Schichten die Tauben nicht aufhörten zu gurren.

Wir liebten uns zu Gegurre und Flügelschlag der Tauben in einem Raum mit abblätternden Tapeten und Möbeln aus Holzplatten, die mit Klebefurnier verkleidet waren. Wenn ich auf dem Weg zu unseren Treffen aus der Unterführung nach oben stieg, versprach ich mir immer wieder, dass dies das letzte Mal sein würde, dass ich all das beenden müsse.

Zoya erwartete mich in der Ecke zwischen zwei Häusern. Ich geriet in Erregung, sobald ich nur ihre Gestalt im schwarzen Mantel von weitem sah und die Verbände oder Pflaster auf ihrem Gesicht erblickte. Sie stand regungslos und starrte auf einen Punkt.

An was denkt sie, fragte ich mich und versuchte, diese Frage nicht zu vergessen, die immer schwächer wurde, übertönt vom Rauschen des Bluts in meinen Ohren und vom Pochen in meiner Leiste. Wollte ich wirklich wissen, was sie dachte?

Ich wurde das Gefühl nicht los, jedes Mal eine andere Geliebte zu treffen – und das nicht nur wegen der Nähte und Schwellungen, nicht nur wegen der Veränderungen, die durch meine Operationen in ihrem Gesicht entstanden waren. Bei all ihrer Distanziertheit verhielt sich Zoya oft unvorhersehbar und war nicht wiederzuerkennen. Es dauerte ziemlich lange, bis sie anfing, mich wirklich anzulächeln: nicht nur mit den Augen, sondern auch mit den Lippen, dem Mund und dem ganzen Gesicht. Manchmal strahlte sie, glänzte vor Gelassenheit. Ich war überrascht und erleichtert, diese Leichtigkeit an ihr zu sehen, und klammerte mich an dieses Gefühl. Manchmal zog sie sich widerwillig und müde aus und gab mit keinem einzigen Seufzer oder Stöhnen zu verstehen, dass sie es auch genoss. Manchmal nach dem Orgasmus, wenn ich neben ihr lag und mein Kopf frei von jeglichen Gedanken war, wenn ich nur noch süße Müdigkeit in meinen Gliedern spürte, eine tiefe Entspannung, sah sie mich mit unverhohlenem Ekel und mit Verachtung an. Oft schien mir, als träfe sie sich nur mit mir, um sich selbst etwas Schreckliches anzutun. Manchmal dachte ich auch, dass sie von mir schwanger werden wollte. Und manchmal vermutete ich, dass in ihrem Kopf diese beiden Dinge zu einem einzigen furchtbaren und verrückten Plan verschmolzen.

Dann wieder brach sie bei jedem Blödsinn in schallendes Gelächter aus, machte gnadenlos gute Witze und verfiel kurz darauf in tiefe Apathie. Ich brachte kein einziges Wort aus ihr heraus, und vielleicht wollte ich das auch gar nicht.

Schließlich beschwerte sie sich über die unvollkommene Form der Nase, die ich modelliert hatte, über das Kinn, das korrigiert werden musste, über die Wangenknochen, die nicht hoch genug waren, über zu dünne Lippen. Du musst deine Fehler korrigieren, flüsterte sie, presste ihre Beine fest zusammen und wandte sich ab. Okay, okay, was auch immer du willst, versprach ich und drückte ihre Arme fest nach unten, damit sie aufhörte, sich zu widersetzen, mich abzuwehren und mich in sich eindringen ließe, damit ich endlich in ihr versinken durfte.

Als wir uns bereits aneinander gewöhnt hatten, unsere Sinne aber immer noch wild pulsierten, alles mit bunten Farben überfluteten und durchdringend leuchten machten, bis die Augen schmerzten, begann sie, über sich zu reden. Sie lag ausgestreckt auf dem Rücken, ihre verschwitzte Haut glänzte vor Bräune, milchige Tropfen trockneten auf ihrem Bauch und wurden durchsichtig. Ihre Brustwarzen waren nicht mehr hart, sie zerschmolzen, dehnten sich aus. Die unterste Haarschicht, direkt am Nacken, war ganz nass und kräuselte sich fein. Auch ihre Schläfen waren feucht, und über ihrer Oberlippe und auf ihrer Stirn hingen Tropfen. Wir waren klebrig, um uns herum herrschte ein so dichter Geruch, dass man ihn fast greifen konnte. Ich setzte meine Brille auf und sah sie an, wobei ich meinen Kopf mit der Hand abstützte. Sie schlief ein, erschöpft, versuchte dagegen anzukämpfen – wir hatten wenig Zeit, sie wurde erwartet, ich wurde erwartet, wir hätten die Wohnung schon längst verlassen sollen, geduscht und angezogen, nüchtern. Aber wir lagen noch immer auf dem Perserteppich. Tausende von burgunderroten Blütenblättern flossen darauf ineinander, fächerten sich wieder auf, verwandelten sich in goldene Pfauenfedern, winzige schwarze Gestalten von Jägern, die Hirsch und Reh verfolgten, eilten zwischen ihnen hervor, und Hirsch und Rehe, verbargen sich im Dickicht, im Gestrüpp bräunlicher Weiden, in duftenden Büschen, deren Triebe mit Dornen gespickt waren; die zarte Haut eines Rehs, verwundet durch den Pfeil eines flinken Reiters oder durch einen besonders scharfen Dorn, bildete eine Spur blutiger Ornamente – und die Finger meiner Geliebten, im Taumel zwischen Schlaf und Wachen, tasteten sich entlang dieser Spuren, hielten zuweilen kurz inne und setzten dann ihre sanfte Bewegung durch den warmen Flor fort.

Sie schlug immer wieder ein wenig die Augen auf und sah mich an. Ich versuchte, sie anzulächeln, wurde ungeduldig, in Gedanken griff ich schon nach meiner zerknitterten Kleidung, meinen Socken, meinem Hemd, das mit der Spitze seines steifen Kragens streng auf mich zeigte. Aber sie reagierte nicht auf mein Lächeln, war noch immer irgendwo anders, in den trägen Tiefen, wo sich die Zeit ausdehnt, wo die Äußerlichkeiten des Lebens und seine Rituale an Bedeutung verlieren und stattdessen etwas unter dem öligen Schlick hervorkommt, eine offene Schleimhaut, ein, empfindlicher, ungeschützter, blassrosa Körper. Ich sah es in ihren verschwommenen Augen und mir wurde unwohl. Als wären wir an verschiedenen Ufern. Ich will jetzt nicht zu ihrem Ufer hinüber, doch ich kann sie auch nicht an meines ziehen. Ich war genervt: Ich wollte mich trennen, loslösen. Ihre Wehrlosigkeit stieß mich ab, ich wollte zurück zu meinen Angelegenheiten, aber gleichzeitig spürte ich eine widerwärtige Eifersucht, dass wir nicht mehr zusammen waren, dass sie weiterhin dort war, nicht mehr für mich verfügbar. Ich wollte sie ruckartig an die Oberfläche holen, grob und grausam. Ich wollte ihr wehtun.

›Weißt du‹, sagte sie, griff an die Teppichkante und schob ihre Finger darunter, ›früher habe ich mir immer Sorgen gemacht und die Person, mit der ich zusammen war, gefragt: Wie gefällt es dir? Bin ich zu leise? Sind dir meine spitzen Schreie lästig? Erinnern sie dich an die Geräusche eines dummen Huhns? Oder: Findest du meinen Geruch aufdringlich? Verfolgt dich mein Geruch noch nach Stunden und verursacht dir unangenehme Gedanken? Willst du meinen Geruch so schnell wie möglich loswerden? Wenn du meinen Geschmack nicht magst, wenn er zu scharf ist, dann keine Sorge, ich bin nicht beleidigt. Bin ich vielleicht zu sanft und zu weich? Verursache ich dir Schmerzen? Presse ich mich zu fest an dich? Ist es okay, wenn ich dir ins Ohr beiße? Stört es dich nicht, wenn ich schwitze? Und jetzt, bei dir, weiß ich nicht, ob ich zu leise bin, und ich weiß nicht, ob meine Stimme für dich wie das Stöhnen und Schluchzen eines Tieres klingt, ich weiß nicht, ob sich mein Geruch aggressiv in deine Haut frisst. Ich weiß nicht, wie es sich anfühlt, mich zu schmecken, aber ich will dich nicht danach fragen, obwohl ich natürlich neugierig bin, wie ich für dich bin, wie du mit mir bist, wie ich schmecke und rieche, wie ich mich anfühle, wie ich aussehe, weil ich nicht anders sein kann, weil ich nichts ändern kann, weil ich nur mit dir so bin, wie ich sein kann: mit diesen Schreien und diesem Stöhnen, so schweißtreibend und salzig, so nass und klebrig, und ich kann nicht anders, als dich mit meiner Zunge zu schmecken und wenn ich in deine Schulter beiße, kann ich nicht anders, als in dich hineinzubeißen, und deshalb ist es sinnlos zu fragen, denn selbst wenn es dir nicht gefällt, kann ich nichts dagegen machen, es ist einfach so, wie es ist.

Vielleicht liegt es daran, dass du es bist, der mein wahres Gesicht macht‹, sagte sie, rückte näher und berührte meine Schulter mit ihrer Wange. ›Es dauert nicht mehr lange und mein Gesicht wird so sein, wie es sein sollte.‹

Ihre Worte über die Männer, die sie vorher gehabt hatte, bedeuteten für mich zahlreiche Kerle, viel zu zahlreich für so einen kleinen und hilflosen Körper, und in meiner Vorstellung tauchte augenblicklich eine Heerschar gesichtsloser Männer auf, die sie befriedigt hatte, noch bevor sie anfing, mich zu befriedigen, und mich erfasste ein plötzlicher Eifersuchtsanfall, der mir buchstäblich den Boden unter den Füßen wegzog.

Damals fragte ich sie zum ersten Mal, ob sie verheiratet sei. ›Ja‹, antwortete sie, ›ich habe einen Ehemann. Er ist sehr freundlich.‹

Und dann begann sie, mir einige Bruchstücke über sich zu erzählen, einige Fakten, die überhaupt nicht zusammenpassten und die ich unter großer Mühe zusammenfügte, denn die Eifersucht verließ mich nicht. Sie überflutete mich bis zum Hals und drückte mir auf die Brust, und gleichzeitig durchströmte mich eine neue Welle der Erregung, viel stärker, rücksichtsloser noch als beim ersten Mal, als ich mit meinem Finger in ihren Mund eingedrungen war. Ich griff nach der Decke und verhüllte mich, um meine Schwäche nicht preiszugeben.

Sie erzählte mir, dass ihr Großvater, der vor seiner Pensionierung eine hohe Position in der Fünften Abteilung der Sicherheitsdienste gehabt hatte, sie mit ihrem Mann bekannt gemacht hatte, und dass ihr Mann der Untergebene ihres Großvaters gewesen war und es eigentlich noch immer war, denn bei dieser Art von psychologischer Unterordnung spielte die Pensionierung keine Rolle. ›Mein Mann ist ein bisschen wie Faust‹, sagte Zoya, ›er hat einen Vertrag mit seinem Blut unterschrieben und bereut es nicht. Er ist ein guter Mann.‹

›Waha, und wem ist dein Großvater dann wohl ähnlich?‹ Ich lachte und dachte, dass ich eine furchtbar witzige Anspielung gemacht hätte. Aber sie schien meinen Scherz nicht zu verstehen. Sie redete weiter.

›Nach seiner Pensionierung verhalf mein Großvater meinem Mann zu einer Stelle. Er bekämpft nun Verbrechen, beobachtet Studenten, Touristen, Sowjetbürger und ausländische Journalisten. Aber er wird oft wegen anderer Fälle gerufen. Man sagt, er habe ein goldenes Händchen.

Abends kommt er spät nach Hause, sogar am Wochenende. Oft schlafe ich dann schon tief und fest oder ich verstelle mich. Er öffnet die Tür und sieht sich kurz meinen Rücken an, dann desinfiziert er die zerfetzten Knöchel seiner rechten Hand. Wenn ich zufällig noch im Bett lese, bittet er mich, die Wunden zu versorgen. Dann sage ich: Liebster, deine früheren Wunden sind noch nicht verheilt, und du hast dir schon wieder die Hand kaputtgeschlagen. Du kümmerst dich zu wenig um dich selbst.

Er bittet mich, ihm hundert Gramm Hochprozentigen einzuschenken, um das Desinfizieren der Wunden mit Peroxid auszuhalten. Er hat eine ungewöhnlich niedrige Schmerzgrenze.

Hattest du einen sehr schweren Tag?, frage ich ihn. Er nickt und versucht, nicht säuerlich dreinzuschauen. (›Nicht zu übersäuern‹, scherzte ich. Zoya reagierte wieder nicht.)

›Jeder Tag wie am Fließband, sagt mein Mann‹, erzählte sie weiter. ›Ich wollte mit ganzem Herzen dabei sein, ich wollte jeden Menschen besonders behandeln, für jeden eine ganz eigene Herangehensweise haben, so wie echte Spezialisten, wie dein Großvater.

Aber geht das denn, wenn es jeden Tag so viele von ihnen gibt: Sie werden gebracht, mit gefesselten Händen herbeigeschleppt, oder sie kommen von selbst, nachdem sie eine Vorladung erhalten haben, oder auch nur, um uns einen Dienst zu erweisen, um uns vor dem Unumgänglichen zu warnen, jemanden anzuschwärzen, um den Schlag von sich selbst abzulenken.

Und jedes Mal sage ich mir: Kotlubaj, streng dich diesmal mehr an, mach ein psychologisches Profil, decke seine Schwächen, seine Ängste auf, finde heraus, was ihm auf der Welt am wichtigsten ist. Agiere feinsinnig und unmerklich. Sei schlau und intrigant. Verspeise ihn bei lebendigem Leib, und lass ihn sich die Fleischstücke auch noch selbst herausschneiden und an dich verfüttern, sodass er dir schließlich noch dankbar dafür ist. So wie es der Großvater deiner Frau gemacht hat. Du schaffst es, Kotlubaj. Nicht umsonst hält man große Stücke auf dich.

Doch für all das ist keine Zeit. Verstehst du, Liebste? Mir wird befohlen, sie schnell und effizient zu brechen: einen Stuhl zu zertrümmern, die Nase blutig zu schlagen, Finger zu zerquetschen. Ich werde nur hinzugezogen, wenn es sich um ein wirklich schweres Verbrechen handelt und der Schuldige sofort überführt werden muss. Sobald es freilich sanft zugehen soll, man die ganze Nacht mit einem wertvollen Vogel zu sitzen hat, bis er zwitschert, ihm zu schmeicheln, ihm das Blaue vom Himmel zu versprechen und ihn nur mit Worten einzuschüchtern hat – da werde ich nicht gerufen. Sie holen Hrek oder Nastytsch. Glaubst du, sie wollen mich erniedrigen?‹

Und Zoya erzählte weiter, dass sie ihren Mann beruhigen, ihm versichern musste, dass niemand es wagen würde, ihn zu demütigen, dass er nicht weniger respektiert und gefürchtet werde als der Großvater.

›Niemand würde es je wagen. Du bist Großvaters rechte Hand. Er ist nicht wirklich in Pension gegangen, wie du weißt.

Es ist nur so, dass du in diesem Geschäft keine Wahl hast, Liebster. Es ist ein gut eingespielter Mechanismus, eine präzise Maschinerie, die nicht nur ihren Opfern, sondern auch ihren Tätern keine Wahl lässt.‹

Und dann beruhigte sich ihr Mann, erzählte Zoya weiter, obwohl er ein wenig mürrisch dasaß und seine Wangen leicht nach unten hingen, wie bei einem Plüschbären. Er erlaubte Zoya, ihm die Jacke und das Anzughemd auszuziehen, die im Laufe des Tages furchtbar schmutzig geworden waren, auch seinen Gürtel zu öffnen und seine Hose auszuziehen. Und dann auch noch die Socken. All das faltete sie ordentlich zusammen, damit ihre Haushälterin Natalka am Morgen sofort mit der Wäsche beginnen konnte.

Dann führte Zoya ihren Mann in Unterhose und Unterhemd an der Hand hinter sich durch den Wintergarten, wo sich die Muster der gefiederten Zimmerpflanzen im Mondlicht auf dem Parkett wellten. Sie führte ihn ins Schlafzimmer, legte ihn neben sich ins Bett und streichelte die sich lichtenden Stellen auf seinem Kopf, die sie an grobgestrickte Wollsocken erinnerten, so lange, bis er zufrieden zu schnarchen begann.

Zoyas Stimme veränderte sich, als ich sie nach ihrem Großvater fragte. ›Der Großvater ist ein außergewöhnlicher Mann‹, sagte sie, während sie auf dem Teppich saß und ihren Arm nach ihrer Bluse ausstreckte. Sie zog eilig ihre Unterwäsche an, dehnte ein Bein nach dem andern und winkelte sie dann beide wieder anmutig an. ›Großvater‹, fuhr sie fort, ›ist unerschütterlich und prinzipientreu. Er hat eine Menge für dieses Land getan. Bereits während des Krieges vollbrachte er wahre Wunder – und da beginnt auch seine Geschichte. Nach dem Krieg beteiligte er sich an der Liquidierung Tausender Menschen. Vielleicht sogar Zehntausender. Inhaftierung, Verhöre, Folter, Erpressung, Bestechung, Lager, Erschießen, Strangulieren, Ertränken, in den Wahnsinn treiben. Die Menschen selbst waren sich nicht immer bewusst, dass Großvater sie zerstörte. Manchmal waren sie ihm sogar dankbar. Sobald er mit ihnen arbeitete, begannen sie ihn zu lieben. Sie vertrauten ihm. Er hat wirklich viel für dieses Land getan.‹, wiederholte Zoya und kratzte sich nachdenklich an der Wade, ›und noch mehr setzte er sich für seine Familie ein. Wenn du wüsstest, wie sehr er seine Frau geliebt hat. Als sie vor ein paar Jahren starb, war er plötzlich wie am Boden zerstört. Er hatte einen Schlaganfall, doch erholte er sich binnen weniger Monaten: Wechselbäder, Laufen, Yoga, Atemübungen. Jetzt ist er noch stärker als vor ihrem Tod.

Er liebte sie so sehr, sie war die Verkörperung seiner Träume. Großvater brachte sie nach dem Krieg aus Russland mit. Eigentlich hatten sie sich bereits vor dem Krieg in Moskau kennengelernt. Er wurde nicht müde zu erzählen, wie er sie zum ersten Mal gesehen hatte. Sie sprach von einer Tribüne aus, sie kochte vor Wut und sprach laut mit helltönender Stimme. Ihre Silhouette wurde von einem fluoreszierenden Himmel und leuchtenden Wolken eingerahmt. Ihre Stimme, die von Lautsprechern verstärkt wurde, kam aus allen Richtungen. Von Zeit zu Zeit machte sie Pausen, dann brauste stürmischer Beifall auf. Sie nahm ihn als spontan an und neigte ein wenig den Kopf, was ihr spitzes Kinn noch schärfer erscheinen ließ. ›Nur die Werktätigen der Sowjetunion begehen voller Freude den großen proletarischen Feiertag‹, sprach sie. ›Unter den Blicken der ganzen Welt wächst und gedeiht unser Vaterland dank der weisen Führung der Partei von Lenin und Stalin und nutzt dabei alle Wohltaten des Friedens. Im vergangenen Jahr ist die politische, wirtschaftliche, kulturelle und militärische Macht unseres Landes unbeschreiblich gestiegen. Die nationale Wirtschaft hat einen großen Schritt nach vorne gemacht. Der materielle Wohlstand der Arbeitnehmer wächst. Das Land bewegt sich gefestigt auf dem geplanten Weg, um die fortschrittlichen kapitalistischen Länder in ihrer wirtschaftlichen Entwicklung einzuholen und zu überholen. Seid wachsam, übt unablässig militärische Fertigkeiten, kämpft mit zehnfacher Energie in allen Bereichen des sozialistischen Aufbaus und stärkt die wirtschaftliche und militärische Macht unseres schönen Vaterlandes! Trotz aller Fallstricke der Feinde werden wir vorwärts, immerzu vorwärtsschreiten, in das lichte Morgen des Kommunismus, wohin uns der große Steuermann der Revolution, unser Stalin, führt!‹

Beifall, Beifall, Beifall … Mein junger Großvater‹, sagte Zoya, ›war überzeugt, dass dieser Beifall auch zu Ehren ihrer großen Liebe tobte, von der dieses Mädchen mit den runden Wangen und dem schmalen Kinn, mit den schrägen Augen und den leicht geschwollenen Augenlidern noch nichts wusste. Ein starkes, schamhaftes Gefühl erfasste sie, als sie von der Tribüne stieg, entschlossen, ernst, konzentriert, in der einen Hand hielt sie einen Nelkenstrauß und mit der anderen rückte sie die rote Krawatte der Pioniere zurecht und blickte plötzlich in die Augen eines großen schwarzhaarigen Fremden.

Später ging sie wegen ihm in den Westen, ans Ende der Welt. Die Bewegung Richtung Westen verlief schrittweise. Während des Krieges wartete sie in Charkiw auf ihn, dann fand sie sich in einer seltsamen Kleinstadt in der Westukraine wieder, wo die jahrhundertealten Ruinen trotz der

Ruinen der jüngsten Vergangenheit noch Bestand hatten. Sie verstand die Sprache nicht, die Einheimischen kamen ihr wie Wilde vor. Vom Balkon des Hauses in der Stadtmitte sah sie angewidert zu, wie die Frauen des Dorfes die Hühnerkacke mit ihren Schürzen von den Eiern wischten. Ich würde sie alle aus der Stadt jagen, sagte sie zu ihrem Mann, als er auf dem Balkon erschien, um zu rauchen. Sie sind ohnehin schon mehr als einmal von hier verjagt worden, entgegnete ihr Mann und schaute freundlich auf das Treiben des Markts.

Dann zogen sie wieder nach Osten, aber nicht nach Russland, wohin sie am liebsten zurückgekehrt wäre. Sie zogen in eine größere Stadt, und dann in eine noch größere, die Hauptstadt der Republik. Großmutter gewöhnte sich schließlich an dieses Land. Vielleicht beruhigte sie auch ihre, wenn auch langsame, so doch stete Bewegung Richtung Osten. Anfreunden konnte sie sich mit keiner dieser Städte. Sie mochte weder die Berge, wohin ich sie in luxuriöse Sanatorien für die Familien von Staatsbediensteten begleitete‹, erzählte Zoya, ›noch das Schwarze Meer, sie runzelte die Stirn und verkrampfte sich, sobald sie eine für sie fremde Sprache hörte, sobald sie von Einheimischen umgeben war.

Der Großvater fühlte sich unter ihnen immer wie ein Fisch im Wasser. Schließlich war er ein Einheimischer. Er konnte die Bevölkerung gut einschätzen.‹

Zoya setzte sich auf einen Stuhl nahe dem Balkon und rauchte. Der Rauch blieb an den Weinblättern und der flaumigen Haut der Trauben kleben. Zoya streckte ihre nackten Beine aus, bis sie fast meinen Ellenbogen berührten. Ich lag auf der Seite, stützte meinen Kopf ab und sah zu ihr hinauf. Unter der Bluse zeichneten sich ihre Brustwarzen deutlich ab.

›Sie konnten keine Kinder haben‹, sagte Zoya. ›Meine Großmutter erwiderte ihm bei seinem Heiratsantrag: ›Ich werde dir niemals ein Kind schenken.‹ Er antwortete: ›Was für eine Lappalie.‹ Sie sagte: ›Das ist keine Lappalie. Ich weiß nicht, wie ich ohne Kinder leben kann.‹ Und wirklich, sie verfiel schnell in tiefe Apathie, begann ihren Geschmacks- und Farbsinn zu verlieren, reagierte nicht auf Zärtlichkeiten, Scherze, Nachrichten von Todesfällen und Katastrophen. Er sagte: ›Wenn ich könnte, würde ich dir Kinder gebären.‹

Hinter dem Schleier ihrer Stumpfheit verbrachte sie den Krieg. Sie schrieb ihm Briefe: ›Mir geht es gut. Gestern hat es geregnet. Der Klavierbauer kam und stimmte das Klavier. Aber ich habe völlig vergessen, wie man spielt. Nicht genug, dass ich kein Kind kriegen kann, Klavier kann ich auch nicht mehr spielen.‹

Er schrieb ihr Briefe: ›Mir geht es gut. Ich weiß nicht, wann ich dir das nächste Mal schreiben kann, weil ich morgen einen sehr wichtigen Einsatz habe. Mach dir keine Sorgen, mein Leben ist nicht in Gefahr. Die Front verschiebt sich nach Westen und wir säubern den Raum für dich und mich. Bald werde ich dich hierherbringen, und du wirst sehen, wie gut es hier ist: sanfte Hügel, Wälder, Flüsse, saubere Luft. Natürlich nicht jetzt. Jetzt gibt es Explosionen, Ruß und Rauch in der Luft. Aber bald, sehr bald. Küsse. Ich liebe dich. Der deine.‹

Sie schrieb: ›Du hast mir gesagt, ich soll einen Mantel nähen, aber du hast nicht gesagt, was für einen Stoff und welches Muster. Ich schaue mir jeden Tag Stoffe an, aber mir gefällt keiner davon. Tweed oder Gabardine? Ich glaube, ich bevorzuge Gabardine. Aber hast du mir nicht geschrieben, dass du Fischgrätenmuster willst? Warum antwortest du so lange nicht? Hast du das Interesse daran verloren, mir zu schreiben? Ist es, weil ich dir kein Kind schenken kann? Bist du von mir gelangweilt? Hast du eine andere? Wohin bist du verschwunden? Was ist los?‹

Und als der Krieg wirklich vorbei war, brachte er ihr ein Mädchen. Zehn oder elf Jahre alt, eine stumme Wilde mit geballten Fäusten und verschlossenem Gesicht.‹ Sagte Zoya, und kein einziger Muskel in ihrem Gesicht bewegte sich, selbst wenn sie sprach. Die Illusion von Emotionen in ihren Zügen kam vom Zigarettenrauch, der sich vor ihrem Gesicht kringelte.

Zoya fuhr fort: ›Er hatte das Mädchen aus einem Waldloch gezogen, ich habe trotz aller Geschichten nie kapiert, wie das Kind dorthin gekommen war. Als ich noch ganz klein war, stellte ich mir vor, dass es eine Wolfshöhle war. Dass ein Wolfsrudel ein ausgesetztes Kind aufgenommen hat, dessen Eltern erschossen worden waren. Dass sie bei den Wolfsjungen schlief und die Wolfsmutter sie fleißig mit ihrer rauen Zunge ableckte und Flöhe ausbiss. Dann wurde mir klar, dass es keine Wölfe, sondern Banditen gewesen waren. Blutrünstige Räuber, die kein Mitleid kannten. Plünderer, die wehrlosen Menschen die Bäuche aufschlitzten und am Tatort Berge von heißen Eingeweiden hinterließen. Man redete nicht darüber. Ich lebte mit diesen Bildern im Kopf: schmutzige, blutverschmierte Kerle, übersät von Narben, übel stinkend, und ein kleines Mädchen, das sie am Leben ließen.

Sie war blond und hübsch. Auch wenn sie völlig abgemagert war, ihre Schlüsselbeine und Rippen durch die Kleidung sichtbar aus ihrem Körper ragten und die erstarrten Augen dunkle Ringe hatten, brachte ihr Aussehen jedes Herz zum Schmelzen. Sogar das Herz der Großmutter. Sie haben das Mädchen behalten. Es wurde meine Mutter‹, sagte Zoya.

Und Zoya begann über ihre Mutter zu sprechen, rückte noch weiter von mir ab, bis zur Schwelle des Balkons, und verbarg sich hinter dem Vorhang in der Farbe schwachen Teesuds. Ich konnte nur sehen, wie ihre Füße auf dem Linoleum zappelten. Zoya sprach über ein schwer fassbares Wesen, zu dem man nicht durchdrang, selbst wenn man an seiner Seite war. Selbst wenn man sich an sie schmiegte und sie umarmte, hatte man nicht das Gefühl einer Umarmung.

›Sie hat nie ihre Stimme gegen mich erhoben‹, sagte Zoya. ›Aber ich war mir nie sicher, ob es ihr überhaupt bewusst war, dass es mich gibt. Manchmal merkte ich, dass ihr Blick auf mich gerichtet war, und ich war überglücklich: Ich stürzte mit offenen Armen auf sie zu, oder umgekehrt – ich erstarrte, ließ meinen Blick nicht von ihr, lächelte breit oder fing an zu weinen. Doch nach wenigen Augenblicken begriff ich, dass sie auf etwas anderes schaute, etwas, das in ihr verborgen war: auf Menschen, die ich nicht kannte und die ihr viel näherstanden als ich. Ich wollte so sehr wissen, wer sie waren, um ihr wenigstens auf diese Art nahe zu sein: die Wolfsfamilie oder die Waldbanditen? Wer war meine Mutter gewesen, damals, als sie ein kleines Mädchen war? Mit wem war sie so glücklich gewesen, dass sie jetzt nicht einmal einen Moment mit mir sein wollte oder konnte?

Ich brach mir ein Bein, fiel bei jedem Schritt hin und war ständig krank. Ich zerdepperte Teller und Gläser, zerriss Kleidung, beschmierte mich und alles um mich herum mit Tomatensoße, Brillantgrün, Schlamm und Zahnpasta. Ich habe Draht in die Steckdose gesteckt. Ich habe versucht, über das Balkongeländer zu klettern. Ich habe mich in Schränken und unter Betten versteckt und bin dort tagelang gesessen, bis Großvater mich fand. Meine Mutter kam nicht einmal auf die Idee, mich zu suchen. Nicht ein einziges Mal hat sie gemerkt, dass ich fehlte.‹

›Womit sie sich beschäftigt hat?‹, wiederholte Zoya meine Frage und sagte dann. ›Mit nichts. Sie brauchte nicht zu arbeiten. Sie ging zur Schneiderin, um Maß nehmen zu lassen. Sie wanderte ziellos durch die Straßen wie eine Träumerin, die sich verlaufen und vergessen hat, wo sie war und woher sie gekommen war. Sie las Bücher, lauschte dem zweiten Konzert von Rachmaninoff. Aber meistens saß sie einfach nur da mit den Händen im Schoß und schaute aus dem Fenster in den Brunnen des Innenhofs.‹

›Aber sie hatte eine Schwäche‹, erinnerte sich Zoya beinahe fröhlich, ›sie ging fast jeden Tag auf den Markt und brachte noch nicht verarbeitete Tierkadaver, tote Kaninchen oder Geflügel, ungereinigten Fisch nach Hause. Und dann war sie eine Zeit lang damit beschäftigt, Federn zu rupfen, Wolle zu verbrennen, zu putzen, zu zerschneiden und zu sortieren. Es bereitete ihr eine seltsame, schon fast sichtbare Freude. Sie schien damit an etwas in ihrem Inneren anzuknüpfen, an eine Erinnerung, ein reales Stück von ihr – und nur in diesen Momenten vermochte sie, mich zu bemerken. Sie hat die toten Tiere nur zerschnitten und aufbereitet – das Kochen überließ sie anderen.

Manchmal ging ich mit ihr auf den Markt und versuchte, in der Menge mit ihr Schritt zu halten: Sie war definitiv nicht in der Lage, auf mich aufzupassen. Ich klammerte mich an ihrer Hand fest, während sie die an den Füßen aufgehängten Tierkörper mit kritischem Blick prüfte. ›Versuch nicht, mir diesen Dreck unterzujubeln‹, sagte sie ruhig zu einer durchtriebenen Marktfrau. ›Schau, wie blau die Zunge schon ist!‹

Während sie begann, sie zu verarbeiten, saß ich schon am Küchentisch auf einem Hocker. Sie sang vor sich hin oder pfiff und schaute mich sogar mit verschwörerischer Herzlichkeit an. Ich saugte das alles in mich hinein, denn ich wusste, dass sie nicht allzulange so sein würde. Sie nahm ihr Lieblingsfleischmesser in die Hand und fuhr mit der Fingerkuppe die Klinge entlang. Sie drehte das Messer hin und her und hielt es gegen das Licht beim Fenster. Manchmal prüfte sie es mit ihrer Zungenspitze. Davon bekam ich am ganzen Körper Gänsehaut und rief: ›Mama, Mami, bitte hör auf, du wirst dir noch wehtun.‹ Sie lächelte mich an (lächelte mich an!) und fing an zu arbeiten. Ihre Bewegungen waren genau abgestimmt, sie war ganz bei ihrer Arbeit. Ich glaube, sie hätte eine hervorragende Chirurgin werden können.‹

Ich fragte Zoya, ob ihre Mutter jemals lebende Tiere getötet habe. ›Nein, so etwas habe ich nie gesehen‹, antwortete Zoya nachdenklich, ›aber ich kann es mir gut vorstellen. Nicht, weil sie blutrünstig gewesen wäre. Ja, ihre Vorliebe für Blut und rohes Fleisch habe ich irgendwie mit dem Leben in Verbindung gebracht, das sie mit den Banditen in dem Waldloch geführt hatte – ungefähr so, wie du es dir jetzt vorzustellen versuchst‹, erwiderte Zoya, ›aber das Zerschneiden toter Tiere war etwas ganz anderes. Eine Fähigkeit, die unabhängig von ihr und ihren Wünschen in ihrem Körper lebte. Eine Logik, die jenseits unserer gewöhnlichen Vorstellungen von Gnade und Grausamkeit existiert. Meinst du, es könnte mit ihrer richtigen Familie zusammenhängen?, fragte mich Zoya hoffnungsvoll. Als ob ich so etwas wissen könnte.

Ich erzählte ihr von meiner Mutter. ›Glaubst du, du bist die Einzige, die eine mental abwesende Mutter hatte, die in ihrer eigenen Welt lebte? Meinst du, du bist die Einzige, die die Last einer unbekannten Vergangenheit zu ertragen hat, in der von dir nicht die geringste Spur zu finden ist, mit der du aber seit deiner Geburt leben musst?‹

›Uljana?‹, sprach Zoya plötzlich den Namen meiner Mutter aus. Sie stand interessiert auf. ›Uljana Frasuljak?‹

Ich zuckte überrascht zusammen und sah sie mit großen Augen an.

›Woher weißt du das?‹

Zoya lächelte und wiegte ihren Kopf.

›Vergiss nicht, wer mein Großvater ist‹, antwortete sie. ›Immerhin bin ich seine Enkelin, selbst wenn ich nicht seine Blutsverwandte bin. Wir haben ein besonderes Verhältnis. Ich habe eine Menge von ihm gelernt. Großvaters Wissen und Verbindungen können sehr nützlich sein, wenn du jemanden unbedingt finden oder etwas herausfinden musst.‹

›Aber warum den Namen meiner Mutter?‹, fragte ich.

›Sehen wir uns denn nicht ähnlich?‹, entgegnete Zoya mit einer Gegenfrage. ›Verbindet uns nicht etwas völlig Irrationales? Oder vielleicht auch etwas völlig Logisches, zu dem wir vorläufig noch keinen Zugang haben. Ich suche einen Zugang.‹

Zoya äußerte diese wenig überzeugende Ausflucht mit solch einem Feuer, mit einem Funkeln in den Augen, dass ich wieder Vertrauen zu ihr fasste, fasziniert von der Kraft ihrer Emotionen.

Wir zählten um die Wette die Verhaltensmerkmale unserer Mütter auf und lachten, wie ähnlich sie waren: Stundenlang saß sie reglos da und starrte aus dem Fenster. Sie schaute mit abwesendem Blick durch mich hindurch. Sie schlief nachts nicht, wälzte sich im Bett hin und her. Sie reagierte nicht auf meine Tränen. Sie schwieg angespannt. Sie wehrte Umarmungen ab und sagte, sie sei mit dringenden Angelegenheiten beschäftigt. Sie ächzte und schnaubte wie eine alte Dampflok, prustete schwarzen Rauch, wenn ich versuchte zu weinen. Sie entzog mir ihre Hand und schüttelte mich mit einer heftigen Bewegung ab.

›Und noch dazu‹, sagte ich, ›hatte meine zwei jüngere Schwestern. Und eine eigene Mutter. Ich wuchs umgeben von einer Schar unerträglicher Frauen auf. Ich hatte‹, fuhr ich fort, ›nie einen Vater. Ich meine, ich hatte natürlich einen, aber ich kannte ihn nicht. Er starb, als ich noch nicht einmal geboren war.«

›Ich hatte auch keinen Vater‹, sagte Zoya. ›Wenn ich mich nach ihm erkundigte, sagte mein Großvater, dass dieses Thema ganz und gar uninteressant sei. Er sagte: ›Anstatt deinen Kopf mit Unsinn zu füllen, geh und lies ein Buch.‹

Der Großvater kümmerte sich um mich, las mir im Bett vor, kaufte mir Kleidung und allerlei Dinge, nahm mich auf Spaziergänge mit, brachte Süßigkeiten. Wir haben im Fernsehen zusammen die Gute-Nacht-Sendung geguckt, sind ins Puppentheater gegangen und Riesenrad gefahren. Wir sind zusammen verreist, und das war viel interessanter, als die Zeit mit meiner Großmutter zu verbringen.

Wir sind auf Berge geklettert und haben gezeltet. Wir haben die Nacht in Schlössern und Burgen verbracht: Schönborn, Olesko, Pidhirzi, mehr oder weniger gut erhaltene Schlösser, verlassene und solche, die in Sanatorien umgewandelt worden waren. In den Museen erlaubte man uns, die Skulpturen und Gemälde anzufassen.‹

Dann erzählte ich Zoya von den zerschnittenen Handgelenken meiner Mutter, von den wulstigen Armbändern dicklicher violetter Narben, die sich geheimnisvoll übereinander schlängelten, anschwollen und sich wieder verengten und dabei in die Venen schnitten (so wie Eisenbahntunnel in die Felsen schneiden).

›Meiner Mutter ist es gelungen‹, erwiderte Zoya darauf, stand auf und ging auf den Balkon. Ich konnte sie nicht mehr sehen. Ich hörte das Geräusch von Weinblättern, die immer lauter raschelten, da der Wind auffrischte und es zu regnen begann.

›Komm rein‹, rief ich ihr zu, denn mir wurde plötzlich kalt. ›Du bist nicht angezogen. Du darfst nicht so auskühlen. Du erkältest dich noch. Komm rein‹, rief ich Zoya zu und wurde langsam ärgerlich.

Aber sie blieb draußen. Der Wind pfiff bedrohlich. Ich wusste, dass sich die Tauben auf den Mauervorsprüngen unter dem wilden Wein verbargen, sich aufplusterten und zu unförmig grauen Ballons wurden.

Ich hörte ihre gequälte Stimme von draußen: ›Meinst du, sie hat die toten Tiere zerschnitten, um zu üben? Um sicherzugehen, dass sie keinen Fehler macht, wenn sie sich endlich dazu entscheidet, es zu vollbringen?‹

*

»Als das alles passierte – ich meine, die abnormale Affäre mit Zoya« (sagte der Professor zu Romana, nachdem sie von der Küche in das große Zimmer gewechselt und sich gegenüber in die weichen Sessel gesetzt hatten; der Professor rauchte seit kurzem auch im Zimmer, und Romana gelang es nicht, ihm diese Angewohnheit wieder abzugewöhnen) –, »als ich diese unnatürliche Romanze hatte, brach meine Frau zum ersten Mal zusammen.«

»Warum unnatürlich?«, fragte Romana fast empört, »warum ist es plötzlich unnatürlich?«

Der Professor antwortete nicht. Sein Blick wurde schwer, voller kaum verhohlener Gereiztheit. »Zoya und ich hatten mehr gemeinsam, als zwei Menschen normalerweise gemeinsam haben können«, sprach er schließlich wieder. Ihre Gemeinsamkeit, erzählte er Romana, war eine Gemeinsamkeit von Menschen, die an der gleichen seltenen, medizinisch nicht identifizierbaren Krankheit leiden. Sie erkannten an dem jeweils anderen die eigenen Symptome. Zuweilen überschritt das alle Grenzen gesunden Menschenverstands. Es war, als hätten er und Zoya dieselbe Katastrophe überlebt und litten nun unter den Folgen, und obwohl die Erinnerung an die Ursachen nicht ausgelöscht worden war, war sie nicht zugänglich.

Romana spürte, wie ihre Haut auf die Worte des Professors mit einem leichten Kribbeln und Prickeln reagierte, das in mehreren Wellen den Rücken, die Oberschenkel und die Waden hinunterlief. Es war ihr, als habe sie schon lange etwas Derartiges von einem anderen Menschen hören wollen, dass sie jemanden gesucht hatte, der imstande war, diese Worte zu sagen, und mit ihnen aussprach, was sie schon immer gewusst hatte.

»Und deine Frau?«, fragte Romana und sammelte verstreute Gedankenfetzen in ihrem Kopf zusammen. »War es das erste Mal, dass sie es nicht ertragen konnte? Gab es außer Zoya noch andere Frauen?«

»Es gab jede Menge«, gab der Professor aufrichtig zu. Er wirkte tragisch, aber gleichzeitig auch zufrieden. Er war es gewohnt, viele Frauen um sich zu haben. Er konnte damals nicht anders, erklärte der Professor, so war er eben. Krankenschwestern, Kolleginnen, Patientinnen, Kellnerinnen, selbst eine Lehrerin seines Sohnes, der bei seiner Großmutter wohnte und den seine Frau und er abwechselnd oder auch zusammen in der kleinen Stadt besuchten. »So ist eben mein Charakter«, sagte der Professor und zuckte dabei mit den Schultern. Seine Frau ertrug es so lange, bis Zoya auftauchte. Auch das anfangs noch. Eine Zeit lang hoffte sie, dass alles von selbst aufhören würde. Dass es nur eine seiner Affären wäre.

Der Professor hatte nicht damit gerechnet, dass es mit jedem Tag schwieriger werden würde, sich selbst zu täuschen. Während er durch die Unterführung beim Hotel

Salut eilte, stolperte er über seine offenen Schnürsenkel, streifte mit seinen Mantelschößen Passanten, die Bettler in den vollgespuckten Betonkorridoren, die Händlerinnen mit Äpfeln und Kürbissen, mit Sonnenblumenkernen und Häufchen aus Tabakkrümeln auf Zeitungen, er glaubte selbst nicht mehr an seine Entscheidung, die er sich wie ein Mantra wiederholte, heute, heute endlich alles zu beenden. Zoya, jedes Mal innerlich und äußerlich ein wenig anders und mit jedem Mal vertrauter, Zoya mit ihrem bandagierten Gesicht, verflocht sich zusehends und untrennbar mit ihm und seinem Leben.

Der Professor war stolz auf das, was er mit Zoyas Gesicht anstellte. Die Veränderungen wirkten natürlich, fast unsichtbar. Beim Vergleich der Vorher- und Nachher-Fotos war es schwierig, klar zu erkennen, was sich verändert hatte und ob sich überhaupt etwas verändert hatte. Es war nur so, dass Zoyas Bild auf den Fotos nach der Operation scheinbar an Schärfe gewonnen hatte, als ob es in reineren Farben leuchtete.

Ähnlich verhielt es sich mit den Gefühlen des Professors: Wenn er zu ihr ging, auf die Treffen wartete, sich nach ihr sehnte, ihre schlanke Silhouette in der Ferne wahrnahm, ihr Profil mit dem Rechteck des Pflasters an Kinn oder Nase erkannte, wusste er eindeutig, welche Klarheit und Präzision, welche Not, welchen Schmerz und welche ständige Leere er im Inneren empfand.

Er schob Zoya hinein, ins dunkle Vorzimmer der Wohnung, sie schafften es nicht immer, die Tür hinter sich zu schließen; er umfing sie mit seinem Mantel wie in einem Netz, sie zappelten und verhedderten sich in den weiten und engen Stoffen, in Baumwolle und Nylon, in Chiffon, Batist und Satin, ihre Glieder verdrehten sich schmerzhaft, ihre Atemwege und Arterien verengten sich, Husten und Keuchen war zu hören, einer der Absätze brach ab, der andere drückte sich schmerzhaft in den Unterleib des Professors. Ging jemand die Treppe hinauf, blieb er vor der Tür stehen und lauschte dem beängstigenden, unverständlichen Tumult. Manche bekreuzigten sich sogar, wenn sie – eben von einem geheimen Besuch in den Höhlen des Lawra-Klosters zurückgekehrt – nun Zeuge solch sündhafter Umtriebe des Bösen wurden, ein anderer wieder begann zu lachen, und wieder ein anderer wurde wütend. In der Zwischenzeit schaffte es der Professor (der übrigens noch kein Professor war, aber später einer werden sollte) endlich, seiner Geliebten den kleinen feuchten Fetzen herunterzureißen und dorthin zu gelangen, wohin es ihn mit unhaltbarer und brutaler Gier zog.

Der Professor sagte, dass die Probleme gleichzeitig und von allen Seiten begonnen hatten. Die Nachbarn der geheimen Mietwohnung schrieben mehr als eine Beschwerde an die Polizei, der Abschnittsbevollmächtigte passte den Professor jedes Mal mit einem verschwommenen, lüsternen Blick auf Zoyas Gestalt in seinem dümmlichen Gesicht unter dem Weinstock ab. Sie pfiffen ihnen hinterher, und an einem Dezembertag übergossen sie sie vom Balkon aus mit eiskaltem Wasser. Gleichzeitig begannen die Arbeitskollegen hinter seinem Rücken bedeutungsvoll zu tuscheln und ihm eindeutige Blicke zuzuwerfen. Der Chefarzt rief ihn in sein Büro und wechselte zum »Sie«. Er stellte ihm ein Ultimatum und sprach eine Reihe von Drohungen aus. »Auf welcher Grundlage führen Sie chirurgische Eingriffe durch?«, brüllte er so laut, dass seine Sekretärin die Tür öffnete und mit verwundertem Blick missbilligend den Kopf schüttelte. »Sie missbrauchen Ihre Dienststellung! Sie verstoßen gegen das Gesetz! Sie nutzen die Abhängigkeit einer Patientin aus!«

Gegen Ende des Gesprächs zischte er wie ein Truthahn. Sein Gesicht war knallrot und zugleich übersät von weißen Flecken. Sein faltiger Kehlkopf hüpfte von einer Seite zur anderen. Seine Brille beschlug sich. Sein Blutdruck schnellte gefährlich in die Höhe.

»Weißt du überhaupt, wer ihr Mann ist? Weißt du, wer ihr Großvater ist?« Er war wieder zum »Du« übergegangen. »Hast du eine Ahnung, was der den Leuten antut? Haben sie dich schon einmal in die Wolodymyrska geholt? Kapicrst du überhaupt, was du da anstellst?«

Um den Professor gruppierten sich einige vage, unbestimmbare Schatten: Männer in Grau mit so gewöhnlichen Gesichtern, dass es unmöglich war, sich an sie zu erinnern oder sie zu beschreiben, selbst für einen Menschen, dessen Beruf das Erinnern, Beschreiben und Umgestalten von Gesichtern war. Diese Zigarettenrauchschwaden in einfachen Anzügen (»Gespenster« nannte Uljana Frasuljak sie) kreisten ständig um ihn, rieben sich an seiner Seite, standen in Warteschlangen hinter ihm, setzten sich an Nachbartische und auf Nachbarsitze im Kino, gaben ihm ein Streichholz, wenn er sein Feuerzeug nicht finden konnte, sagten ihm, wie die Temperatur heute war und um wie viel Uhr er ein Rendezvous mit Zoya hatte.

Am Abend nach dem Gespräch mit dem Chefarzt kehrte der Professor nach Hause zurück und bemerkte von weitem, wie zwei dieser Kreaturen versuchten, seiner

Frau zu helfen, Einkaufstaschen mit Lebensmitteln zum Eingang zu tragen. Seine Frau wies sie ärgerlich ab.

Die Typen murmelten zur Entschuldigung etwas in der Art, dass eine so zierliche Frau nicht eine derartige Last schleppen solle, »deshalb lassen Sie uns Ihnen helfen, wenn Ihr Mann Ihnen schon nicht hilft. Lassen Sie uns die Last von Ihnen nehmen, lassen Sie uns Ihr Schicksal erleichtern.«

An diesem Abend teilte ihm seine Frau mit, er solle sich fortscheren. Sie warf ihn aus der Wohnung. Zum ersten Mal bedauerte er damals, dass ihr Sohn nicht bei ihnen lebte: Der Professor dachte, dass sich seine Frau dann wegen des Kinds besonnener verhalten hätte.

Innerlich tobte er, weil sie von ihm verlangte, seine eigene Wohnung in der Prytysko-Mykilska-Straße zu verlassen. Die Wohnung in dem alten Haus aus der Zarenzeit, die er liebte und auf die er so stolz war. »Eigentlich«, sagte der Professor zu Romana, »bin ich auf seltsam unerwartete Weise zu dieser Wohnung gekommen. Ich hätte es mir nie leisten können, so eine zu kaufen. Selbst jetzt, wo mein Einkommen tatsächlich recht beachtlich ist, wo mein Name das Geld bereits regelrecht anzieht.«

Der Professor hatte das Haus von der mittleren Schwester seiner Mutter, Nusja, geschenkt bekommen. »Habe ich Ihnen von Nusja erzählt?«, fragte der Professor und neigte dabei den Kopf zur Seite.

Romana nickte. Sie hatte eine klare Vorstellung von jeder der drei Schwestern. Manchmal hatte sie den Eindruck, dass sie die drei Frauen schon lange aus der Nähe kannte: die Formen der Altersflecken auf ihren Händen und Gesichtern, die fühlbar schlaffe Haut, den Geruch ihrer alternden Körper, die Farben ihrer ausgewaschenen Hausmäntel, die weiße Haut, die durch ihre dünnen Haare schien, die Verletzlichkeit ihres zahnlosen Zahnfleisches. Und mehr als das. Romana sah die Schwestern mit ihren Eigenheiten nicht nur als alte Frauen vor sich. Von den Fotos kannte sie sie seit ihrer Kindheit, während der schmerzhaften Veränderungen ihrer Jugend, ihr ganzes Leben hindurch.

Uljana war die Wichtigste und Unabhängigste. Die Jüngste, Chrystja, war eine sanfte, aufgeweckte Beobachterin. Die Mittlere, Nusja, zeichnete sich besonders dadurch aus, dass sie ganz und gar in der Liebe zu ihrer älteren Schwester aufging, die ein Vorbild für sie war und ohne die sie sich selbst nicht vorstellen konnte. Diese Liebe äußerte sich in Extremen: manchmal in Sarkasmus, manchmal in Gereiztheit, manchmal in endloser Nachgiebigkeit.

»Es war Nusja«, teilte der Professor Romana mit, die ihm geraten hatte, die Stadt zu verlassen und an der medizinischen Universität in Kyjiw zu studieren. Seine Chancen dafür gingen gegen null. Er sah selbst, dass er bei der Aufnahmeprüfung miserabel gewesen war, und beschloss, gar nicht erst die Ergebnisse abzuwarten. Doch Nusja bestand darauf. Und unerwartet stellte sich heraus, dass er angenommen worden war.

Sie bestand auch darauf, dass der Professor danach nicht mehr nach Hause kam. Nusja nahm Wut und Tränen seiner Mutter auf sich, ihre unaufhörlichen Reden über diesen Verrat. Monatelang, jahrelang ertrug sie ihr Geschrei und Gezeter, ihre scharfen Worte, die zugeworfenen Türen, das Geheule und die Beleidigungen.

Nusja führte Verhandlungen, zeigte immense Geduld sowie die unerwartete Fähigkeit, diskret präzise Worte zu wählen und die Intonation der eigenen Stimme entsprechend anzupassen, als Uljana darauf bestand, dass nur sie das Recht habe, ihren Enkel zu erziehen, dass Kyjiw kein Ort für ihn sei, weil es dort schmutzig und gefährlich sei, und dass man einer Frau, die nach der Geburt ihres Kindes die Arbeit nicht aufgeben würde, den Kleinen nicht anvertrauen könne, denn da könne nichts Gutes dabei herauskommen. Bohdans Mutter war natürlich anderer Meinung: Sie weigerte sich, über das Thema zu sprechen, schrie und wurde hysterisch. Uljana fasste sie auch nicht mit Samthandschuhen an, und wenn Nusja nicht gewesen wäre, wer weiß, wie die ganze Geschichte geendet hätte: mit Entführung, Sorgerechtsentzug und Prozessen. Am Ende gaben der Professor und seine Frau nach. Das war für alle besser – und vor allem für den Jungen. Während die Eltern mit ihrer Arbeit beschäftigt waren, schenkten ihm vier Großmütter (drei Schwestern und die uralte Mutter, die schon seit langem wieder kindisch geworden war) ihre ganze Zeit und verwirklichten ihre eigenen Vorstellungen von Erziehung. Der Kern dieser Vereinbarung war, dass das Ganze nur vorübergehend, für kurze Zeit, sein sollte. Der Junge sollte dann wieder zu seinen Eltern zurückkehren.

Der Professor konnte oder wollte nicht erklären, woher Nusja die Schlüssel für diese Wohnung hatte. Woher sie die Dokumente dafür hatte. Da, wo er herkam, wohnten die Schwestern in einem alten Backsteinhaus mit drei Zimmern und anliegendem Obstgarten. Nusja und

Chrystja teilten sich seit ihrer Kindheit ein Zimmer und bis ins hohe Alter konnten oder wollten sie das nicht aufgeben. Und schon gar nicht ihre Siebensachen packen und den Hügel verlassen, auf dem ihr Haus stand. »Von diesem Hügel aus sah man ein großartiges Panorama mit fernen Wolken und der Weite des Himmels, und alle Häuser, Kirchen, Straßen und sogar die Menschen in den Fenstern ihrer Häuser lagen wie auf deiner Handfläche vor dir«, sagte der Professor. »Da waren Felder, Flecken warmer Farbe, dunkle Wälder. Vielleicht war diese Welt genug für die Schwestern. Sie waren immer viel klüger als ich«, seufzte er niedergeschlagen.

»Die Familie litt Not und keiner konnte etwas auf die Seite legen«, fuhr der Professor fort und zuckte ratlos mit den Schultern. Er erzählte von verschiedenen kleinen Verdiensten, von Landwirtschaft und Gartenarbeit, von Uljana, die ihr ganzes Leben lang als Krankenschwester arbeitete und in ihrer Freizeit bis vor kurzem im Untergrund für die Kirchengemeinde tätig gewesen war und dabei nicht nur ihr eigenes, sondern auch das Leben ihrer Familie in Gefahr gebracht hatte. Er sprach über Nusja, die als Bibliothekarin arbeitete, und Chrystja, die in der Schule Hauswirtschaft unterrichtete. Und dann aber: die Schlüssel zu einer riesigen Wohnung in Kyjiw in einem prachtvollen Haus, denkmalgeschützt, mit anderthalb Meter dicken Wänden und bis zu vier Meter hohen Decken.

Der Professor rang sich mühsam eine Antwort auf Romanas Frage ab und deutete etwas von einem Erbe an, von entfernten Verwandten, über die nicht viel bekannt war, von historischen Verstrickungen, die im Dickicht der

Zeit geknotet worden waren. Und nach einer angespannten Pause begann er begeistert von den guten Taten seiner Verwandten während des Krieges und danach zu erzählen. Über diejenigen, die sie gerettet und gepflegt hatten, über diejenigen, die sie geheilt und aufgepäppelt hatten, über andere, die gejagt wurden und sich im Schutz des alten Hauses verstecken konnten, in dem Haus auf dem Hügel mit Blick über die Kleinstadt. Der Professor sprach von Dankbarkeit und Vergeltung, und über materielle Belohnung, die nie groß genug sein kann, wenn es um die Rettung von Menschenleben geht. »Stimmt's?«, fragte er Romana. Und Romana sagte: »Ja, Herr Professor, natürlich.«

*

»Meine Frau wollte nichts hören. Sie wollte nicht darüber reden, wollte es nicht wissen, wollte es nicht verstehen. ›Es interessiert mich nicht‹, sagte sie mit wohlklingender, tadellos beherrschter Stimme, als würde sie eines ihrer lustigen Kinderlieder singen oder mit einem ihrer Musikkollegen proben.«

Der Professor, völlig desorientiert, stopfte einige nicht mehr ganz frische Hemden in seinen Koffer, nahm seinen Lieblingswollpullover, einen Schlafanzug, in dem er nie schlief, und ein Dutzend Paar Socken mit. Er schaffte es nicht, sich zu konzentrieren und selbst die einfachste Sache zu entscheiden: welche Alltagsgegenstände er morgen oder in nächster Zukunft brauchen würde. Wenn er auf Reisen ging, packte seine Frau den Koffer. Sie wusste am besten, wie viele Paar Socken und welche Art von Unterwäsche er brauchte, welche Krawatten zu seinen Hemden passten, und sie wusste seine Kleidung so zu falten, dass man sie vor dem Tragen nicht einmal zu bügeln brauchte.

Verwirrt und hungrig (seine Frau hatte natürlich nicht daran gedacht, an diesem Abend etwas zu kochen) stand er auf der Schwelle seiner Wohnung mit einem Koffer in Händen, in einer Schijacke, die er völlig unpassend zur Jahreszeit trug, verschwitzt. Er hoffte insgeheim, dass seine Frau jetzt lächeln würde und alles wieder in Ordnung käme. Sie würde winken und in die Küche gehen, um etwas zu kochen. Er würde die Jacke ausziehen, den Koffer im Flur abstellen und ihnen etwas zu trinken einschenken. Und danach würden sie sich lieben, um die unangenehme Situation wieder in Ordnung zu bringen, und innig umarmt die Nacht durchschlafen.

Doch als sich der Professor schüchtern lächelnd nach vorne lehnte und ihren Blick suchte, um ihre weiche Wange zu küssen und ihren vertrauten Puderduft einzuatmen, zuckte sie zurück und stieß ihn mit beiden Händen kräftig vor die Brust. Der Professor wich einen Schritt über die Schwelle zurück. Die Tür schlug vor seiner Nase zu.

Er hatte die Schlüssel zur Wohnung, die er für die Treffen mit Zoya gemietet hatte, in seiner Hosentasche. Der Professor verbrachte die Nacht dort, ohne ein Auge zu schließen. Der Geruch, die Ausdünstungen der alten Wohnung, der fremden, toxischen Leben ließen ihn nicht atmen. Die Decke, mit der er sich zudecken wollte, schien von den Spuren von seiner und Zoyas Liebe durchtränkt zu sein. An der Wand befand sich eine ganze Batterie leerer Weinflaschen. Eine Untertasse war randvoll mit von Zoyas Lippenstift verschmierten Zigarettenstummeln.

Der Professor schaffte Decke und Untertasse ins Bad. Die Tür musste er mit einem festen Ruck schließen, da der Türschnapper mit mehreren Schichten weißer, öliger Farbe überstrichen war. Bis zum Morgen lag er unter seiner Schijacke auf dem nicht ausgeklappten Schlafsofa und beobachtete, wie die Risse an Wänden und Decke immer deutlicher hervortraten, je näher der Morgen rückte.

Als er um fünf Uhr morgens endlich einzuschlafen begann, gaben die Tauben keine Ruhe. Sie veranstalteten einen Riesenkrach im Weinlaub: Sie kreischten und scharrten, zappelten und wühlten, pickten, kratzten, gluckste und gurrten, kreischten, klapperten und trippelten unaufhörlich herum.

In einem schäbigen Hemd, mit offenem Krawattenknoten und in Schijacke, traf der übernächtigte Professor im Eingang auf eine Nachbarin, die ihren Kopf in ein schwarzes Tuch gewickelt hatte. Die Frau bekreuzigte sich bei seinem Anblick und eilte weiter in Richtung Höhlenkloster. An der Eingangstür traf er den knochigen alten Mann mit dem blutig rasierten Gesicht, der versprach, dieses Mal persönlich zu den höchsten Autoritäten zu gehen und diese eigenhändig herzuschaffen.

An diesem Tag musste der Professor die erste in einer Serie von Operationen zur Korrektur des Wolfsrachens bei einem vierzehnjährigen Mädchen absagen, einem schüchternen und sanften Kind. Er hatte ihr ein normales Leben versprochen, und dass ihr Äußeres bald genauso schön sein werde wie ihr Inneres. Sehr bald sollten alle ihre wahre Schönheit erblicken.

Auch das Mädchen hatte in dieser Nacht nicht schlafen können. Sie saß schon im Wartebereich des Krankenhauses. Als es den Professor durch die großen Fenster sah, wie er zerzaust und nervös mit langen Schritten den Hof durchquerte, hielt es das Mädchen nicht mehr aus und lief in die Kälte hinaus, nur im Frotteemorgenmantel und mit Kniestrümpfen und Pantoffeln an den Füßen.

Aber er war nicht in der Lage, sie zu operieren. Seine Hände zitterten. Das Mädchen weinte nicht. Sie saß in der Ecke seines Arbeitszimmers und ließ den Kopf mit ihrer Lippen-Kiefer-Gaumenspalte hängen und zupfte am Ärmel ihres Vaters, als der völlig in Rage begann, den Professor anzuschreien.

Nachdem er alle seine Patienten weggeschickt hatte, dachte der Professor über Zoya nach. Dieses Mal gab es keinen Zweifel: Das musste ein Ende haben. Er wählte sorgsam die Worte, um ihr zu erklären, warum sie sich nicht mehr treffen konnten. Und auch die Experimente mit den Gesichts-OPs mussten aufhören, wenn sie nicht wollte, dass er im Gefängnis landete. Na gut, eine Operation würde er noch machen, die letzte: ein paar Feinheiten, danach könne man ihre Erscheinung als vollständig und vollendet ansehen. »Dein Gesicht wird dein Geschenk von mir sein«, ja, das würde er ihr sagen, überlegte der Professor und fühlte, wie in ihm alles zerriss und schmerzte wie schwarzer, aggressiver Wundbrand, der eitriges, fauliges Blut ausschied. »Es wird ein Teil von mir sein, der ein Leben lang bei dir bleiben wird. Unsere gemeinsame Schöpfung.«

Er wurde seine Gereiztheit über Zoyas Aufdringlichkeit nicht los – nicht ganz gerecht, wenn man genau nachdachte: Sie hatte nicht nur nie um etwas gebeten oder etwas gefordert, sie war jetzt nicht einmal hier, und der Professor fühlte sich, als würde man ihn an den Ärmeln zupfen, als wäre er gezwungen, offensichtliche Dinge immer und immer wieder zu erklären. »Wir wollen uns doch nicht gegenseitig demütigen«, spielte er die unangenehme Szene in Gedanken durch. Zoya weinte und warf sich ihm an den Hals. Er blieb ruhig und standhaft, unerschütterlich. »Wir haben doch Glück gehabt, dass die ganze Geschichte überhaupt passiert ist. Wir hätten uns auch nie treffen können.«

In der Vorstellung des Professors hob Zoya in dem Moment ihr rotes und nasses Gesicht mit den kaum mehr sichtbaren, vereinzelten Narben: »Wir hätten uns auch nie treffen können? Glaubst du das wirklich?« Der Professor glaubte es natürlich nicht.

Seine Gereiztheit hielt mehrere Tage an. »Wie kann sie das denn nicht verstehen?«, eiferte er und lernte dann endlich, seine Krawatte selbst zu binden. »Ich kann mich nicht trennen. Immerhin haben wir ein gemeinsames Kind. Und eine Wohnung. Und so viele Jahre der Ehe.«

Bis der Professor eines Nachts, in völliger Dunkelheit und Taubheit, erschöpft von Schlaflosigkeit und geplagt von einem trockenen Husten, für den es eigentlich keinen Anlass gab und der völlig nebensächlich war, ein totaler Unsinn, eine Entdeckung machte: Zoya war verschwunden. Sie sollte am ersten Tag, nachdem das Unglück über ihn hereingebrochen war, in die Sprechstunde kommen – aber sie kam nicht, und er, betäubt von allem, was passierte, hatte es nicht einmal bemerkt. Und am nächsten Tag hätte Zoya hierherkommen sollen, in die Wohnung, so wie sie es verabredet hatten. Wenn alles so geblieben wäre, wie es war, hätten sie sich in diesen wenigen Tagen mehrere Male gesehen und dutzende Male miteinander geschlafen.

Der Professor ging ins Bad und fischte einen von Zoyas roten Zigarettenstummeln aus der Untertasse. Der Stummel roch eklig, aber Zoya hatte ihn mit ihren Lippen berührt. Vor nicht einmal fünf Tagen. Noch nicht einmal eine Woche war vergangen.

Was fühlte er, wenn er auf dem zugeschlagenen Klodeckel saß und den mit Lippenstift verschmierten Filter in seinen Fingern rollte? Erleichterung? Verzweiflung? Enttäuschung? Angst? Unruhe? Er hatte nicht einmal ihre Telefonnummer und kannte ihre Adresse nicht. Sie hatten sich immer verabredet, wenn Zoya in die Sprechstunde kam. Der Professor spürte plötzlich das Zittern des Seils über dem Abgrund: Schwindel packte ihn. Erst jetzt wurde ihm klar, wie fragil und trügerisch seine Verbindung mit Zoya gewesen war. Die Kluft zwischen der Gereiztheit, die die Fantasie verursachte, dass er Zoyas obsessive Liebe nicht loswerden könne, und der Entdeckung, dass er nicht imstande war, sie zu finden, und sie nie wiedersehen würde, spürte er wie den Stoß einer scharfen Klinge in seinen Magen.

Er stürzte auf die schmutzigen Fliesen und sah vor sich Zoyas abgebrochenen Absatz. Eine Stunde später sagte der Notarzt, dass der Professor eine akute Blinddarmentzündung habe.

*

Kaum hatte er sich von der Operation erholt, rief Nusja ihn an. Genauer gesagt, kam eine Krankenschwester ins Zimmer und brachte anstatt des Pakets mit Medikamenten und Lebensmitteln von seiner Frau die Nachricht, dass der Chefarzt ihn sehen wolle. Der Chef war wieder beim »Du« – anscheinend hatte sich die Situation beruhigt. »Deine Frau hat angerufen«, sagte der Chefarzt zum Professor. »Ruf sie zurück, sie klang besorgt«, und schlug dabei dem Professor auf die Schulter, worauf sich sofort ein brennender Schmerz in der Leiste meldete.

Seine Frau war zu Hause. Sie antwortete in einem alltäglichen, sogar freundlichen Ton und der Professor spürte, wie sich seine Brust hob, sich seine oberen Atemwege weiteten und ihn eine warme Woge der Hoffnung durchströmte, nach Hause zurückkehren, in seinem eigenen Bett schlafen, sich mit sauberen Handtüchern abtrocknen zu können. »Mit der Großmutter ist etwas passiert«, sagte seine Frau leise, »Nusja hat angerufen.«

Seine Frau hielt inne und fügte noch sanfter, mit spürbarer Zärtlichkeit hinzu: »Ich habe es ihr gesagt. Ich habe ihr gesagt, dass wir uns getrennt haben.«

Der Professor hustete. In seinem Unterleib brannte der Schmerz wie Feuer. »Warum?«, fragte er, »wir haben doch noch nichts entschieden. Ich …« Er wusste, dass er nicht ehrlich war, doch erst ein wenig später begriff er das Ausmaß des Verrats an Zoya und an sich selbst durch seine Worte, aber das Verlangen nach einem Bett und sauberen Handtüchern überwältigte ihn. Es ging ums Überleben. »Ich habe sie die ganze Zeit nicht einmal gesehen. Ich habe alles beendet. Und ich habe nicht vor …«

Seine Frau hörte nicht zu. »Das spielt keine Rolle«, sagte sie. Sie lebten jetzt nicht mehr zusammen und sie würde es vor niemandem verheimlichen. Ihre Stimme wurde nachdrücklich und vibrierte in hohen, abbrechenden Tönen. Sie habe genug von all dem Versteckspiel, den halb zerkauten und unverdauten Geheimnissen, in denen seine Familie bis über beide Ohren stecke. Geheimnisse, die sich aufblähten wie all ihre Toten, sagte sie plötzlich mit schrecklichen, ihr ganz unähnlichen Worten. Jahrelang, jahrzehntelang, vielleicht sogar jahrhundertelang, verrotteten sie bei lebendigem Leib, vergiftet vom eigenen Schweigen, vergiftet vom Schein, es wäre nichts geschehen. Sie wolle davon frei sein, sagte seine Frau. Sie habe sich schon lange nicht mehr so frei und gut gefühlt.

Sie schwiegen eine gute Minute lang am Telefon. Nur den Professor überkam von Zeit zu Zeit ein kratzender, unterdrückter Husten. Wenn er sich in diesem Moment von der Seite hätte sehen können, wäre er erstaunt gewesen, wie sehr er seiner eigenen Erscheinung auf den Schwarz-Weiß-Fotos seiner Kindheit ähnelte, die Chrystja aufgenommen hatte: kurze Shorts und dünne Beine, ein Körper auf Stelzen, der in einer unsinnigen Pose erstarrt war, ein Kipplaster aus Plastik, den er an seine Brust presste, eine an den Knien ausgebeulte Strumpfhose, vom Schlaf plattgedrückte Haare, schuldbewusste Augen, ein gesenkter Kopf.

Ein paar Minuten später wählte der um vierzig Jahre gealterte Junge die Vorwahl des Bezirks, in dem seine Mutter und seine Tanten wohnten. Es gab kurze Besetztzeichen. Die Alten sprachen wieder mit all ihren zahllosen Freundinnen, nahmen sich dabei gegenseitig das Telefon aus der Hand, weil jede ein viel dringenderes Gespräch hatte.

Schließlich gelang es dem Professor durchzukommen. Er fürchtete die Stimme der Mutter am Ende der Leitung. Aber er hatte Glück: Nusja hob ab.

»Schlechte Nachrichten, lieber Sohn«, sagte sie (beide Tanten nannten ihn »Sohn«; seine Mutter redete ihn nie so an). »Deine Großmutter ist gestürzt. Oberschenkelhalsbruch. Du weißt, was das in diesem Alter bedeutet. Du musst kommen.«

Sie spielte mit keinem Wort darauf an, was sie von der Frau des Professors gehört hatte.

Der Professor suchte in Gedanken nach Worten. Er stellte sich die Nacht im Zug vor: ständige Schmerzen und Unwohlsein, Schlappheit und Übelkeit, die seinen Körper und sein Gehirn lähmen würden, eine ekelhafte Toilette, die Anwesenheit von Fremden im Abteil, einerseits abgestandene Luft und andererseits Durchzug.

Er stellte sich vor, wie er nach dieser Nacht in dem kleinen Haus auf dem Hügel oberhalb der Provinzstadt vor seiner Mutter stehen würde: geschwächt, wehrlos, niedergeschlagen. »Wo ist die Mutter deines Sohnes?«, würde sie fragen. »Wo ist deine Frau?«

»Ich sah ihr strenges Gesicht vor mir: die harte Linie ihres zusammengepressten Mundes, überzogen von der faltig gelben Haut der Kiefer, die krampfhaft zusammengebissenen Zähne verrieten, den prüfenden Blick der so vertrauten braunen Augen mit den gelben Funken, die allerdings hinter geschwollenen, hängenden Augenlidern verborgen waren.«

Er stellte sich seinen Jungen vor, der sich schämt, näherzukommen, und der, wenn er an ihm vorbeigeht, den Kopf senkt und die Augen niederschlägt. Er stellte sich seine Unfähigkeit vor, auf den Jungen zuzugehen, ihn zu umarmen und seine Hand zu nehmen. Er wusste, dass der Junge ihn nicht einmal fragen würde, wo seine Mama sei und warum sie nicht gekommen war. Er wusste, dass er selbst auch nicht mit dem Jungen darüber sprechen würde. Nein, dass er eigentlich über nichts sprechen konnte.

Er stellte sich das Schweigen vor, das das Haus auf dem Hügel über der Kleinstadt erfüllte. Ein Schweigen so dicht, dass man kaum die Hand heben konnte und es übermenschliche Anstrengungen kostete, die Augen oder den Mund zu öffnen oder gar zu weinen.

Der gebrochene Oberschenkelhals der Großmutter zeigte die Fragilität von allem, was den Professor betraf. Eine zerbrechliche Wurzel. Oder sogar eine zerbrochene Wurzel.

*

Unerwartet lenkte seine Frau ein und fuhr mit. Einerseits war es etwas beunruhigend, andererseits weckte es auch wieder die Hoffnungen des Professors.

Denn auch die Zugfahrt war einfacher, bequemer mit ihr. Sie würde dem Professor den Schlafplatz herrichten und belegte Brote mit Schweinebratenscheiben aus ihrer Tasche holen. Er liebte den Geschmack ihres Schweinebratens mit Rosmarin und Paprika so sehr, dass ihm zum Weinen war.

»Denk bloß nicht, dass ich den Mund halten werde«, warnte ihn seine Frau, als sie sich bereits im dunklen Abteil einander gegenüber auf die Liegen gelegt hatten. Die Männer auf den oberen Liegen schnarchten schon. »Na gut, dann denke ich es nicht«, brummte der Professor, obwohl er es eigentlich gedacht hatte. Sonst redeten sie nichts. Sie wussten, dass sie beide unter Schlaflosigkeit litten.

Um sechs Uhr morgens fuhren sie mit dem Bus weiter in die Kreisstadt: Die Züge fuhren seit dem Ende des Zweiten Weltkriegs nicht mehr bis dorthin, weil die Eisenbahn beim Rückzug der Deutschen zerstört worden war.

Auf den hinteren oberen Sitzen wurde man gnadenlos durchgerüttelt, die Knie bohrten sich in die Rückenlehnen der vorderen Sitze. Die Lüftung verströmte eine Bruthitze und Regentropfen sickerten durch die Ritzen der Karosserie. Die Dorfbewohner, deren Kleidung nach Hühnerkacke roch, umgaben den Professor und seine Frau von allen Seiten mit Decken und Körben und Säcken, die mit weiß Gott was gefüllt waren. Die dicken Brüste einer Frau ruhten auf des Professors Kopf. Irgendwann merkte er, dass er weinte. Und er wusste, dass seine Frau bemerkte, dass sich seine Tränen in der vom Straßendreck bespritzten Scheibe spiegelten, der sie ihren Kopf zugewandt hatte und durch die sie die leeren rötlichen Felder vorbeiziehen sah.

Nusja und Chrystja holten sie vom Busbahnhof ab. Zwei gebeugte Gestalten (die eine mit Kopftuch und die andere mit einem oben eingedrückten Hut, der aussah, als nutzte man ihn hin und wieder zur Aufbewahrung von Eiern oder Kartoffeln) standen zusammengekauert unter dem Vordach vor dem Eingang des flach zulaufenden Betongebäudes.

»Hast du Bauchschmerzen?«, fragte Nusja den Professor, da sie merkte, dass er die Hand an die Stelle seiner Blinddarmnarbe drückte. »Nach Zugfahrten ist das immer so: Dort kann man einfach keinen großen Haufen machen«, sagte sie.

»Aber jetzt, zu Hause, kannst du normal groß aufs Klo«, beruhigte Chrystja den Professor. »Iss ein paar zerdrückte Kartoffeln mit saurer Milch und du kannst sofort.«

»Und Nusja«, wandte sie sich an die Schwester, »woher willst du wissen, dass man nach einer Zugfahrt Verdauungsprobleme hat? Fährst du vielleicht oft mit dem Zug?«

Chrystja zwinkerte dem Professor und seiner Frau verschwörerisch zu, um ihnen zu zeigen, wie froh sie war, sie zu sehen.

»Du weißt ja eine Menge über mich«, wurde Nusja lauter und schüttelte dabei den Kopf, wodurch sich ihr Kopftuch verzog und die Enden nach oben auf ihre eingefallenen Wangen rutschten. »Ich bin zu Orten gefahren, von denen du nicht einmal zu träumen wagst.«

Während sie im Taxi durchgeschüttelt wurden, erzählten die Schwestern bis ins kleinste Detail, wie es zu dem Oberschenkelhalsbruch gekommen war.

»Das kommt davon, dass du ihre Strumpfhose mit einem zu dünnen Faden gestopft hast«, sagte Nusja. »Ich habe immer den gröbsten Faden benutzt, weil ihr das hilft, das Gleichgewicht zu halten.« Darauf entgegnete Chrystja: »Oder war es vielleicht, weil du zu faul warst, sie fünf Schritte von einem Zimmer ins andere zu führen?«

Der Professor und seine Frau hörten zum wiederholten Mal die Liste der Vorzeichen, die ein paar Tage vor dem Unglück beobachtet worden waren: Schmetterlinge erwachten, auf dem Dachboden wurde ein Nest mit toten, noch ganz nackten neugeborenen Ratten gefunden, und ein paar Stunden vor dem Sturz fiel der Strom aus und das Wasser im Brunnen trübte sich ein.

Nachdem der Arzt der Großmutter eine Spritze gegeben hatte, rief er Uljana zu sich und sagte, dass sie den Morgen nicht erleben werde. Die Schwestern schluchzten die ganze Nacht neben dem vertrockneten, reglosen Körper und lauschten dem kaum hörbaren Stöhnen und Schniefen ihrer von der Spritze eingelullten Mutter. Eingewickelt wie eine Puppe, ähnelte sie einem mumifizierten Kind und nahm gerade einmal ein Fünftel des schmalen Bettes ein.

Sie kam zu sich, als die Schwestern fest eingeschlafen waren. Sie lehnten aneinander und am Bett ihrer Mutter. Die alte Frau brummelte mehrere Stunden lang etwas vor sich hin, bis Uljana mit einem Schmerz im unteren Rücken aufwachte, zu kreischen begann und hektisch wurde. Sie weckte Chrystja und Nusja mit ihrem Gekreische auf, die aus Unverständnis und Angst sofort wieder anfingen zu weinen.

Ihre Mutter lächelte derweil und schien ganz ruhig zu sein. Sie schaute jeder ihrer gealterten Töchter nacheinander in die Augen und wünschte ihnen das gleiche glückliche Schicksal, das sie mit ihrem geliebten Goldstück, ihrem verstorbenen Mann, gehabt hatte.

Den ganzen Tag über hörte sie nicht auf zu reden und wurde nicht müde, sich an jeden Moment ihres Zusammenseins zu erinnern, an jeden Blick und jedes Lächeln, an jede Berührung ihrer Hände. Sie beschrieb seine Augenfarbe, die weichen Lippen und den süßen Atem. Und wie er sie während ihrer Hochzeit unmerklich, aber fest an sich gedrückt hatte, ohne dass es die Eltern und Gäste bemerkten. Und wie er sie umsorgt und behütet hatte, und wie sie sich nach ihm sehnte, wenn er nicht da war, und wie freudig-süß sie auf ihn wartete, und wie sie sich immer auf ihn verlassen konnte. Ihrer Meinung nach war Wasyl Frasuljak der beste Hausherr gewesen, er war sorgfältig in der Arbeit und der fürsorglichste und gerechteste Vater, und vor allem – ihr treuer Freund und sensibler Liebhaber gewesen.

Nachdem ihre Mutter gerade einmal zehn Minuten fantasiert hatte, rief Uljana zum zweiten Mal den Notarzt. »Machen Sie etwas, sie ist verrückt geworden«, zischte sie.

Der Arzt, der die Aufzeichnungen seines Vorgängers aus der vorherigen Schicht durchsah, war überrascht, dass die alte Frau noch am Leben war. Er sagte, dass er nichts gegen die Fantastereien machen werde und dass sie sich über die Vitalität der Mutter freuen sollten, weil es nicht lange andauern würde. Aber andererseits blieb ihm nichts anderes übrig, als die fast hundert Jahre alten Gliedmaßen in einen Gips zu legen. Beruhigt durch eine neue Dosis Schmerzmittel, freute sich die alte Sena Frasuljak über ein dankbares Ohr: »Herr Doktor, Sie gleichen meinem Wasyl wie ein Ei dem andern«, und begann, dem Arzt ihre Liebe zu gestehen und ihm unter Tränen zu danken, dass er ihr Leben lang ein treuer Freund, ihr Licht, ihr Zuhause gewesen war.

»Und das hat bis jetzt noch nicht aufgehört«, lächelte Nusja traurig und stieg aus dem Taxi in den tiefen Schlamm der ausgefahrenen Torhowyzja-Straße, wo das Haus der Frasuljaks stand.

»Ich wusste immer, dass sie sich sehr liebten«, sagte Chrystja. »Als Kind musste man so etwas einfach spüren. Egal, was passierte. Egal, was passierte«, wiederholte sie mehrmals ächzend und stöhnend, weil sie nicht aus dem Auto kam. Der Professor nahm die beiden Tanten an der Hand und half ihnen, zum Tor zu gelangen. Seine Frau öffnete die Tür und betrat den Hof als Erste. Ein rötlicher Hund stürzte kettenrasselnd los, bellte und wedelte mit dem Schwanz.

Seine Frau wurde im Hof immer schneller und fing schließlich zu laufen an. Sie drückte die Haustür auf, dann hörte der Professor ihre hohe Stimme im Haus, die abrupt in Weinen überging. Sie umarmte ihren Sohn. »Sie macht dem Kind Angst«, sagte Nusja und zog die Augenbrauen hoch, während sie den Professor missbilligend ansah.

Der Junge stand aufrecht da, doch seine Arme hingen schlaff am Körper herab. Sein dunkles, dichtes Haar war schon lange nicht mehr geschnitten worden, es bedeckte Ohren und Nacken. Er biss sich auf die Unterlippe, senkte den Blick und wartete geduldig darauf, dass seine Mutter ihn wieder losließ. Uljana erschien in weißer Bluse, ihr Haar war nach einer Nacht mit Lockenwicklern ordentlich frisiert. Sie erstarrte, dabei hielt sie den gusseisernen Griff des Fleischwolfs fest umschlossen. Die rote Aluschüssel mit weißen Punkten war voller fliederfarbener Würmer, die nach schmelzendem Schnee rochen.

Alle standen wie erstarrt um sie herum und wussten nicht, was sie sagen sollten. Der Professor drehte sich um und ging nach draußen, um die Taschen zu holen. Er schloss das Hoftor hinter sich, setzte sich auf den Rand seines Koffers und rauchte. Für etwa zwanzig Sekunden machte sich in seinem Kopf völlige Leere breit. Erleichtert atmete er den Rauch aus und vergaß alles. Er blickte auf die vollkommene Oberfläche der Pfütze vor seinen Füßen und auf die Spuren der Gummistiefel am Boden.

Das Tor knarrte. Die Mutter des Professors, die sich einen dunkelroten, breitschultrigen Mantel übergeworfen hatte, baute sich neben ihm auf. »Er ist dir zu groß«, belehrte der Professor sie. »Du rauchst und siehst wie ein Wrack aus. Du siehst fertiger aus als meine hundertjährige Mutter mit gebrochenem Oberschenkel. Und du bist nicht weniger verrückt, als sie es ist. Vielleicht sogar noch verrückter«, sagte Uljana Frasuljak.

Der Professor stöhnte auf und vergrub sein Gesicht in den Händen. Die Zigarettenkippe zischte und erlosch, verschluckt von der Pfütze.

»Du hast eine Geliebte«, fuhr Uljana fort und strich die weißen Wollfäden ab, die wie aus dem Nichts auf ihrem Mantel erschienen waren. Sie neigte den Kopf, um die Fäden besser sehen zu können, ihr Unterkiefer klappte auf und ihr Doppelkinn breitete sich flach auf dem Mantelkragen aus. »Bei so einer Frau ist das natürlich nicht verwunderlich«, sagte Uljana mit sichtlichem Vergnügen. »Deine Frau ist eine absolute Versagerin und eine total unfähige Mutter. Sie hat ihr eigenes Kind im Stich gelassen, kümmert sich nicht um ihren Mann und geht einem unverständlichen Geschäft nach, das weder Geld noch Nutzen bringt. Sie vergeudet ihre Zeit mit fremden Kindern, während ihr eigener Sohn den ganzen Tag über Ameisenhügel aufgräbt. Der hat auch nicht alle Tassen im Schrank, das ist erblich.«

»Dann hast du auch nicht alle Tassen im Schrank«, flüsterte der Professor kraftlos. Er hatte nicht die Energie, sich zu wehren.

»Natürlich kommt das auch von mir«, gab Uljana zu und betonte dabei jedes Wort. »Warum zum Teufel würde ich es sonst mit euch allen aushalten: mit diesen beiden

Idiotinnen, die mir am Hals hängen, mit diesem Jungen, der nichts anderes kann, als tage- und nächtelang in der Erde zu wühlen, und mit dir, der sein Leben nicht in den Griff kriegt. Meine alte Mutter ist immer noch die Vernünftigste von euch allen.«

Uljana lachte plötzlich.

»Stell dir vor, sie redet schon seit Tagen nur von der Liebe zwischen ihr und ihrem Mann. Wie eine Braut!«

Der Professor verspürte einen Anfall von wilder, unkontrollierbarer Angst vor der Unumgänglichkeit, die Großmutter sehen zu müssen. Ihm wurde übel, wenn er daran dachte, ihrem hilflosen Körper gegenüberzustehen, den unausweichlichen Verfall im letzten Stadium zu betrachten. Und erst recht wollte er nicht miterleben, wie ein zwar einfacher, aber doch immer sehr wacher menschlicher Verstand sich im Chaos auflöste und nichts weiter hinterließ als ein paar seltsame, lächerliche Anekdoten.

Seine Mutter legte ihre schwere Hand auf seine Schulter.

»Hör zu«, sagte sie, »ich kann schon verstehen, du bist so blöd, dass du dir eine Frau genommen hast, die dem eigenen Kind sofort von der erstbesten Affäre des Vaters erzählt.«

Der Professor hob seinen fragenden und ängstlichen Blick zu Uljana. Uljana nickte heftig, presste ihre Lippen zusammen und verzog sie zu einem Schmollmund. Der Professor ließ den Kopf auf die Knie sinken, der Koffer begann zu schwanken.

»Ja, und fall jetzt auch noch in den Schlamm«, kommentierte Uljana ungerührt. Ohne seine Mutter anzuschauen, wusste der Professor, dass sie mit den Augen rollte.

Sie wartete einen Moment, bis ihr Sohn sein Gleichgewicht auf dem Koffer wiedergefunden hatte, und fuhr dann fort.

»Erzähl das bloß nicht einer hundertjährigen Frau, die bettlägerig, mit gebrochener Hüfte und halb tot bis zum Hals eingegipst daliegt. Ich will meiner Mutter (die kurz vor ihrem Tod plötzlich die Liebe zu ihrem Mann entdeckt hat, der vor fünfzig Jahren niedergeschossen wurde) nicht erzählen, dass die Frau ihres Enkels ihn aus seinem eigenen Haus geworfen und ihn gezwungen hat, in einem stinkenden Loch zu leben, nur weil er ein- oder zweimal mit einer normalen Frau schlafen wollte.«

»Nicht ganz so normal«, zischte der Professor selbstkritisch durch die Zähne.

»Das glaub ich gern«, sagte seine Mutter, »ich hätte mich sonst auch gewundert.«

Sie drehte sich abrupt um und eine heiße Brise, die unter ihren flatternden Mantelschößen hervortrat, umwehte ihn.

»Na los, wir haben keine Zeit, Maulaffen feilzuhalten«, Uljana ging ein paar Schritte in Richtung Haustür. »Der Junge hat heute noch nichts gegessen. Und du, hat Nusja gesagt, hast Verdauungsprobleme. Im Zug kann keiner groß auf die Toilette gehen, meinte Nusja. Was für eine Expertin für Züge. Und ich hab ihr gesagt: Warum sind diese Zugtoiletten dann bis zur Decke vollgeschissen?«

Der Professor dachte, sie sei hinter der Tür verschwunden. Doch kaum hatte er erleichtert aufgeatmet und eine neue Zigarette herausgefischt, ertönte die Stimme seiner Mutter über seinem Kopf:

»Pack deine Frau und deinen Jungen an den Ohren und sag ihnen, dass sie gegenüber der Großmutter kein Wort über eure Trennung verlieren. So etwas gab es nicht und wird es in meinem Haus nicht geben. Die Großmutter darf nichts davon wissen. Oder ich zieh euch allen eigenhändig das Fell über die Ohren. Verstanden?«

»Verstanden«, nickte der Professor.

Es gelang ihm, seine Frau zu überzeugen. Sie willigte natürlich ein, die alte Frau würde bald sterben, und sie wollte nicht der unmittelbare Auslöser für ihren Tod sein. Auch der kleine Bohdan nickte mehrmals stumm, als er gebeten wurde, seiner Urgroßmutter nicht zu berichten, was seine Mutter ihm erzählt hatte. »Es wird alles gut« – der Professor berührte die Wange des Jungen mit der Spitze seines Zeigefingers. Der Junge wich zurück. Erschrocken verbarg der Professor seine Hand hinter dem Rücken. »Nichts wird gut«, sagte seine Frau entschieden, drückte den Sohn an sich und begann zu weinen.

»Setzt euch an den Tisch«, rief Uljana mit übertrieben fröhlicher Stimme. »Setzt euch, damit die Mutter ihre Freude an uns hat, bevor – ihr wisst schon was.«

Der Professor und seine Frau setzten sich zu beiden Seiten von Bohdan. Der Professor goss seinem Sohn eine Limonade ein, seine Frau legte ihm geriebene Rüben und ein Fleischlaibchen auf den Teller. Der Junge trank die grün sprudelnde Flüssigkeit. »Das pritzelt«, brummelte er vor sich hin. Der Professor schenkte ihm nach. Der Junge trank das Glas wieder aus, wischte sich mit der Hand den Mund ab und hickste.

»Iss wenigstens etwas«, sagte die Frau des Professors ihrem Sohn.

»Er braucht nicht zu essen, wenn er nicht hungrig ist«, widersprach Uljana. »Ich habe diese Fleischlaibchen zwei Stunden für ihn zubereitet. Und jetzt ist wieder alles für den Hund.«

Sie legten der alten Frau pralle Kissen unter den Kopf, die sie im ganzen Haus zusammengesucht und sogar bei den Nachbarn geliehen hatten. Sie lehnten sie an die Wand, an die ein in verschiedenen Rottönen gemusterter grober Wollteppich genagelt war. Uljana fütterte sie löffelweise mit weichen, zerdrückten Kartoffeln. Auf dem verschrumpelten Gesicht der alten Frau zeichnete sich ein Lächeln ab. Sie öffnete folgsam den Mund und warf allen einen verschmitzten Blick zu, sabberte lange und schluckte das Essen nicht herunter.

»Spiel nicht mit dem Essen«, sagte die älteste Tochter streng. »Mama, iss normal.«

»Wenn ich mir diese Kinder ansehe«, sagte die hundertjährige Großmutter zu Uljana, nachdem sie die Kartoffeln mit Kompottsaft heruntergespült hatte, »erinnere ich mich gleich an meinen Wasyl. Er und ich waren auch so verliebt. Unser ganzes Leben lang. Das ganze Leben lang.«

Und plötzlich begann sie loszuweinen wie ein Baby, das für Stunden in einem kalten Raum abgestellt worden war. Ihr verzerrtes Gesicht zuckte krampfhaft.

»Küsst euch!«, befahl Uljana dem Professor und seiner Frau. Sie winkte ihnen zu und mit ausgestrecktem Zeigefinger pikste sie den Professor und dann seine Frau. »Los, jetzt! Küsst euch endlich!«

Der Professor beugte sich über den Kopf seines Sohnes und näherte sein Gesicht dem seiner Frau. Seine Frau schluckte erschrocken und hastig ein Stück unzerkauten Hering herunter. Er berührte mit seinen Lippen ihre Lippen, und aus Gewohnheit fuhr er mit seiner Zunge auf ihrer Unterlippe entlang. Er spürte den Geschmack von Lippenstift und in seiner Brust breitete sich wegen der unerträglichen Erinnerung an Zoya Kälte aus. Der Junge unter ihnen hickste wieder laut. Die alte Frau erbebte in den Armen ihrer ältesten Tochter.

Am nächsten Abend, als der Professor und seine Frau gefahren waren, rief die Urgroßmutter Bohdan zu sich und zwinkerte ihm verschwörerisch zu.

»Weißt du, dass er eine Geliebte hat? Und dafür hat sie ihn aus dem Haus geworfen. Eine schwache Frau.«

Und sie verzog verächtlich ihren zahnlosen Mund.

Sie hatte noch genau eine Woche zu leben.

*

Seine Frau schlug ihm vor, wieder nach Hause zu kommen, aber er hatte es nicht mehr eilig. Der Professor begann Zoya zu suchen. Der offensichtliche Ort, sein einziger Anhaltspunkt, war das graue Neorenaissance-Gebäude in der Wolodymyrska-Straße. Der Professor beschloss, Zoyas Mann zu finden. Er wollte sich als besorgter Arzt ausgeben: Meine Patientin ist nicht zur geplanten Operation erschienen, der Eid des Hippokrates verlangt von mir, sie auf den Operationstisch zurückzuholen.

Er war sich nicht sicher, ob der Nachname in Zoyas Patientenakte echt war. War es ihrer, der ihres Mannes, des unbekannten Vaters, ihres allmächtigen Großvaters, oder hatte sie ihn sich im Bruchteil einer Sekunde ausgedacht, entstammte er nur ihrem Kopf, der voll war mit wunderlichen Ideen.

Nachdem er alle Krasowskyjs, die es im Telefonbuch gab, durchgerufen und dabei nichts erreicht hatte, beschloss der Professor, alle zu den Nummern angegebenen Adressen abzuklappern. Die Menschen, die ihm die Tür öffneten, hatten nie von Zoya gehört. Er versuchte, sie zu beschreiben, geriet aber sofort ins Stocken: Der Professor wusste weder mit Sicherheit, welche Augenfarbe seine Geliebte hatte (grün oder grau? Vielleicht gelb-braun? mal schwarz, mal blau, wie bei Emma Bovary?), noch, welche Frisur sie trug (dunkles oder blondes Haar? glatt oder gelockt?), auch über ihr Alter (28? 36? 42?) und über ihre Größe und Statur (klein und zart? Oder so groß wie er?) konnte er nichts Genaues sagen.

Der Professor beschrieb die Narben in ihrem Gesicht, die er genau kannte, da sie seinen eigenen Händen entstammten, aber auch diese Information war nicht von Nutzen. Die Krasowskyjs verschiedener Adressen und Telefonnummern zuckten nur mit den Schultern.

»Nein, so eine gibt es bei uns nicht. Wir haben nie von ihr gehört.«

Er vermutete, dass man sie irgendwo festhielt. Dass sie etwa in einem Hinterzimmer der rosa Villa in der Ljuteranska-Straße saß oder nicht saß, sondern mit den Fäusten gegen die schwere Eichentür trommelte und schrie, mit entstellter Stimme flehte, man solle sie retten, freilassen. Oder sie war ans Bett gefesselt, vielleicht mit Drogen vollgepumpt, und er, der Professor, errötete und verhaspelte sich, während er einen Mann mit primitivem Gesicht, aber schlauem Blick, der eindeutig einen üblen Kater hatte, über sie ausfragte. Vielleicht sollte das Kläffen eines Hundes und die laienhafte Ausführung von Debussys »Arabesques«, die aus den Tiefen der Wohnung drangen, Zoyas Hilfeschreie übertönen. War das Zoyas Hund? Oder spielte Zoya Debussy? Der Professor wusste so wenig von ihr.

Eine ganze Woche strich er um das Gebäude. Rauchte bis tief in die Nacht in der Einfahrt, stand unter den Fenstern des Hauses mit den verweinten Frauenmaskaronen in der Fassade, versteckte sich hinter der Ecke eines Zubaus im Innenhof, bis der Hausmeister zwei Wolfshunde auf ihn losließ. Die taten dem Professor zwar nichts, sabberten nur seine Hände an, stießen ihm ihre riesigen, heißen Schnauzen in die Leistengegend und wedelten mit dem Schwanz. Trotzdem begriff der Professor, dass es gefährlich war, weiter hier herumzulungern. Dass es an der Zeit war, in die Wolodymyrska-Straße aufzubrechen.

Er hatte den Haupteingang mit den Säulen noch nicht erreicht, als ihm drei Männer entgegenkamen. Von irgendwoher kannte er sie. Die Männer drängten den Professor in eine Nische der Fassade und umringten ihn so, dass er nur seinen Gesprächspartner anschauen konnte, einen nicht sehr großen, gepflegten Mann, der so elastisch auf seinen Füßen wippte, als dehne und stauche er kräftige Federn und bereite sich zum Absprung vor. »Ich bin ganz Ohr«, sagte der Mann. »Verstehen Sie …« – der Professor lächelte verstört und wunderte sich nicht einmal, woher diese Leute wussten, dass ein beliebiger Passant auf der Straße etwas mit ihrer Organisation zu tun haben könnte. »Verstehen Sie«, stammelte der Professor ratlos, »ich suche eine Frau. Eigentlich ihren Mann. Ich suche den Mann einer Frau. Und wenn nicht ihn, dann einen alten Verwandten dieser Frau. Obwohl er, Sie verstehen schon, nur dem Namen nach ihr Verwandter ist und nicht wirklich.«

»Ja, wir verstehen«, antwortete sein Gegenüber, dessen freundliches Aussehen tatsächlich von Verstehen zeugte.

Der Professor seufzte dankbar und erleichtert. »Die Sache ist die«, begann er vertrauensvoller zu erklären. »Ich bin plastischer Chirurg. Das ist eine seltene Spezialisierung, nicht allzu verbreitet bei uns.«

»Ja«, nickte der Mann, nahm den Professor am Ellenbogen und führte ihn die Wolodymyrska-Straße entlang vom Sophienplatz weg, schob ihn kaum merklich vor sich her. Die beiden anderen Männer gingen einen halben Schritt hinter ihnen, trotzdem spürte der Professor ihren Atem im Nacken.

»Eine Frau wandte sich an mich«, erzählte der Professor bereits weniger ängstlich weiter. »Ihr Gesicht hatte keinerlei angeborene Mängel. Ganz im Gegenteil! Eine sehr hübsche Frau. Sie würden dasselbe über sie sagen.«

Das Gegenüber nickte, als sähe er Zoya und hielte sie tatsächlich für eine hübsche Frau.

»Eben weil sie so hübsch war, erklärte ich mich bereit, ihr zu helfen«, geriet der Professor, inspiriert von der wohlwollenden Aufmerksamkeit seines Zuhörers, in Fahrt. »Ich war mit ihren Überlegungen einverstanden. Wissen Sie, ich teile ihre Philosophie. Die Ästhetik ist eine harte Wissenschaft. Sie folgt hohen Maßstäben, die nur schwer zu erreichen sind.«

»Ich bin ganz Ihrer Meinung«, nickte der Mann und gab

mit einer Handbewegung zu verstehen, dass sie nun abbiegen müssten. »Das wird niemand bestreiten.« Freundlich zeigte er auf eine Tür in der Einfahrt. Der Professor duckte sich und folgte der Einladung. Die Schritte der Männer hallten in dem langen, kalten Gang wider.

Der Professor war so begeistert von seiner Erklärung, die ihm schrecklich gelungen und überzeugend vorkam, dass er die Aneinanderreihung von Innenhöfen, die sie durchquerten, nicht wahrnahm, ebenso wenig die Seiten- und Hintertüren, die sie quer durch die verschiedenen Gebäude führten, die Treppen, die sie hinauf- und dann wieder hinabstiegen, den Geruch von Essen und Verwahrlosung, die Katzen, die ihnen zwischen die Beine liefen, die Girlanden feuchter Unterwäsche, die im Wind flatterten, das Knarren des Holzbodens der unendlich langen Galerien und später die Eisentore mit Schlössern, die freien Flächen der blitzblank gekehrten, leeren Plätze, umgeben von den Mauern verborgener Gebäude, den schweren behauenen Stein mit makellosen Rillen, den Marmorkies, den Geruch von Möbelpolitur, der irgendwie an frisches Blut erinnerte.

»Ich konnte ihre hohen Ansprüche an sich selbst nachvollziehen«, sprach der Professor beinahe entspannt, fast schon leichtfertig weiter. »Und ich war einverstanden: Diese außergewöhnliche Frau kann sich selbst gegenüber keine andere Haltung haben. Sie trägt die Verantwortung für ihre Persönlichkeit, für ihr Äußeres. Sie hat kein Recht, alles zu lassen, wie es ist, muss alle Mühen auf sich nehmen, darf sich der Natur und der Vergänglichkeit nicht fügen. Das wäre ein Verbrechen. Eine zum Himmel schreiende Nachlässigkeit. Ein Skandal! Das konnte ich nicht zulassen!«

Plötzlich kam es dem Professor so vor, als hätten sie den gesamten Häuserkomplex durchquert und stünden nun vor jenem grauen Haus, das er hatte erreichen wollen, nur von der anderen Seite oder der Schmalseite, hier war er sich nicht mehr ganz sicher. Der Mann, der den Ellenbogen des Professors die ganze Zeit nicht losgelassen hatte, öffnete eine niedrige Tür in der Mauer und wies den Professor an, die enge, schmiedeeiserne Treppe hinabzusteigen.

In diesem Augenblick bekam der Professor Angst. »Wissen Sie«, sagte er. »Vielleicht lohnt es sich nicht. Ich muss erst noch eine rauchen. Und überhaupt, ich glaube, ich muss jetzt zurück in die Arbeit. Meine Patienten warten auf mich. Das Mädchen mit dem Wolfsrachen. Eigentlich schon ohne. Die Operation ist sehr erfolgreich verlaufen«, versicherte der Professor seinen Begleitern mit übertriebenem Eifer. »Die Wunden heilen schon, bald wird sie ein hübsches Mädchen sein. Aber ich muss die Nähte kontrollieren. Das ist wichtig. Sehr, sehr wichtig.«

»Natürlich ist es wichtig«, pflichtete ihm sein Begleiter bei und stieß den Professor mit einer kräftigen, präzisen Bewegung die Treppe hinunter. Der Professor stürzte in die Finsternis, schlug mit Kopf und Armen gegen die Eisensprossen der Treppe und gegen die Wände, bis er schließlich auf dem kalten Boden landete und ausgestreckt dort erstarrte. Er hoffte, das Bewusstsein zu verlieren, aber es geschah nicht.

Die Treppe tönte wie ein Blasorchester. Aus irgendeinem Grund nicht wie ein Schlagwerk, sondern wie ein Blasorchester, das wunderte den Professor. Die Männer stiegen hinab, leuchteten mit Taschenlampen. Sie fluchten.

Der Professor dagegen fluchte kein einziges Mal, obwohl er und nicht sie die Treppe hinuntergestürzt war und sich angeschlagen hatte.

Die schweigsamen Kerle schnappten ihn an den Füßen und schleiften ihn den Gang entlang. Der Professor musste Nacken und Oberkörper anspannen, um nicht mit dem Hinterkopf über den Boden zu rumpeln. Sie traten auf den Saum seines Mantels, Sakko und Hemd zerrissen und die Haut schürfte sich großflächig von seinem nackten Rücken ab. Im düsteren Licht erblickte er das ernste Gesicht seines Begleiters über sich. Der rauchte, die Hände in den Taschen seiner Lederjacke.

Wieder klirrten Schlüssel, wieder ein widerspenstiges Schloss. Der Professor wurde in einen kleinen Raum gezerrt, die Tür fiel hinter ihm zu. Durch ein vergittertes Fenster direkt unter der Decke fiel mattes, künstliches Licht. Der Professor lag rücklings auf dem Boden, sah keinerlei Notwendigkeit aufzustehen, starrte einfach zum Fenster hinauf. Nach kurzer Zeit begannen auf der anderen Seite der Scheibe unscharfe Schatten zu tanzen. Ein Gesicht heftete sich an das Glas. Man konnte die Umrisse von offensichtlich an die Schläfen gelegten Händen ausmachen. Jemand betrachtete den Professor.

Er hörte sogar Stimmen, gedämpft und teilweise unverständlich. Der Professor dachte daran, wie er nach seiner Blinddarmoperation aus der Narkose erwacht war. Wie sein Bewusstsein langsam und zögerlich zurückgekehrt war, als gebrochener Lichtschimmer, als fragmentarische Szenen. Daran, wie in die träge Materie, in die er eingetaucht war oder in der er sich aufgelöst hatte, von irgendwoher, aus unbegreiflicher Ferne, verschwommene, sinnentleerte Phrasen, Stimmen, Dialoge eingesickert waren.

Etwas Ähnliches geschah jetzt. Dem Professor war, als hörte er einen zornigen Monolog. Ein Knurren, Drohungen, unbändigen Zorn. War etwa er es, der diesen Hass auslöste? Weshalb wollten sie ihn umbringen? Wozu hatte man ihm dann Körperteile abgerissen, die Haut bei lebendigem Leib abgezogen und ihn auf tausend und eine Art verkrüppelt?

Eine zweite Stimme vernahm er viel seltener. Deren Sätze zeugten von Sparsamkeit. Die Stimme hatte eine beschwichtigende Wirkung auf den ersten Sprecher, sodass der Professor sofort positive Gefühle für dieses beruhigende Timbre entwickelte, für den unsichtbaren Menschen hinter dem Glas, der es hervorbrachte. Das war sein Schutzengel, sein Retter. Komm, komm zu mir, flehte der Professor in Gedanken. Komm und befreie mich.

Und er kam wirklich. Ein großer, alter Mann mit geradem Rücken und dichtem, grauem Haar, in einem weißen Strickpullover mit Rollkragen. Er gab dem Professor die Hand und half ihm aufzustehen, ließ ihn dabei eine für sein Alter außergewöhnliche Kraft und Zähheit spüren.

»Ich bin Krasowskyj«, stellte sich der Alte vor und lud den Professor ein, sich auf einen der beiden Stühle zu setzen, er selbst ließ sich gegenüber nieder. Auf seinem Schoß hielt er eine dicke, schwarze Mappe. »Ich bin Zoyas Großvater.«

Aha, sie hatte also tatsächlich den Nachnamen ihres nicht leiblichen Großvaters verwendet.

Er schwieg lange und wandte seinen wachen, interessierten Blick nicht vom Professor ab. Der Alte musterte ihn wie einen alten Bekannten, den er viele Jahre nicht gesehen hatte und dessen unmerkliche Veränderungen und gnadenlose Verwandlungen er nun zu erhaschen versuchte.

»Kennen wir uns?«, fragte der Professor, der sich nicht an die vertikale Position gewöhnen konnte, an das Sitzen auf dem Stuhl. Sein Mund schmerzte heftig. Ebenso seine Schläfen, der Hinterkopf, Nase, Ohren, Handgelenke und Haut, die Füße und der untere Rücken.

Krasowskyj lächelte. Der Professor bemerkte, dass seine blauen Augen aus bestimmten Winkeln betrachtet beinahe schwarz wirkten.

»Man könnte sagen, dass ich Sie schon vor Ihrer Geburt kannte«, sagte Krasowskyj mit dem bereits bekannten Tonfall – tief, leise und beruhigend weich. »Ich habe nicht nur eine Ihrer Tanten und Ihre Mutter gut gekannt, sondern auch Ihren Vater, den Sie nie zu Gesicht bekommen haben. Er war ein guter Mensch. Wenn auch ein Verbrecher.«

»Wie?«, fragte der Professor und fürchtete plötzlich, er könnte in Tränen ausbrechen. Eine jungenhafte Weinerlichkeit stieg seine Kehle hinauf.

»Das ist eine alte Geschichte«, Krasowskyj machte eine wegwerfende Handbewegung. Ein zärtliches Lächeln machte sein Gesicht in der Dunkelheit der Zelle so anziehend wie das Selbstporträt Tizians und so erhaben wie Papst Clemens IX. auf einem Bildnis Carlo Marattas. »Sie haben jetzt keine Zeit zuzuhören«, sagte er langsam. »Ich habe von dem Wolfsrachen gehört. Sie sind ein Mensch mit außergewöhnlich großem Herz. Meine Enkelin hat Glück, an den besten Spezialisten gekommen zu sein.«

Krasowskyj verstummte. Auch der Professor schwieg, er hatte nicht die Kraft zu enträtseln, was sich hinter den

Worten des Alten verbarg. Durch die Stille, die nun in der engen Kammer herrschte, drangen unverständliche Geräusche zum Professor, sickerten durch Tür und Wände: etwas wie Stöhnen, Gewinsel, Wimmern, das Klirren von Metall, rhythmisches Schnalzen und Aufjaulen. Schnelle Schritte ertönten im Korridor, ganz in der Nähe. Zuerst von links nach rechts, dann von rechts nach links, hin und her, hin und her, begleitet vom Kratzen eines harten, schweren Gegenstands an der Wand, an der Tür, der auch an der Angst des Professors und an seinen Nerven kratzte.

»Was ist das?«, fragte der Professor den Alten, der auch aufmerksam lauschte.

Krasowskyj senkte den Kopf.

»Es kommt darauf an, was Sie fragen. Manche der Geräusche, die Sie hören, haben nicht direkt mit Ihnen zu tun, sondern dienen nur als ungefähres Beispiel dessen, was theoretisch und hypothetisch gesehen mit Ihrem Körper und Ihrer Seele passieren könnte, wenn Sie sich nicht als gefügig erweisen. Aber das, Professor, wird nicht passieren, das würden Sie nicht tun, für sich selbst nicht, für Ihren Sohn und Ihre Frau, für Ihre Mutter und Ihre Tanten nicht. Die anderen Geräusche beziehen sich direkt auf Ihre Anwesenheit« – Krasowskyj wies mit Finger und Blicken auf die Eisentür, an der ein unsichtbares Monster in diesem Moment zornig seine Klauen schärfte, wobei Funken sprühten. Es knurrte, sein Nackenfell war aufgestellt, die Flanken hoben sich schnell. Aus Nase und Maul sabberte es, atmete schwer, stoßweise, wie von Sinnen, angetrieben vom Wunsch, jemanden in Stücke zu reißen. Es war nah, ganz nah. Krasowskyj konnte jeden Moment die Tür öffnen und es hereinlassen.

»Ich lasse ihn nicht herein«, versicherte Krasowskyj sanft. »Er hat ein viel zu aufbrausendes Wesen. Ich weiß, dass man sich mit Ihnen einigen kann. Mit einigen Ihrer Verwandten habe ich mich geeinigt. Die, mit denen es nicht gelang, musste ich auf andere Weise ruhigstellen. Möglichkeiten dafür kenne ich unzählige.«

»Aber kommen wir auf Zoya zurück«, sprach Krasowskyj. »Ich weiß, dass Sie ihr gegenüber nicht gleichgültig sind. Und er weiß es« – der Alte nickte in Richtung Tür. »Ihn bringt es zur Weißglut, bei mir ruft es Rührung hervor, noch mehr warme Gefühle Ihnen gegenüber.«

Plötzlich lachte er. In seinen blauen Augen flackerte ein verspieltes Feuer.

»Eben kam mir der Gedanke: Ich bin praktisch Ihr Pate. Wir sind fast verwandt, stehen einander nah. Nicht nur wegen Zoya. Ich begünstigte die Treffen Ihrer Eltern. Organisierte ihnen Rendezvous in der Villa im herrlichen Englischen Garten. Man könnte sagen, dass ich Zeuge Ihrer Zeugung wurde. Ohne mich, ohne mein Zutun, gäbe es Sie nicht, Professor.«

Der Professor hatte keinen blassen Schimmer, wovon Krasowskyj sprach.

»Was ist mit Zoya?«, fragte er, konnte seinen angespannten Blick aber nicht von der Tür lösen.

»Zoya hat es zu weit getrieben«, erwiderte der Alte finster. »Zoya wurde bestraft. Sie ist nach Hause zurückgekehrt.«

Er verstummte, tief in sich selbst versunken. Die Furchen, die sich von der Nasenwurzel bis zu seinem trockenen Mund zogen, wurden dunkel und schienen noch tiefer. Nach ein oder zwei Minuten schüttelte er diesen lethargischen Zustand wieder ab. Seine Augen leuchteten wieder.

»Sie kennen sie nicht, Professor«, sagte er wohlwollend. »Es ist nicht Ihre Schuld, dass Sie in die Falle getappt sind. Sie ist sich ihrer Ausstrahlung, ihres Sexappeals, bewusst und setzt sie gekonnt ein. Sie verführt jeden, den sie will, mit links. Niemand konnte ihr je widerstehen. Zoya ist gewohnt, alles zu bekommen, was sie will. Nur weiß Zoya selbst nicht, was sie will. Zoya ist ein kleines, krankes Kind. Schrecklich verletzlich und schutzlos. Genauso wie ihre Mutter.«

Der Alte schaute dem Professor in die Augen, sein Blick war schwer und streng. Er sagte, dass der Professor von dieser Geschichte wissen müsse: davon, dass Zoyas Mutter nicht Krasowskyjs leibliche Tochter war, dass sie einen schwierigen Charakter hatte, den nicht einmal die beste Erziehung und Liebe beeinflussen konnten. Aber Zoya, schluchzte er völlig unerwartet auf, auch wenn er diesen schrillen Schrei mit Husten zu kaschieren versuchte, sei vom ersten Augenblick ihres Lebens in seinen Händen gewesen. Er, nur er, habe sie stark beeinflusst.

Seine Adoptivtochter habe er gehen lassen müssen (die Badewanne sei voller Blut gewesen, die blassen Hände leuchteten aus dem purpurroten Wasser; er, der mit Leichtigkeit die Gedanken anderer Menschen las, konnte nie verstehen, was in ihr vorging). Später habe er auch seine geliebte Ehefrau gehen lassen müssen (langsames Dahinwelken über viele Jahrzehnte hinweg, schrittweises Absinken der Temperatur, Erstarren, völliger Zerfall).

Aber Zoya würde er nicht gehen lassen. Er wolle nicht alleine bleiben. »Das ist das Schrecklichste«, sagte Krasowskyj. Solle sie doch zu immer neuen Männern laufen, sie seien nur Spielzeug für sie. Das Wichtigste in ihrer Existenz sei die Illusion von Freiheit. Sie könne dem Leben nicht entkommen, das er, Krasowskyj, für sie arrangiert habe. Aus einem guten, normalen Leben mit Wohnung in der Ljuteranska-Straße, mit Klavier, Hund, erlesenem Essen, Reisen, Umgang mit anständigen Menschen, den besten Menschen dieses Landes, sie könne nicht vor ihrer Orangerie und ihrem Mann davonlaufen, der vielleicht etwas schwachköpfig und aufbrausend sei, aber sonst bestens zu einer wie ihr passe. Er würde niemals die Hand gegen sie erheben, versicherte der Alte.

»Zu immer neuen Männern?«, wiederholte der Professor, ohne Krasowskyjs Worte wirklich zu verstehen. Der Satz hallte als Erinnerung in ihm wider: nackt, noch schweißnass nach dem Sex, liegt er neben Zoya auf dem schmutzigen Teppich der gemieteten Wohnung, vor der offenen Balkontür gurren Tauben, Zoya beginnt zu reden, in einem Anfall von Eifersucht bekommt er eine Erektion.

Krasowskyj reichte ihm die Mappe. Der Professor legte sie sich auf den Schoß, drückte sie einen Moment mit beiden Händen zu, wollte nicht wissen, was darin war.

Da waren Fotos. Hunderte sortierte Aufnahmen. Der Fotograf hatte sich versteckt, um für sein Objekt unsichtbar zu bleiben: hinter einer Hausecke im Busch, hinter dem Sojusdruk-Kiosk, hinter dem Rücken eines Passanten, hinter den Fenstern eines Autobusses, hinter einem Treppengeländer, hinter einer Pflanze mit Übertopf, hinter einem Baumstamm, hinter einem Vorhang, hinter einer Scheibe. Er hatte seine Fotos durch Spalten, Ritzen, Stoffe, Regen und in der Dunkelheit gemacht, durch Öffnungen und Zwischenräume. Er nahm die ungemütlichsten, absurdesten Positionen ein. Geriet in gefährliche Situationen, knapp davor, entdeckt zu werden oder umzukommen. Aber er fotografierte weiter, ermutigt oder eingeschüchtert und in eine ausweglose Lage getrieben von irgendetwas.

Und nun betrachtete der Professor diese Männer, ihre Hinterköpfe, Schultern, ihre unterschiedliche Statur. Einer hatte einen dicken Bauch, der andere einen dünnen, langgestreckten Körper. Einer, völlig nackt, hatte seine Brille nicht abgesetzt. Die Brust eines anderen war voller Tattoos. Da waren Männer mit Glatze und solche mit langem Haar. Welche, die schüchtern, und andere, die brutal wirkten. Sie sahen Zoya mit einem Lächeln oder verärgert an. Einer hatte sich ihr Haar um die Hand gewickelt und ihren Kopf nach hinten gezogen. Ein anderer kniete vor ihr. Mit einem saß sie im Theater. Mit einem anderen hatte sie einen Berg bestiegen. Dann sah man sie mit demselben, braungebrannt, nackt, am Ufer eines Sees. Ihr blasser Körper ausgestreckt im Gras inmitten einiger flacher Steine strahlte wohlige Erschöpfung aus. Wieder ein anderer zeigte ihr etwas in einem dicken Band mit schmutziggrünem Einband und zerkratztem Buchrücken. Mit vielen schlief sie intensiv, ihre Körper verschlungen, auf dutzenden von Betten, kleinen und großen, auf Sofas und Klappbetten, in Schlafsäcken, auf Zugliegen. Ihr Kopf ruhte auf verschiedenen Schultern, ihre Finger verschränkten sich mit den Fingern der Männer. Ihr Knie lag auf ihren Bäuchen. Ihre Brüste schmiegten sich an ihre Flanken. Ihr Gesicht hatte einen süßen Ausdruck. Einen ruhigen Ausdruck. Vertrauensvollen Ausdruck.

Während der Professor die Fotos durchblätterte, erinnerte er sich an die Farbe ihrer Augen und ihres Haars, an ihre Größe und Statur, an ihre Stimme und ihr Lachen, an die Muttermale auf ihrem Körper, ihr Schluchzen und Seufzen, an die Berührungen ihrer Finger, das Geräusch, wenn sie von einem Apfel abbiss.

Der Professor begriff, dass er über längere Zeit den Atem angehalten hatte, weil er auf einem der Fotos sich selbst erkannt hatte. Er lag auf der Seite, mit einer Decke zugedeckt, den Kopf seitlich in die Hand gestützt. Zoya war von der Seite zu sehen, sie saß auf einem Stuhl, ihre nackten Beine waren nach vorne ausgestreckt, ihre Zehen berührten beinahe den Ellbogen des Professors. Unter dem durchsichtigen Hemd, das Zoya über ihren nackten Körper gezogen hatte, zeichneten sich ihre harten Brustwarzen ab. Die beiden Silhouetten waren teilweise von Weinlaub verdeckt. Zoyas Profil versteckte sich hinter einem verschwommenen, länglichen Gegenstand, der sich bei näherer Betrachtung als Taubenschwanz entpuppte.

Als der Professor einen schneidenden Schmerz in Kehlkopf und Lunge verspürte, schnappte er laut und verzweifelt nach Luft. Sogar seine Blinddarmnarbe, die sich schon lange nicht gemeldet hatte, schmerzte unbarmherzig.

»Und der Fotograf?«, fragte der Professor, als sich sein Atem einigermaßen beruhigt hatte, aus irgendeinem Grund. »Ist er mit Zoya bekannt?«

Krasowskyj schaute den Professor freundlich an. Er ähnelte wieder einem alten Grandseigneur auf dem Gemälde eines Künstlers aus dem Mittelalter.

»Was spielt das für eine Rolle, Professor. Beruhigen Sie sich endlich. Vergessen Sie sie. Sie hat Ihnen den Kopf verdreht. Aber dahinter war kein böser Wille. Sie ist einfach ein Kind, ein eigenwilliges Kind. Sie weiß selbst nicht, was sie will.«

Der Alte stand auf und nahm dem Professor die Mappe aus der Hand. Diese geschickt in der Luft balancierend, begradigte er die Fotostapel und fixierte alles mit einem Gummiband.

»Sie haben sie natürlich völlig illegal operiert. Es war eine ihrer dummen Launen, aber Sie sind ein seriöser Fachmann und dürfen fremden Launen nicht nachgeben.«

Diese Worte sollten dem Professor Angst machen, sie sprachen seine schlimmsten Befürchtungen aus: Er verliert seine Arbeit, wird verurteilt. Was passiert mit seinem Sohn? Was sagt seine Mutter?

Aber in diesem Moment fühlte er sich so kraftlos, so leer, dass er Krasowskyj nur von unten ansah und mit den Schultern zuckte.

»Gott sei Dank – den es natürlich nicht gibt, ich mache nur einen Witz, aber wie man weiß, liegt ja gerade darin der Witz«, sagte der Alte hinter dem Professor stehend, seine starke Hand lag auf dessen Schulter. »Denn Sie haben ein göttliches Händchen. Sie haben ihr keinen Schaden zugefügt. Ihr Äußeres hat sich ein wenig verändert, aber das ist noch immer sie. Es ist Zoya, die ich kenne und erkenne, meine Enkelin. Vielleicht ist sie jetzt« – er verstummte für einen Moment, als wunderte er sich über seine eigenen Gedanken – »sogar mehr Zoya und meine Enkelin als zuvor.«

»Vergessen Sie sie«, flüsterte Krasowskyj dem Professor ins Ohr. Der Geruch des betagten Körpers bahnte sich seinen Weg durch den Duft frischer Holzspäne. »Vergessen Sie alles, was geschehen ist. Und Ihnen wird nichts geschehen. Weder Ihnen noch Ihrer Familie. Ich sage doch: Ich konnte mich mit Ihrer Familie immer einigen«, konstatierte Krasowskyj milde.

»Wie gefällt es Ihnen eigentlich in der Wohnung in der Prytysko-Mykilska?«, fragte der Alte, während er dem Professor half aufzustehen. Er klopfte seinen Mantel ab, richtete den Kragen seines Hemds und glättete mit der Hand den Aufschlag seines Sakkos. Ein paar Mal klatschte er dem Professor mit der flachen Hand auf die Wange (dem wurde mit einem Mal bewusst, wie stark seine Wange geschwollen war, wie sehr sie spannte und überall schmerzte).

Krasowskyj klopfte an die Tür und sie öffnete sich. Der Alte trat in den Korridor hinaus und flüsterte in die Dunkelheit: »Verschwinde. Hau ab, sage ich. Und wehe du hörst nicht auf mich.«

Zögerlich entfernten sich Schritte. Krasowskyj wies dem Professor mit galanter Geste den Weg zur Tür.

»Man wird Sie hinausbegleiten, Professor. Man wird Ihre Wunden versorgen und Sie nach Hause bringen. Aber nehmen Sie meine Worte ernst: Vergessen Sie alles. Es ist nichts gewesen.«

Der Professor folgte dem mittelgroßen, sehnigen Mann mit dem federnden Gang, seinem neuen Bekannten. Von hinten, vom anderen Ende des Korridors, jagte ihm eine Welle unterdrückten Zorns hinterher.

Als der Professor bereits einen Fuß auf die Eisentreppe setzte, um hinaufzusteigen, hörte er noch einmal Krasowskyjs Stimme:

»Übrigens, Professor, damit Sie Bescheid wissen: Wir werden Ihre Dienste benötigen. Es ist an der Zeit, für das Wohl der Heimat zu arbeiten. Für uns ist es sehr wichtig, einen Spezialisten wie Sie an der Hand zu haben.«

Der Professor nickte in der Dunkelheit.

»Einen Spezialisten wie Sie an der Hand zu haben«, wiederholte er finster bei sich, während eine flinke Dame mit Schulterklappen seine Verletzungen versorgte. Abgestumpft betrachtete er sein Spiegelbild. Ihm kam nicht in den Sinn, dass er Krasowskyj auf kaum auszumachende Weise ähnelte.

*

Romana konnte die Gründe für den Zorn des Professors nicht begreifen. Verstand nicht, wieso er sie davongejagt hatte, wieso er ihr verboten hatte, wiederzukommen.

Tage und Wochen einsamen Daseins in ihrem Haus im Wald vergingen, endloses, ermüdendes Warten, aber der Professor meldete sich nicht. Sie hoffte, sein Ärger würde vergehen, er würde sein ältliches, kauziges Gehabe wieder annehmen, aber das Telefon schwieg. Sie konnte sich nicht von ihrem Handy trennen: hielt es in der Hand, schaltete das Display alle paar Minuten ein, um auch sicher nichts zu verpassen. Sie stieg mit dem Handy ins Magazin hinunter, um für die Besucher des Archivs die benötigten

Unterlagen auszuheben, vertauschte Mappen, vergaß, sie mit hinaufzunehmen. Stieg zum zweiten und dritten Mal hinab. Stand lange vor den Schubladen und Regalen, starrte die Icons auf ihrem Display an. Konnte nicht aufhören, ständig darauf zu blicken.

Der Professor schwieg. An einem Abend hatten sie noch gemeinsam auf seinem Balkon aus Kartonboxen chinesische Nudeln gegessen (Romana lauschte gierig, der Professor erzählte und hörte nicht einmal damit auf, während er kaute, die langen Glasnudeln hingen ihm über das Kinn hinab, bis er abbiss und einen Teil zurück in die Schachtel fallen ließ), und am nächsten Tag hatte er sie bereits am Ellbogen durch die Krankenhausgänge gezerrt, blass und zornig, mit zusammengebissenen Zähnen, hatte immer wieder gesagt: Kommen Sie nie wieder, tauchen Sie ja nicht mehr bei mir auf. Ich will Sie nie wieder sehen.

Romana wählte seine Nummer, aber er hob nicht ab. Auf Nachrichten reagierte er nicht. Sie stand vor seinem Haus, saß auf den Stufen, hämmerte an seine Tür – alles umsonst. Die Concierge drohte, die Polizei zu rufen, sollte Romana nicht verschwinden.

Daraufhin beschloss Romana, sich mit dem Warten abzufinden. Ohne Eile und mit anhaltendem Vergnügen sortierte sie die Fotos, sortierte sie nach Zeiträumen, Generationen und Themen und ordnete sie dann in eigens dafür gekaufte Alben ein, verließ sich dabei auf ihr genaues und logisches Denken. Dabei betrachtete Romana jedes der Bilder noch einmal aufmerksam, sog selbst die kleinsten Details auf, sodass sie tief in ihr Gehirn eindrangen, zu Erinnerungen wurden, die sich durch nichts von jenen Erinnerungen unterschieden, die sie an ihre eigene Kindheit hatte, an die Eltern, einen Sturz mit dem Fahrrad, eine dunkle Sommernacht, in der sie sich als Mädchen verirrt hatte und verloren gegangen war, für immer, wie ihr schien.

All das war ein Beweis für die Nähe zwischen dem Professor und ihr, die unbemerkt Abend für Abend in ihren Gesprächen gewachsen war. Der Professor hatte sein Leben zum ersten Mal auf diese Weise erzählt. Nur mit ihr, mit Romana, war das möglich geworden. Romana hatte zum ersten Mal auf diese Weise zugehört. Niemand konnte sie ersetzen. Ihre täglichen Gespräche kamen dem Stillen eines nagenden Hungers gleich, der sich aus einem Defizit lebensnotwendiger Stoffe entwickelt hatte. Sehr schnell hatte Romana sich als organischer Bestandteil der Wohnung des Professors und seines Lebens gefühlt. Schnell hatte sie begriffen, wie nützlich, ja sogar unabkömmlich sie für den Professor geworden war. Er war es, der sie brauchte, nicht sie ihn. Er konnte nicht mehr ohne sie sein. Als Romana darüber nachdachte, erfasste sie eine stille und ruhige Freude, flauschig wie ein von Schimmel überzogenes Stück Obst: Sie konnte jemandem ein Gefühl der Vollständigkeit schenken, sie konnte sich seiner annehmen, ohne eine Gegenleistung zu erwarten.

Romana fühlte sich als ein Ganzes mit der Wohnung des Professors, als Verlängerung der Möbel, dieser exakten, lakonischen Linien. Sie hatte das Gefühl, mit den Oberflächen zu verschmelzen, mit dem Kork, den Leinenbezügen, mit dem Geschirr in den Schränken, den Spiegelungen in den Scheiben und den Umrissen des Floriwskyj-Klosters vor dem Fenster. Sie begrüßte den erschöpften Professor, wenn er nach Operationen oder nach Besuchen bei seiner Frau heimkam, wie eine Katze ihren Besitzer begrüßt.

Dennoch empfand Romana eine beunruhigende Unvollkommenheit, die es ihr nicht erlaubte, sich in diesem Haus ganz legitim am Platz zu fühlen. Sie wusste so viel über die Frau des Professors, kannte die Geschichte, wie sie sich kennengelernt hatten, kannte ihre Beziehung, den Verlauf der Schwangerschaft und wusste um alle Einzelheiten von Bohdans Geburt, sie kannte ihre sämtlichen Angewohnheiten, ihre liebsten Ausdrücke, probierte ihre Schuhe und ihre Kleidung an, wenn der Professor nicht zu Hause war, verwendete ihre Kosmetikprodukte und Parfums, nahm den Geruch an den Tagen mit, an denen sie zur Arbeit ging oder in ihr Häuschen im Wald fuhr. Doch es erschien ihr unfair, dass ihre Bekanntschaft so einseitig war, nicht vollständig, nicht auf Gegenseitigkeit beruhte.

Romana wollte den Professor davon überzeugen, seine Frau nach Hause zu holen. »Hier würde es ihr besser gehen, hier würde sie sich viel wohler fühlen. Wo liegt das Problem?«, fragte sie. »Sie könnten ein Krankenbett besorgen, könnten Ärzte und Krankenschwestern bezahlen, die sie behandeln werden. Und ich wäre die ganze Zeit da. Ich würde ihre Hand halten, während Sie nicht da sind, ich würde mit ihr reden, ihr etwas erzählen oder ihr zuhören.«

»Sie kann nicht mehr sprechen«, brummte der Professor niedergeschlagen und schüttelte den Kopf.

»Okay«, fuhr Romana ruhig fort. »Gespräche sind längst nicht alles. Sie würde einfach Zeit mit einem Menschen verbringen, der sie versteht, der sie gut kennt. Der mit ihr fühlt. Meine Anwesenheit würde ihr Freude bereiten, Erleichterung verschaffen. Wir könnten uns abwechseln.«

»Nein«, gab der Professor nicht nach. »Ich habe schon viel darüber nachgedacht. Ich werde nicht die ganze Klinik und alle notwendigen Geräte hierherverfrachten können. Die besten Fachleute werden nicht rund um die Uhr in meiner Wohnung Dienst schieben. Und in ihrem Zustand ist jede Sekunde wichtig, kann jeder Augenblick des Zögerns eine verlorene Möglichkeit bedeuten. Nein«, bestand der Professor auf seiner Meinung, »ich habe eine andere Idee. Sie ist noch riskanter, aber gibt mir Hoffnung. Ich will sie nach Israel bringen. Ich hätte es schon längst tun sollen. Aber ich hatte Angst, der Flug könnte ihr schaden.«

Romana wollte den Professor mit allen Mitteln davon abbringen. »Mit dem Flugzeug? Nach Israel? Wissen Sie eigentlich, wie das Klima dort ist? So eine Umstellung hält nicht einmal ein gesunder Organismus aus, ganz zu schweigen von einem kranken und derart geschwächten. Schleppen Sie sie nicht durch die Gegend«, schimpfte sie beinahe mit dem Professor. »Lassen Sie sie in Ruhe. Sie haben ihr auch so genug angetan. Sie lieben Sie doch. Hier wird es ihr besser gehen. Holen Sie sie nach Hause. Ich werde Ihnen helfen.«

Solche Auseinandersetzungen hatten keine ernsthaften Folgen: Der Professor und sie fanden immer einen gemeinsamen Nenner. Sie verstanden einander in allem. Einzelne kleine Differenzen bestärkten ihr Einvernehmen nur.

Das war der Grund, wieso Romana bis jetzt immer Verständnis für die Wutanfälle des Professors gehabt hatte. Doch diesmal hatte er sie grob herumgezerrt, ein paar Mal geschubst, sodass sie sich an der weiß gekachelten Wand stieß, sie mit unschönen, ungerechten Wörtern überhäuft – und all das vor den Augen des Klinikpersonals –, und immer noch war sie ihm nicht böse. Eine der jungen Verwaltungsangestellten hatte Romana freundlich hierhergeführt, in den geschlossenen Trakt der Klinik, nachdem Romana sich als Verlobte des Sohns des Professors vorgestellt hatte. Die Mitarbeiterin plauderte den ganzen Weg lang vertrauensvoll, fragte Romana über den Professor und seine Frau aus, schüttelte mitfühlend den Kopf, schnalzte mit der Zunge. Dann lächelte sie keck und fragte, wann die Hochzeit stattfinden würde. Romana beantwortete bereitwillig alle ihre Fragen: »Der Professor und ich haben beschlossen, alle Vorbereitungen zu treffen, um Mama nach Hause zu holen. Ich habe ihm sogar geraten, Fachleute aus Israel einzufliegen – sie haben eine besondere Methode und wissen, was sie tun. Wir haben Medikamente und bestimmte Apparate von dort bestellt. Zu Hause wird sich Mama am besten fühlen. Solange Bohdan weg ist, werde ich da sein. Wir verstehen uns gut. Wir müssen nicht einmal miteinander reden.«

Die Angestellte schaute Romana begeistert aus ihren großen Augen mit aufgeklebten Puppenwimpern an.

Romana log. Es war nur ein kleiner Scherz, sie musste doch irgendwie auf die Krankenstation gelangen. Der Professor hatte sich hartnäckig geweigert, Romana dorthin mitzunehmen. Er fürchtete, es wäre ein zu großer Schock für seine Frau. Er sagte, dass sie keine Ähnlichkeit mehr mit dem Menschen habe, der sie früher einmal gewesen war. Dass sie nicht mehr dieselbe Frau war. Dass sie überhaupt mit einer Frau keine Ähnlichkeit mehr hatte.

In einem weißen Mantel, mit Schuh-Überziehern aus Plastik, mit denen man auf dem Boden rutschte, betrat Romana leise das Zimmer. Die hellen Rollos an den Fenstern waren heruntergelassen. Monitore piepten, gelbgrüne Lichter blinkten. Bündel von Kabeln und Schläuchen führten zum Bett. Ein Tisch und ein Kästchen mit Glastüren waren voll mit Medikamenten. Ein unerträglicher Geruch lag in der Luft.

Vorsichtig näherte Romana sich dem Bett, versuchte dabei so viel Lärm wie möglich zu machen, um ihre Anwesenheit anzukündigen. Irgendwie war ihr plötzlich bange zumute, die Beine gehorchten ihr nicht, ihr Mund war ausgetrocknet. Sie machte sich selbst Mut und setzte einen freudigen Gesichtsausdruck auf, der sich bei einem Blick in den Spiegel an der Wand als erschrocken erwies.

Der kleine Mensch lag fast mit seinem halben Körper auf dem Kopfkissen. Unter der gelben Haut, die den Schädel überzog, pulsierten geblähte Venen. In die Nase führten Schläuche, die mit einer Art Klebeband über der Oberlippe fixiert waren und durch die eine rostfarbene Flüssigkeit floss. Das Jochbein ragte spitz aus dem Gesicht, die ausgetrockneten Lippen standen offen und gaben den Blick auf die klaffende Mundöffnung frei, auf die mit einem dicken, graugelben Belag überzogene Zunge. Von dort, aus ihrem Inneren, drang ein unregelmäßiges Röcheln, ein beängstigendes Ächzen und Pfeifen. Bei jedem Atemzug verzog sich ihr Gesicht zu einer schmerzlichen Grimasse.

Romana drückte sich beide Hände gegen die Wangen und erstarrte neben dem Bett. Ihr Blick streifte die schuppige Haut des Halses, den flachen, eingefallenen Brustkorb, die mageren Arme, zerfurcht von entzündeten Einstichstellen.

Die Frau sah Romana mit müdem, starrem Blick an. In ihren trüben Augen lagen weder Verwunderung noch Interesse noch Ablehnung. Romana konnte nicht einmal erkennen, ob die Person im Bett sie überhaupt sah, ihre Anwesenheit bewusst wahrnahm. Sie lächelte die Frau im Bett an. Diese reagierte nicht. Romana überwand sich, streckte die Hand aus und fuhr mit den Fingerspitzen über die Haut des reglosen Unterarms. Es war unangenehm, als berührte sie etwas Verdorbenes, nicht Lebendiges. Romana öffnete den Mund, räusperte sich, überlegte, was sie sagen sollte. Sie musste sich irgendwie vorstellen, ihr Kommen erklären, einen Vorschlag machen. Plötzlich fiel ihr ein, dass sie den iPod der Ehefrau des Professors mitgebracht hatte. Das schien ihr die beste Lösung zu sein. Romana holte die Kopfhörer aus ihrem Täschchen, legte sie der Frau an die Ohren, fürchtete, zu fest zuzudrücken, und drehte eine der zahlreichen, einander ähnelnden minimalistischen Kompositionen für Klavier auf.

Die Frau zeigte keinerlei Reaktion, sie zwinkerte nicht einmal. Aber Romana schien, als liefen kaum merkliche Wellen durch ihren Körper, ein kaum spürbares Beben. Die Monitore begannen zu piepsen und zu blinken, zusätzliche Lämpchen leuchteten alarmierend auf. Der röchelnde Atem wurde schneller, erinnerte an das Knacken von trockenen Zweigen.

Im selben Moment stürzten ein paar Krankenschwestern und Ärzte gefolgt vom Professor ins Zimmer. Der Ausdruck von Schreck in seinem Gesicht wechselte augenblicklich zu Zorn. Romana hatte bei ihm noch nie so starke Emotionen gesehen.

Er riss die Kopfhörer von den Ohren seiner Frau und schleuderte den Player mit Wucht in eine Ecke des Krankenzimmers. Dann griff er Romana an beiden Schultern, schüttelte sie und drückte so kräftig zu, dass sie ächzte. Romana blickte ihn währenddessen verzweifelt an, lächelte fragend, als hoffte sie, dass er nur scherzte.

Die Ärzte liefen in der Zwischenzeit geschäftig um die Patientin herum. Romana bemerkte noch, dass einer von ihnen dem anderen mit einer Geste zu verstehen gab, dass alles in Ordnung, alles unter Kontrolle sei, dass die Patientin am Leben und nichts geschehen sei – als Nächstes stieß der Professor sie in den Gang hinaus, verschluckte sich fast an seinem Zischen, am unzusammenhängenden Schwall irren Glucksens. Er schubste sie den Korridor entlang, dabei stieß sie schmerzhaft mit den Schultern gegen die Wand. Auf der Treppe beruhigte er sich ein wenig, fasste sich. Aber gleichzeitig verlor er seine Sprache. Der Professor hielt Romana an den Handgelenken, umfasste diese mit seinen Händen wie mit Handschellen. Romana suchte seinen Blick, aber er wich ihr aus. Er wirkte entschlossen, fremd und abwesend. So war er ihr noch weniger vertraut als an jenem Tag, als sie zum ersten Mal in seine Wohnung gekommen war. Er führte sie zum

Ausgang, gab ihr keine Möglichkeit, zu ihrer Nähe, zu all den gemeinsamen Abenden und geteilten Geschichten durchzudringen. Er brachte Romana nach draußen und sagte kalt: »Gehen Sie. Tauchen Sie nie wieder hier auf. Wagen Sie es ja nicht zurückzukommen. Ich will Sie nie wieder sehen.«

Und nun wartete sie. Tage und Wochen, die nun schon in den zweiten Monat gingen.

*

Dann rief der Professor doch an. »Könnten Sie vielleicht vorbeikommen?«, fragte er höflich. »Falls es Sie nicht von irgendwelchen wichtigen Erledigungen abhält.«

Romana machte sich in Windeseile fertig und lief auf die Schnellstraße hinaus. Der nächste Autobus fuhr erst in einer Stunde, sich so lange die Beine in den Bauch zu stehen, hatte sie keine Geduld. Sie ging zu Fuß nach Klawdijewe und registrierte verwundert eine besondere Intensität der Farben und die klaren Linien der Natur. Die Marschrutka nach Kyjiw blieb immer wieder im Stau stecken, schleppte sich verschlafen dahin, als wollte sie sich über Romana lustig machen.

Als Romana die kühle Luft des Treppenhauses auf ihren erhitzten Wangen spürte, kamen ihr fast die Tränen. Sie grüßte den Concierge und lief nach oben, nahm jugendlich immer zwei Stufen auf einmal.

Vor Nervosität und Aufregung verschlug es ihr die Sprache, deshalb lachte sie statt eines Grußes nur, als der Professor die Tür öffnete. Der Professor hatte abgenommen, war deutlich gealtert. Ein matter Film der Ungepflegtheit hatte sich über sein Gesicht gelegt. Sein Rücken war rund geworden wie bei einem alten Mann.

Er lud Romana ein, in die Küche zu kommen, schenkte ihr Tee ein und hielt ihr eine Schachtel mit Keksen direkt unter die Nase. Auf der Schachtel waren gemalte, mit Schnee und Glitzer bedeckte Tannenzweige zu sehen, und die bunten, aneinanderhängenden Worte »Frohes Neues Jahr!«, die sich zu einem Kreis schlossen.

»Wir werden uns doch trauen«, teilte ihr der Professor feierlich mit (so gibt man normalerweise eine Schwangerschaft bekannt). »Hier hat sie keine Chance. Nach der letzten Chemotherapie hatte sie wieder einen Rückfall, diesmal schon nach einem Monat. Ich habe Flugtickets gekauft, einen speziellen Transport organisiert. Wissen Sie« – er blickte Romana eindringlich an – »ich habe von ein paar völlig hoffnungslosen Fällen gehört, bei denen es glückte, das Leben für ein paar Jahre zu verlängern. Eine Frau zum Beispiel …«, begann er mit gespieltem Enthusiasmus in der Stimme, winkte aber im selben Moment ab.

»Ich kann ihr diese Chance nicht nehmen«, sagte er, als bitte er um Entschuldigung. »Und mir selbst will ich sie auch nicht verwehren.«

Der Professor bat Romana, während seiner und der Abwesenheit seiner Frau in ihrer Wohnung zu wohnen. Die Sukkulenten zu gießen, den Lavendel und die Orchideen, auf den schwarz lackierten japanisch anmutenden Steinen Staub zu wischen, also ein verträgliches Maß an Bewohntheit aufrechtzuerhalten. »Wen sollte ich sonst darum bitten?«, zuckte der Professor mit den Schultern, nachdem er auf ein hart gewordenes Neujahrskeks gebissen hatte. »Sie gehören doch zu uns. Ich kann Ihnen doch vertrauen.«

Und der Professor, der es nicht schaffte, von dem Keks abzubeißen, lächelte verschmitzt und beklommen zugleich, woraufhin Romana und er in Gelächter ausbrachen. Danach herrschte zwischen ihnen endlich wieder das übliche Einverständnis.

Romana begriff, dass es eine Geste der Versöhnung gewesen war, dass der Professor auf diese Weise um Verzeihung für seinen Ausbruch bat, für die Ungerechtigkeit, die er sich damals im Krankenhaus erlaubt hatte. Sie war ihm ohnehin nicht böse gewesen, aber die Einladung, wieder in sein Leben zurückzukehren, weckte die tiefsten Schichten Zärtlichkeit in ihrem Inneren.

Den ganzen Abend unterhielten sie sich so wie früher. Der Professor erzählte, Romana hörte zu. Natürlich war sie einverstanden, hier zu wohnen. Man durfte die Wohnung nicht unbeaufsichtigt lassen. Das war ihr klar.

Beim Gehen, als sie sich bereits verabschiedete, fragte Romana nach Bohdan. Der Professor schüttelte den Kopf. Er hatte nichts gehört. In der ganzen Zeit hatte es keinerlei Lebenszeichen von ihm gegeben. Obwohl der Professor alle Anstrengungen unternommen hatte, um an Informationen zu kommen, obwohl er Bäume ausreißen würde, um zumindest auf irgendeine Spur zu stoßen. Und schließlich arrangierte man für ihn ein Telefonat mit einem der Kommandanten. Der versicherte ihm, dass sein Sohn am Leben sei. Mehr sagte er aber nicht.

IHR MANN

Selbst jetzt erinnerte Romana sich an jenen abscheulichen, beißend kalten Novemberabend, aufgewühlt vom feuchten Wind, durch den sie sich vom Archiv zur Wohnung in der Prytysko-Mykilska-Straße kämpfte. Sie saß in der Kyjiwer Standseilbahn, die so lange brauchte, als führe sie in eine bodenlose Schlucht, in einen Canyon in Arizona.

Das kalte, hellblaue Licht der Brücke fiel durch die Scheiben des Wagons und verströmte Einsamkeit. Auf der Sahaidatschnyj-Straße herrschte lustiges, belebtes Treiben. Aus den Restaurants drang Essensgeruch. Auf dem Kontraktowa-Platz war es wie immer: Szenen verliebter Alkoholiker, ein Streichquartett, Straßenbahnschienen, Pfützen, Matsch, Verkaufstische mit Zippverschlüssen, Knöpfen und Räucherstäbchen.

In der Wohnung war es kalt, Romana hatte die Heizung auf die kleinste Stufe heruntergedreht. Der Professor ließ ihr zwar jeden Monat Geld zukommen, doch Romana erschien es unsinnig, eine derart große Fläche zu heizen, wenn es nicht unbedingt notwendig war. Stattdessen gab sie das Geld für sich aus: Sie kaufte Avocados, lange, rückenfreie Kleider, Lederschuhe, bestellte sich Kaffee und dazu teure Mehlspeisen.

Jener Abend war besonders bedrückend. Romana schaltete die Spots im Flur an und ließ ihren Blick über die Gesichter an den Wänden schweifen. Manchmal hatte sie den Eindruck, als veränderten sie ihren Ausdruck, als träten Nuancen neuer Emotionen zutage. Heute sahen fast alle niedergeschlagen aus, nur die Frau ohne Haut lachte verschmitzt und vielsagend, in ihren Augen blitzte scheinbar ein Geheimnis auf.

Romana ging ins Arbeitszimmer des Professors und legte die Mappen mit Fotos von Patienten auf den Teppich. Sie nahm die rote, die sie noch nicht ganz durchgesehen hatte. Versuchte, sich in die Lektüre der Diagnose und der Beschreibung des Operationsverlaufs zu vertiefen, konnte sich aber nicht konzentrieren.

Romana ließ alles auf dem Boden liegen und setzte sich an den vom Professor zurückgelassenen Computer. Sie drehte sich auf dem Stuhl, aß die gesalzenen Erdnüsse von gestern aus einem Tonschälchen, ging die gespeicherten Webseiten durch – Nachrichtenportale, soziale Netzwerke –, las die privaten Nachrichten des Professors, dann einen Artikel über Lungenstammzellen in *The New England Journal of Medicine*, danach checkte sie die E-Mails im Posteingang des Professors.

Plötzlich erstarrte sie. Sie konnte es selbst nicht glauben. Wieder und wieder las sie den kurzen Text unter dem Foto eines entstellten, kaum menschenähnlichen Gesichts. In dem Mail ging es um einen Mann, der wie durch ein Wunder eine Militäroperation im Osten überlebt hatte. Sein Zustand wurde als kritisch, aber stabil bewertet.

Es gebe kein Geld für seine Behandlung, der Fall sei hoffnungslos. Vor einer Woche sei der unbekannte Mann zu sich gekommen, aber er leide, wie nicht verwunderlich, an einer besonders schweren Form von retrograder Amnesie. Die Identität des Mannes habe man bislang nicht feststellen können. Gesicht und Körper seien derart entstellt, dass die Chance einer Identifikation durch einen Verwandten verschwindend gering sei. Andererseits warte bestimmt jemand auf ihn, schrieb die Volontärin.

Man bitte den Professor um eine Konsultation bezüglich der gebrochenen Nase, des Kiefers und des in Stückchen zerbröselten Schädelknochens. Die Anfrage erfolge schriftlich, da der Professor telefonisch nicht erreichbar gewesen sei.

Das Foto des Patienten war beigefügt.

Romana drehte das Rädchen der Maus nach unten und warf einen Blick darauf. Ein verbundenes Gesicht, wie in dem Film *Der Unsichtbare*. Verschwollene, schlitzförmige Augen, die feucht und ausdruckslos aus den Öffnungen blickten. Lippen. Seine Lippen. Sie würde ihn niemals verwechseln. Diese Kontur. Der Riss an der Unterlippe. Die Mundwinkel.

Die Volontärin hatte recht. Auf diesen Mann wartete tatsächlich ein Mensch, der ihm sehr nahestand. Wartete seit langem.

*

Nass und nackt schlüpfte Romana aus dem Badezimmer und lief durch die Wohnung, hinterließ Pfützen und nasse Spuren. Ihr blasser Körper tauchte in den Spiegeln auf, in den gläsernen Oberflächen, den dunklen, glänzenden Möbeln, den dicken, stacheligen Blättern der Zimmerpflanzen, in portugiesischen Tellern und polierten Holzmasken von einer Insel Ozeaniens, in den riesigen gardinenlosen Fenstern, durch die man auf der einen Seite eine Kaserne und auf der anderen ein ruhiges Gässchen des Podil-Viertels sah. Romana wischte ihre Brille an einem blau-weißen Tischtuch im provenzalischen Stil ab und stieß dabei eine Porzellanvase mit Lavendel um.

Die Haare klebten ihr an Stirn und Wangen, sie riss Schranktüren auf, schob die Türen des begehbaren Schranks auseinander, öffnete die Schubladen der Kommoden und beförderte den Inhalt auf den Holzboden (versiegelt mit einem umweltfreundlichen Speziallack, der die natürliche Struktur des Holzes betonte). In den Schränken lagerten unzählige erlesene Dinge: neue Kleidungsstücke mit Etiketten und Preisschildern, deren Angaben beruhigend auf Romana wirkten, ihr Hoffnung gaben; Girlanden an Spitzen- und Seidenunterwäsche, weich anzugreifen, fast wie lebendig; Bettwäsche, handbestickte Tischtücher und Servietten; Kerzenständer, Kerzen und Seifen, Aschenbecher und verpackte Zigarren, Geldbörsen und Taschen aus Leder, Küchengeräte, ziseliertes Silberbesteck, Geschirr, Lampenschirme und Schreibtischlampen, originalverpackte Parfums und Kosmetika mit langem Haltbarkeitsdatum, wertvoller Schmuck, teure technische Geräte, Sportausrüstungen, Elektronik, Sexspielzeug und noch vieles mehr.

Schließlich ließ sich Romana entkräftet zwischen die Berge sinken, die sie aus unzähligen Gegenständen aufgetürmt hatte. Ihr Haar war eigenwillig getrocknet, lockte sich nach dem Duschen.

*

Der Geruch von frischem Putz- und Desinfektionsmittel. Gedämpfte Stimmen, aufgeregtes Flüstern. An den Wänden Kinderzeichnungen.

Wenn sie hierherkam, fühlte sie sich stets wie ein böser Eindringling. Beinahe wie eine Verbrecherin. Eine Sünderin, die vor dem Altar kniet und auf der Spitze ihrer feuchten Zunge Leib und Blut Christi empfängt, den frivolen Blick nach oben gerichtet, wo er den Blick des Priesters kreuzt.

Ihre eigentlich dezenten Absätze klackerten laut über den Fliesenboden. Allzu lebhaft lief sie den schmalen Flur entlang, setzte ihre Schritte allzu schwungvoll, auch wenn sie sich manchmal in fremden Knien oder Krankenbetten verhakte, wie ein mittelalterliches portugiesisches Segelschiff in den Algenwäldern der Sargassosee.

In der Art, wie diese Frau ihren kräftigen, von der Maihitze erwärmten Körper ins Krankenhausgebäude trug, steckte etwas Unpassendes, ja Schamloses, könnte man sagen. Die Passanten nahmen eine Welle feuchter Wärme und einen Mix aus Gerüchen wahr, von süßen, weißen Blüten, Schweiß und Kaffee. Am Ende ihrer Brillenbügel hatte sich Pappelflaum verfangen. Und wieder hatte sie zu grellen Lippenstift aufgetragen.

Doch sei man hier ja nicht in der Kirche oder in einem Bestattungsunternehmen, wie eine ältere Dame richtig anmerkte, die die Hoffnung nicht aufgab. Obwohl sogar die Ärzte ihr gesagt hatten, dass es sich nicht lohne zu hoffen. Dass sie sich auf das Schlimmste vorbereiten solle.

In der Nähe des Krankenzimmers angekommen, musste Romana stehen bleiben. Ein korpulenter Anästhesist mit dem arroganten Gesicht eines Einserschülers ging neben einem Krankenbett, in dem ein Patient lag. Romana ertappte sich bei dem Gedanken, dass sie nicht wusste, ob der Patient tot oder in Narkose war. Der Chirurg musterte sie sachlich, missbilligend und interessiert zugleich.

Die Sonne schien so hell ins Zimmer, dass Romana nicht sofort erkannte, dass man ihm den Kopfverband abgenommen hatte. Als sie es merkte, weil sie hinter dem breiten Rücken der Stationsschwester einen Blick auf ein zerfurchtes Fragment erhaschte, auf etwas Schwarzes und Braunes, etwas Zerfetztes, sah sie sofort hinunter auf die nackten Füße, die unter der Bettdecke hervorschauten.

Die Krankenschwester spürte ihre Anwesenheit, drehte sich um und lachte. Bohdans große Füße erheiterten sie. »Fünfundvierzig? Sechsundvierzig?«, fragte die Krankenschwester und leckte sich leidenschaftlich mit der Zunge über die Lippen.

Romana mochte diese Krankenschwester. Sie brummte ständig und war oft unfreundlich, aber man konnte mit ihr Vereinbarungen treffen. Der weiße Mantel spannte über ihren weichen, runden Brüsten, die bequem auf den Knien des Patienten ruhten oder über seinen Körper wanderten, während sie seine Wunden versorgte.

»Sechsundvierzigeinhalb«, antwortete Romana stockend.

Die Krankenschwester beugte sich über das entstellte Gesicht, untersuchte die Nähte, die Ränder der verkrusteten Haut, die feuchten Vertiefungen an Wangen und Kinn.

»Hör zu, Mädchen, ich erzähle allen von dir«, ächzte sie, während sie sich aufrichtete. »Dass du ihn erkannt hast, obwohl sein ganzes Gesicht verbunden war.«

Romana setzte sich auf die Bettkante. Sie vermied es, den Mann direkt anzusehen, nahm ihre Brille ab und entfernte endlich den Pappelflaum. Ohne Brille sah sie nicht überzeugend aus.

Lange putzte sie die Gläser mit einem Tuch, hauchte sie an und reinigte sie – ein bisschen zu hingebungsvoll – noch einmal. Dann sammelte sie sich, setzte die Brille auf und richtete ihren Blick auf den, den sie besuchen gekommen war. Nun hatte sie sich völlig im Griff. War auf alles gefasst, es war unmöglich, sie aus dem Hinterhalt anzuspringen.

Mit einem leichten Lächeln im Gesicht, den Blick nicht von Bohdan wendend, erzählte Romana, dass sie ihn an seinen Lippen erkannt habe. Die Augen seien noch viel zu lädiert und geschwollen gewesen. Aber der Mund sei auf dem Foto vom Verband ausgespart gewesen. Und Romana habe seine Lippen erkannt.

Nun ruhten sowohl Romanas Blick als auch jener der Krankenschwester auf dem Gesicht des Mannes, der auf dem Rücken vor ihnen lag und keinerlei Emotionen zeigte, sich nicht bewegte. Die beiden Frauen betrachteten ihn aufmerksam und zärtlich, fürsorglich. Wie ein Beet, in das man schon viel Zeit und Arbeit gesteckt hatte, das aber trotzdem unermüdliche Aufmerksamkeit verlangte.

*

Sie gewöhnte sich schnell an sein Gesicht. Die meisten Verbände wurden abgenommen, und er glich nicht mehr einer Mumie. Nun hatte sie ein Monster vor sich.

Ein entstelltes Gesicht mit breiten Furchen an Wangen und Kinn – erst vor kurzem war eine schwarze Schorfschicht abgegangen und dünne, rosa Haut begann zu wachsen –, mit dicken, weißen Narben an Stirn, Brauen und um die Augen, mit eingedrückter Nase und durchlöcherten Ohren, denen große Gewebefragmente fehlten.

Der Kieferchirurg, ein kleiner, hektischer Albino mit Kinderhänden, sagte, dass mehr als die Hälfte der prothetischen Versorgung erledigt sei. Nun müsse das Zahnfleisch heilen, die Implantate müssten sich mit den Knochen verbinden, und die Knochen mit den Titanteilen. »Die gröbste Etappe dieser feinen Arbeit ist erledigt«, sagte der Albino und wuchs vor Stolz auf seine geschickten Finger, sein äußerst empfindliches amerikanisches Mikroskop und die israelische Prothetik-Technologie scheinbar um ein paar Zentimeter, »die nächsten Schritte werden wir in größeren Abständen setzen. Übrigens ist die Bezahlung der nächsten Behandlungsphase fällig«, fügte der Albino hinzu und rieb sich mit den dünnen Zeigefingern die roten Augen. »Auch die letzte ist noch nicht vollständig bezahlt, wie Sie wissen.«

Sie verkaufte Skiausrüstung: Herrenski der Marke *Stöckli*, schneeweiße (und scheinbar unbenutzte) Damenski von *five star*, *Salomon-X-Pro*-Skischuhe, *Helly-Hansen*-Jacken (eine sogar mit Etikett), *Marmot*-Hosen, Skiunterwäsche von *Icebreaker* (originalverpackt), eine lange Unterhose von *Patagonia*, *Black Diamond*-Skihandschuhe und Carbon-Skibrillen von *Oakley*, ein paar Schlafsäcke (so weich und leicht, dass sie unabsichtlich in einem davon einschlief, als sie nur zwei, drei Minuten darin liegen wollte), zwei Zelte, die einer Raumstation glichen, und eine Hightech-Lampe für Tiefseetaucher oder Höhlenforscher. Die Lampe nahm sich der Verkäufer eines Sportladens, den sie im Internet gefunden hatte. Er war so aufgeregt, dass er zu schwitzen begann, Romana bemerkte, dass sein graugrünes T-Shirt unter den Achseln langsam dunkler wurde, nahm den herben Geruch wahr, mit dem sich die stickige Luft des halbdunklen Lagerraums nach und nach füllte und der sie in der Nase kitzelte.

»Fahrräder haben Sie keine?«, fragte der junge Mann.

»Doch«, antwortete Romana ruhig. »Es gibt von allem noch etwas.«

»Welche Fahrräder haben Sie? Mountainbikes? Trekkingräder? BMX? Welche Marken? Kinder- oder Erwachsenenräder? Wie viele sind es?« Der junge Mann wurde nun noch aufgeregter. Diese Frau verkaufte die tollsten Dinge, meist völlig neu, zu lächerlichen Preisen. Dem Verkäufer rutschte seine dunkelblonde Mähne vor die Augen, mit einer ruckartigen Kopfbewegung warf er sie für eine Sekunde zur Seite. Auf der Innenseite seines linken Arms, vom Ellenbogen bis zum Handgelenk, stand tätowiert: »There is no history«.

»Halt, ich verkaufe sie noch nicht«, sagte Romana mit finsterem Gesicht.

Sie wusste, dass sie auch die Fahrräder würde verkaufen müssen. Und nicht nur die. Es war ihr unangenehm, tat ihr sogar weh, aber sie hatte keine andere Wahl. Romana zögerte nicht. Sie hatte schon vor langem eine sorgfältige Inventarisierung der Wohnung durchgeführt, hatte Dinge, die von Wert waren, in ein eigenes Dokument auf dem iPad eingetragen. Das Dokument bearbeitete sie laufend, kopierte verkaufte Gegenstände in eine eigene Spalte. Sie dachte daran, dass sie auch das iPad würde verkaufen müssen.

Romana wusste genau, wofür sie all das tat. Und sie wusste, dass sie noch zu viel mehr bereit war. Eine solche Kraft, eine derart elastische, heiße Kraft, wie sie all die Monate in ihren Adern vibriert, in ihrem Bauch pulsiert, die Muskeln stark und den Rücken geschmeidig gemacht, den Blick geklärt und das Gehirn erfrischt hatte, hatte sie noch nie im Leben verspürt. Sie wusste, wofür sie lebte. Gierig lechzte sie danach zu leben. Sie fühlte sich, als hätte sie seit langem nichts zwischen die Zähne bekommen und säße nun vor einem Teller mit frisch zubereiteten Speisen. Oder als wäre sie einen ganzen Tag und eine ganze Nacht durstig durch die Wüste geirrt, durch eine vertrocknete, glutheiße Landschaft, und befände sich nun im Schatten eines blühenden Hibiskus, an einer Quelle mit kaltem, klarem Wasser. Ein paar zarte rosa Blütenblätter würden darin schwimmen, sanft an der Wasseroberfläche tanzen, sich in einem langsamen Reigen, gelenkt von einer unsichtbaren, unterirdischen Strömung drehen. Romana verlangte es so sehr nach diesem Wasser. Sie wollte das Gesicht in die Quelle tauchen und gierig daraus trinken, wie ein müder Hund. Wollte, dass alle Sinne, alle Prozesse ihres Organismus, die bewussten und unbewussten, sich in einem Organ vereinten, zu einem großen Mund würden, und dass sie dieses Nass mit ihrem ganzen Wesen aufnehmen, es mit jeder Zelle spüren, eins damit werden könnte, dass sie selbst, indem sie es aufnähme, zum Genuss würde.

Aber Romana zögerte den Genuss hinaus. Sie wollte in der Quelle keinen Schlamm aufwirbeln, wollte das einträchtige, rhythmische Kreisen der Blütenblätter nicht stören. Geduld und Vorsicht, das waren Romanas Werkzeuge. Sie wusste auch so, dass die Quelle ihr gehörte. Sie hatte sie in der Wüste gefunden. Sie war alleine mit ihr.

*

Was soll man tun, wenn die Hände selbstständig entscheiden. Jedes Mal rief Romana sich in Erinnerung, dass sie in eine Klinik ging, in ein Rehabilitationszentrum, und dass sie sich diesmal unbedingt dezenter kleiden musste. Doch sobald sie sich fertig machte, holten ihre Hände die spezielle Schachtel mit den wenigen Garnituren Seidenunterwäsche hervor, nahmen ein Kleid oder eine Bluse mit tiefem Ausschnitt vom Haken, kramten in einem Stoß von Kleidern und zogen quasi blind etwas Halbdurchsichtiges, etwas Anliegendes, etwas eng Geschnittenes heraus. Bevor sie es realisieren, ihren kritischen Verstand zu Hilfe rufen konnte, hatten ihre Finger die Augenbrauen bereits dunkel und breit und die Lippen viel zu grell geschminkt.

Sie wusste, dass es nicht notwendig war, ihr Organismus war derzeit ohnehin in Bewegung. Sie fühlte sich wie eine große, tropische Blume mit fleischigen Blütenblättern und Wassertropfen an den steifen Staubblättern. Fühlte sich wie eine Blume, die mehr war als eine Pflanze, die graziös den Stängel bewegte, mit ihrem sensiblen Stempel ins Walddickicht blickte, mit ihren Zellen den umliegenden Raum erforschte, Düfte verströmte (rochen solche tropischen Blumen nicht nach verwestem Fleisch? Irgendwo hatte Romana davon gelesen), die Insekten und Vögel fraß.

Romana betrachtete sich im Spiegel, ihre Pupillen waren geweitet, die Haut sonderte ein glänzendes Sekret ab, die Ader an der Schläfe pochte. Aus einer Bernsteinkugel besprühte sie sich mit goldener Flüssigkeit: dreimal und dann, nachdem sie einen Augenblick innegehalten hatte, noch ein viertes und fünftes Mal. Romana schlüpfte in Stöckelschuhe. Diesmal in dunkelblaue mit eingeprägtem Muster. Das nächste Mal in schwarze Pumps. Dann in kirschrote, von denen sie stets Blasen an den Fersen bekam.

Manchmal hatte sie den Eindruck, als könnte sie die Aufregung nicht mehr ertragen. Dann beruhigte sie sich, nahm Tempo heraus, ertappte sich aber im nächsten Augenblick wieder dabei, dass sie rannte, stolperte, schweißgebadet, gehetzt, mit weit geöffneten Augen und verkrampften Waden. Erst im Krankenzimmer beruhigte sich ihr Atem. Meist setzte sie sich auf die Bettkante, neben seine nackten Füße, die immer unter der Decke hervorschauten: bläulich mit feinen Vertiefungen, die Nägel hatten sich abgelöst.

Ihr schien, als würde er sie allmählich erkennen. Er reagierte auf ihr Kommen. Romana war sicher, einen Schatten von Gefühlen in seinen Augen zu erspähen, wenn sie das Zimmer betrat. Es konnte Freude sein. Wie sollte er sich nicht über ihre Besuche freuen, schließlich kam sonst niemand zu ihm außer den Krankenschwestern und Ärzten.

Die anderen jungen Männer wurden von Verwandten und Freunden besucht, zu ihm kam nur manchmal die Psychiaterin (Romana bemerkte eifersüchtig die Anziehungskraft dieser reifen Blondine und ihr unverhohlenes Interesse an dem Patienten), ein Sozialarbeiter und ein schwerfälliger Beamter. All diese Besuche fanden nur um des Häkchens willen statt.

Er erinnerte sich an nichts. Konnte fast nicht sprechen, seine Zunge war in Mitleidenschaft gezogen (obwohl der plastische Chirurg Romana versicherte, dass sein Teil der Arbeit getan sei, die Sprache zurückkommen, der Mann wieder zu sprechen beginnen würde). Im Großen und Ganzen reagierte er praktisch auf nichts, schlief die meiste Zeit oder befand sich in einer Art Starre oder Lähmung. Seine gläsernen Augen waren völlig ausdruckslos. Anstelle des Gesichts war da eine reglose, verunstaltete Maske.

Romana störte das nicht. Im Gegenteil. Kaum hatte sie das Krankenzimmer betreten, wurde ihr Blick wie magnetisch von dem reglosen Mann unter der Bettdecke angezogen und blieb an ihm haften, bis die Krankenschwester sie bat zu gehen.

Die Männer in den Nachbarbetten hatten einer nach dem anderen versucht, ihre Aufmerksamkeit auf sich zu ziehen, sie in ein Gespräch zu verwickeln, sowohl der mit den Locken und dem fehlenden rechten Auge als auch der dünne Junge mit den amputierten Beinen (neben seinem Bett lag ein dunkler, glänzender Kontrabasskoffer mit hellgrünen und violetten Aufklebern) und der sommersprossige Schöne, der wohl für immer gelähmt bleiben würde, was er offensichtlich nicht wahrhaben wollte, denn er ließ es hartnäckig von sich abprallen, indem er die ganze Zeit übertrieben gute Laune hatte. Er bat die Sanitäterinnen, die Decke bis zur Hüfte zurückzuschlagen, seinen kräftigen Rumpf zu entblößen: den gut proportionierten und wohlgebauten Rumpf eines jungen Mannes.

Romana antwortete den jungen Männern beiläufig. Oft hörte sie die Frage nicht genau, folgte den Geschichten über Sümpfe und Dünnpfiff, Alkohol und Explosionen nicht, als wären es nicht Erzählungen über den Krieg, sondern das beruhigende Rauschen der Brandung in einer ans Ohr gelegten Muschel. Wenn der Gelähmte ihr seichte, naive Anekdoten erzählte – und davon hatte er unglaublich viele auf Lager –, setzte Romana, ohne ihren Kopf dem Witzeerzähler zuzuwenden, ein zerstreutes Lächeln auf. Sie konnte sich an dem Patienten, den sie besuchte, nicht sattsehen. Alle ihre Sinne, sogar ihre äußeren und inneren Organe, waren auf den großen, entstellten Körper gerichtet, der geschunden und ausgezehrt, zerschnitten und zusammengestückelt dalag.

Er lag auf dem Rücken, denn eine andere Position war nicht möglich (nur hin und wieder drehten ihn die Krankenschwestern zur Seite, um seine wundgelegenen Stellen zu versorgen), und befand sich auf dem niedrigsten Niveau körperlicher Aktivitäten. Das einzige Zeichen, die einzige Veränderung, die es von Zeit zu Zeit in seinem Verhalten gab, betraf seine Lider. Romana betrat das Krankenzimmer und stellte aufgeregt fest: »Seine Augen sind offen.« Oder: »Seine Augen sind zu.« Wenn seine Augen geschlossen waren, bedeutete das nicht, dass er schlief. So wie es im Grunde genauso wenig bedeutete, dass er wach war, wenn seine Augen offen waren.

*

Sie saß mit dem Rücken zu den anderen Männern, verdrängte alle menschlichen Wesen aus dem Universum, das die Dimensionen eines einzigen Krankenbettes angenommen hatte. Ihre Lippen näherten sich dem, was früher ein Ohr gewesen war. An Deformationen und Narben war Romana gewöhnt. Eiter und Lymphflüssigkeit waren Dinge, mit denen sie nun täglich zu tun hatte. Lange ließ sie ihren Blick über die Nähte wandern, die die Ränder der zerrissenen Haut zusammenhielten. Betrachtete Stellen, an denen die oberste Hautschicht fehlte, und hatte den Eindruck, als könne sie die Regenerationsprozesse und die Zellteilung mit bloßem Auge beobachten.

Sie flüsterte ihm Geschichten ins Ohr, Geschichten aus seinem Leben, alles, was sie wusste: wie er hieß, wer er war, woher er kam, wer seine Eltern waren, wie seine Kindheit gewesen war. Alles, was er ihr irgendwann über sich erzählt hatte, am Beginn ihrer Liebe: im Dunkeln, eng umschlungen, nackte Haut an nackter Haut.

Romana begann mit einfachen, eher unwichtigen Episoden: wie er eine Meise begraben, einen Ameisenhaufen freigelegt, einen Nachbarsjungen verhauen hatte, der Schmetterlingen die Flügel abriss. Sie erzählte Bohdan von seiner Großmutter Uljana, dem wichtigsten Menschen in seinem Leben: Diese hatte ein vollständiges Wissen über die Welt (und dieses Wissen rief in ihr keinerlei Freude hervor), sie lächelte nie, seufzte nicht vor Erleichterung, erlaubte weder sich noch den anderen die geringste Entspannung und verströmte eine krankhafte, schmerzliche, ansteckende Einsamkeit, der die Tatsache, dass ihre zwei jüngeren Schwestern, Nusja und Chrystja, ihr Sohn und andere Familienmitglieder stets an ihrer Seite waren, nichts anhaben konnte. Über den Großvater Krywodjak, einen Priester und Untergrundkämpfer, dem in seiner Kindheit infolge einer unbekannten Krankheit alle Haare ausgefallen waren, sogar die Brauen und Wimpern, und der sein ganzes Leben in Erwartung des Todes zugebracht hatte, der aber dann nicht an der Krankheit, sondern in einem Gulag in der Nähe von Norilsk an den Folgen der Folter gestorben war. Über die Urgroßmutter Sena, die ins Grab zu bringen alle so fürchteten, dass sie ihr viele Jahre lang nichts Wahrhaftiges über sich erzählten und sie stattdessen mit Fantasiegeschichten fütterten, die die Alte zufrieden stimmen sollten. Sie erwähnte seine schwierige Beziehung zu seinem Vater und die Tragödie, die Bohdan dazu gezwungen hatte, möglichst weit von zu Hause wegzugehen, ins Ungewisse, in die Fremde, nur um niemanden von ihnen je wiederzusehen, um nicht mehr an sie denken zu müssen.

Aufgrund dieser Tragödie, erzählte Romana, habe Bohdan eine hartnäckige und gefährliche Abneigung gegen die Archäologie entwickelt, die eigentlich die Leidenschaft seines Lebens gewesen war, und zugleich einen Widerwillen gegen sich selbst. Nicht einmal die lange Krankheit der Mutter, die sie selbst und alle um sie herum unbarmherzig zermürbte, brachte Bohdan dazu, sich mit den Eltern zu versöhnen.

Romana vermied körperliche Berührungen, denn Bohdan ignorierte ihre Anwesenheit auch weiterhin. Dieses Ignorieren konnte jederzeit in Akzeptanz übergehen, jedoch ebenso gut in Ablehnung, deshalb war Romana vorsichtig wie ein Neurochirurg, der darum bemüht ist, dass möglichst viele Zellen unversehrt bleiben. Sie flüsterte ihm Worte ins Ohr, und der Luftzug aus ihrem feuchten Mund berührte das schrumpelige, braune Stück Fleisch rund um die Ohröffnung.

Romana erzählte Bohdan von der Datscha außerhalb von Kyjiw, in der sie gemeinsam gelebt hatten und in die sie bald, sehr bald zurückkehren würden, nur ein paar kleine Operationen seien noch notwendig, die wichtigsten Behandlungen müssten abgeschlossen werden, dann würde er stark genug sein, um die Klinik zu verlassen.

Romana versicherte Bohdan: Sobald der Kies unter seinen Stiefeln knirschen, sobald das hölzerne Gartentor, das mit seinem Rundbogen einen ausladenden Ast der »Stalin-Tanne« streifte, knarren, sobald sich der Schlüssel im leicht verrosteten Schloss umdrehen und ihm der warme Geruch von Mausexkrementen ins Gesicht wehen würde, sobald er seine Werkzeuge, Papiere und Bücher, ihre gemeinsamen Fotos und die Aufnahmen seiner Familie sehen, sobald er sich in das gemeinsame Bett legen würde, käme sein Gedächtnis zurück, würde sich in seinen Schädel betten wie ein Tier in sein warmes Nest, wie man ein Kind in die Wiege legt.

Bohdans Miene verriet nie, ob er Romana hörte oder verstand. Wenn seine Augen offen waren, hatten sie einen weggetretenen Ausdruck. Die Pupillen waren auf einen

Punkt an der Decke oder der gegenüberliegenden Wand gerichtet. Kein einziges Mal in all der Zeit hatten sich Bohdans und Romanas Blicke getroffen.

Manchmal kam die blonde Psychiaterin herein, verdrehte die Augen, kaum dass sie Romana an Bohdans Bett entdeckte, und schnalzte mit der Zunge.

»Sie überanstrengen ihn«, sagte sie. »Verstehen Sie nicht, dass der Patient schwer traumatisiert ist, dass er sich in einer Art Lähmungszustand befindet, dass Sie ihm schaden können? Die monatelange Arbeit einer ganzen Armee von Ärzten wird zunichte gemacht. Bereits jetzt, in diesem Augenblick, vor Ihren Augen, und schuld daran sind Sie. Sie können sich nicht vorstellen, was für ein kompliziertes und sensibles Instrument das menschliche Gehirn ist. Es wäre besser, Sie würden einige Zeit nicht kommen«, sagte Slonowa, nahm Bohdans Hand, blickte ihm in die Augen und begann, ihm Fragen zu stellen.

Auf Slonowa reagierte Bohdan. Antwortete einsilbig auf ihre Fragen, erwiderte ihre Blicke, lächelte manchmal sogar (ein Mundwinkel wanderte zuckend nach unten).

»Ich bin seine Frau«, sagte Romana und versuchte, ihre Angst hinter Aggressivität zu verbergen. »Er ist mein Mann, ich werde ihn besuchen kommen. Außerdem bringe ich Geld für seine Behandlung. Mit welchen Medikamenten haben Sie ihn früher behandelt? Mit welchen Fäden wurde er genäht? Seit wann geht es ihm besser?«

Slonowa hob verächtlich die Brauen.

»Körperlich geht es ihm vielleicht besser«, presste sie zwischen den Zähnen hervor. »Vielleicht geht es ihm besser, obwohl ich das nicht sagen würde. Psychisch aber schaden Sie ihm. Er erkennt Sie nicht. Er kennt Sie nicht.«

Ihre Absätze klapperten laut, als sie das Zimmer verließ. Der weiße Kittel spannte um ihr Gesäß. Durch den Stoff zeichnete sich ihre Spitzenunterwäsche ab.

Romana dachte: Gut, er erkennt mich noch nicht. Aber er verjagt mich auch nicht.

*

Manchmal hatte Romana den Eindruck, als sei sie im Besitz hunderter, wenn nicht tausender Geschichten, Geheimnisse und Sichtweisen: ihr anvertraut von Arbeitskolleginnen, zufälligen Passanten, Marktfrauen und Forscherinnen im Archiv; im Besitz all der reichhaltigen Beobachtungen dessen, was vor ihren Fenstern und in den Höfen vor sich ging, und der Fakten über bereits Verstorbene, die sie aus den Archivmaterialien bezog. Außerdem war da noch Facebook, eine Aufeinanderfolge von Nachrichten, die sich sekündlich aktualisierte und Romana im Strom der Eindrücke und Urteile anderer dahintrug, ein Strom der belanglosesten und detailliertesten Schilderungen und emotionalen Eruptionen in die Noosphäre, die in ihren geistigen Raum eindrangen, die nervtötendsten Ereignisse durchkauten, das Intimste nach außen kehrten.

Von Zeit zu Zeit, wenn sie das Rädchen der Maus drehte, ertappte sich Romana bei dem Wunsch, Facebook gemäß seiner Bestimmung zu verwenden und mit seiner Hilfe eine erschreckend eindeutige und glaubwürdige Person zu kreieren, lebendig, gelassen, präzise und menschlich in ihren alltäglichen Äußerungen (in der Metro eine Schreckschraube gesehen; den ganzen Abend Kindergedichte gelesen; an das gestickte Hemd des Urgroßvaters gedacht), und zugleich fähig, tiefschürfende Reflexionen oder analytische Schilderungen zu jedem beliebigen Thema zu formulieren, ergänzen würde sie die Texte mit Fotos von sich selbst; später würde sie sehen, was dabei herauskäme. Diese Option reizte Romana und erzeugte gleichzeitig eine Schwermut in ihr, wie sie aufkommt, wenn man von einer Reise in ferne, unbekannte Länder träumt.

Bis dahin war Romanas Facebook-Seite gänzlich uninteressant geblieben. Sie hatte Fotos vom Wald oder einem See gepostet, Tests, Nachrichten, Annoncen, liebe Katzen und Kinder, Morgentau auf Grashalmen, Raureif auf einem Hirschgeweih (Nahaufnahme) geteilt. Aber meistens scrollte sie sich durch die Nachrichten, saugte Splitter von menschlichen Gestalten, Schatten aus fremden Leben auf.

Eine Voyeurin, das war Romana.

*

Was änderte sich, nachdem Romana im Posteingang des Professors zufällig auf Bohdans Foto gestoßen war? Was änderte sich, als sie Bohdan gefunden hatte?

Eines Abends, nachdem sie vom Krankenhaus in die Wohnung in der Prytysko-Mykilska-Straße zurückgekehrt war und erfolglos versucht hatte, im täglichen Strom der Facebook-Nachrichten Beruhigung zu finden, überkam Romana das Verlangen, ihre Erfahrungen zu teilen. Sie hielt die Überdosis an Sorgen um und Gedanken an Bohdan nicht mehr aus. Fühlte sich wie bei einer beginnenden Grippe: Nebel im Kopf, Knoten im Gehirn, unregelmäßiger Herzschlag, Kurzatmigkeit, Muskelschmerzen.

Für sie war nur noch seine Existenz, seine Genesung, ihre Wiedervereinigung wichtig. Sie verkaufte Sachen und überwies die erhaltenen Beträge unverzüglich auf das Konto der Rehabilitationsklinik. Sie konnte nicht essen, und auf die Forscher im Archiv blickte sie herab wie auf begriffsstutzige Kinder: Was hatten sie nur für belanglose Probleme, was wollten die eigentlich von ihr?

Jeden Tag verbrachte sie so viel Zeit im Krankenhaus, wie man ihr erlaubte. Oft musste sie, um länger bleiben zu dürfen, der Stationsschwester ein, zwei Banknoten in die Tasche ihres Kittels stecken. Im Nu eignete Romana sich Gewohnheiten an, die sie ihr ganzes Leben lang als unerreichbar und unverständlich ausgeblendet hatte. All das tat sie, um neben dem bewegungslosen, entstellten Körper zu sitzen, um seine Hand zu halten, ohne eine Reaktion seiner Finger zu spüren, um zu lächeln, ohne irgendeine Gefühlsregung als Antwort zu erhalten, um ohne Unterlass mit ihm zu reden, von ihm zu erzählen, ihm zu erklären, wer er war, und im Gegenzug nur leere Blicke, Apathie und Desinteresse zu ernten und nicht erkannt zu werden.

Romana zweifelte keinen Augenblick daran, dass sie früher oder später durch die Wand des Vergessens zu Bohdan durchdringen würde. Sein Leben mit den allerkleinsten Details umspülen würde, den Raum um diesen Körper auf dem Krankenbett mit Erinnerungen auslegen, ihn in diese Erinnerungen betten würde wie in eine Wiege. Und er würde sich erinnern. Die Wand des Vergessens würde Risse bekommen. Die Erinnerungen würden einsickern, sein zartes Gehirn und sein zartes Herz berühren. Und er würde sich an alles erinnern.

Doch an jenem Abend spürte Romana, dass sie keine Kraft mehr hatte, dass sie nicht durchhielt. Dass sie bis oben hin voll war und ausgelaugt von dem Bestreben, keinen Tropfen zu verschütten. Den Ärzten und Krankenschwestern wollte sie davon nicht erzählen, denn sie waren entweder viel zu vertieft in ihre eigenen Pflichten oder gleichgültig gegenüber den tragischen Geschichten der Patienten und ihrer Angehörigen, oder aber hatten zu viele Vorbehalte Romana gegenüber (wie etwa Slonowa).

Sascha Korotulka wollte Romana sich nicht anvertrauen, weil es unnatürlich gewesen wäre. In ihrer Beziehung war es Romana von Anfang an gelungen, nicht von sich selbst zu sprechen. Sascha ahnte nicht einmal, dass Romana verheiratet war. Sie wusste von der Datscha am Stadtrand, von der glücklichen Bekanntschaft mit einem älteren Herrn, der Romana gebeten hatte, eine Zeit lang in seiner luxuriösen Wohnung im Podil-Viertel zu wohnen, und davon, dass Romana sehr einfache und durchschnittliche Eltern hatte. Mehr brauchte Sascha nicht. Sie redete selbst unentwegt, ihr Mund ging nicht zu.

Kaum verwunderlich also, dass Romana auf Facebook einen kurzen, eher zurückhaltenden Text darüber postete, dass Wunder geschähen, sie habe es immer gewusst; und wenn man keine Träume habe, könne nichts in Erfüllung gehen. Vor mehr als einem Jahr, schrieb Romana, sei der Kontakt zu ihrem Mann abgerissen, nach einer Kampfhandlung sei er spurlos verschwunden. Sie habe nichts herausfinden können, außer Gerüchten über Gefangenschaft und Folter und Informationen über einen vermeintlichen Freikauf, die sich sehr bald als falsch entpuppten. Als diese unwirkliche Hoffnung verpufft sei, diese Quelle versiegt, habe Romana nicht gewusst, wie sie überleben solle. Ehrlich gesagt, habe sie keine Erinnerung an ihr Leben im vergangenen Jahr. Als habe sie ihr Gedächtnis verloren, als sei sie nicht sie selbst, als habe es diese Zeit nicht gegeben. Doch plötzlich habe sie ihn gefunden. Entstellt, zerbrochen, zerlöchert, innen und außen beschädigt. Sich selbst nicht mehr ähnlich. Weder an sie noch an sich selbst habe er Erinnerungen. Aber sie verwechsle seinen Geruch doch nicht, seine Stimme, seine besondere Art zu blinzeln (auch wenn die Augen nun eine andere Form hätten und nicht genau auf gleicher Höhe lägen). Sie habe ihn an den Lippen erkannt.

Ungefähr so einen Text schrieb Romana, hielt sich bewusst kurz und vermied Details. Geschützt hinter einem erfundenen Namen und einem sorgfältig gewählten Avatar.

Romana wunderte sich, als sie am nächsten Morgen sah, dass ihr Post mehr als tausendmal geteilt worden war. Sie bekam Freundschaftsanfragen, Nachrichten, man bot ihr Geld, Hilfe und Unterstützung. Das Geld nahm Romana dankbar an.

Ein paar der bekanntesten Blogger veranlasste Romanas Text zu einer Analyse der Krise der Armee, zur erneuten Feststellung des völligen Versagens des Staates gegenüber seinen Bürgern, die man als namenloses Kanonenfutter einsetze, sie zu einer Art Fleisch ohne Bewusstsein degradiere. »Aber jedes Fleisch ohne Bewusstsein hat seine eigene Geschichte«, schrieb ein Facebook-Meister der ungewöhnlichen Metaphern, »eine sentimentale, menschliche Geschichte aus einem Alltag, den wir alle glücklicherweise nach wie vor leben dürfen. Jedes Stück

Fleisch hat jemanden, der seine Geschichte in sich trägt, sie nicht in Vergessenheit versinken lässt.«

Die einen schrieben pathetisch, stimmten ein lautes Lamento an. Andere geistreich und zynisch. Erlaubte sich jemand den übermäßigen Leichtsinn, seine Meinung über den wiedergefundenen Helden zu äußern, war er sofort umzingelt von einer ganzen Menge aufgebrachter und zorniger Beschützer, Pädagogen und Didaktiker. Romana identifizierte etwa zehn blutrünstige, von ihrem kurzen Post ausgelöste Wortgefechte: eindrucksvolle, wortreiche Bilder, vernichtende Argumente, Funkenschlag und Waffengeklirr, zerfetzte Körper, Gehängte, aus der Gruppe der Facebook-Freunde Gelöschte.

Die Aufmerksamkeit verbreitete sich wie eine Virusinfektion. Romana sah sich plötzlich im hellen Scheinwerferlicht, im Zentrum eines vollen Stadions. Da waren tausende, hunderttausende Menschen. Sie schauten Romana erwartungsvoll an, wandten den Blick nicht von ihr ab. Sie schwiegen. Sie warteten. Erhofften sich etwas von ihr. Nun sah man sie.

Vor Schreck verließ Romana Facebook und kehrte einige Wochen nicht dorthin zurück.

*

Bohdan sprach Romana zum ersten Mal von sich aus an, als man ihnen einen gemeinsamen Spaziergang im Krankenhausgarten erlaubte. Eigentlich war es beim dritten oder vierten sogenannten »Spaziergang«: Bohdan humpelte bis zu einer Parkbank und setzte sich. Er schaute weder das Gras noch die Blätter noch die geweißte Rinde noch das Kobaltblau des Himmels und erst recht nicht Romana an. Er schwieg.

Romana betrachtete das Gras, die Blätter, die Unebenheiten der Rinde und den Himmel, der glasiertem chinesischem Porzellan ähnelte, doch am meisten betrachtete sie Bohdan. Sie redete.

Beim vierten Spaziergang sprach Bohdan Romana zum ersten Mal an.

»Wie hat es zwischen uns begonnen?«, fragte er und schaute sie noch immer nicht an.

Anstatt zu antworten, stand Romana auf, trat ganz nah an ihn heran, hob ihre sandfarbene Bluse ein wenig und drehte sich langsam zu ihm. Der weiße Streifen ihrer Haut trieb ihm Wärme und einen kaum merklichen Geruch von geschmolzener Butter ins Gesicht.

Der Park ums Krankenhaus füllte sich mit Dämmerungsbauschen, pappelwollflauschig, undurchlässig. Weiße, längliche Silhouetten glitten in der Ferne zwischen den Baumstämmen umher, phosphoreszierten in der Dunkelheit, reimten sich auf die kalkgeweißte Rinde, auf die Blüten der Obstbäume und die Streifen der Bordsteinkanten. Die Krankenschwestern sammelten die Patienten ein, die, in der Hoffnung, man würde sie nicht bemerken, still auf einer Bank saßen. Wie ausgebrochene Häftlinge wurden sie von den Schwestern auf ihre Stationen eskortiert. Die strengen Frauen in weißen Gewändern schickten einander Rufe zu, als wären sie erfahrene Jägerinnen, als wären sie Verkörperungen der Göttin Artemis. Sie durchtränkten den Garten, gaben einander geheime Signale, rätschten wie Eichelhäher, trillerten wie Nachtigallen, bellten wie Füchse oder Windhunde. In Romanas und Bohdans Nähe kamen sie jedoch nicht. Ob es an der Sentimentalität ihrer Frauenherzen oder an gewöhnlicher Nachlässigkeit und Unachtsamkeit lag, jedenfalls blieb die einsame Insel, umgeben von Sträuchern und bedeckt von einer Kuppel aus Maikäfern, die durch ihren eigenen Flug verrückt geworden waren, unentdeckt.

Anstatt zu antworten, machte Romana also diese langsame Drehung, zeigte Bohdan den entblößten Streifen ihres Körpers, ließ ihn langsam an seiner Nase vorbeiziehen.

Auch Romanas weiße Haut phosphoreszierte. In diesem gleichförmigen, nicht allzu kräftigen Glanz sah Bohdan einen dunklen, welligen Streifen, der Romanas Bauch in zwei Teile unterteilte, um ihre linke Seite bog und sich in Form feiner Zweige oder Wurzeln auf ihrem unteren Rücken verästelte. Im hellen Glanz der Haut betrachtete Bohdan die Oberfläche des Streifens, seine Struktur: faltig und zerfurcht, der Rinde eines Baumes ähnelnd. Wie die Haut von Bohdan.

»Ich habe dich gerettet«, sagte Romana schließlich und blickte auf Bohdan herab. Ihr Körper berührte beinahe Bohdans Gesicht. So erstarrten sie ein paar erstickende Sekunden lang, wenige Millimeter von einer Berührung entfernt.

Dann zog Romana ihre Bluse wieder hinunter und setzte sich neben Bohdan. Ihre Hände befühlten die raue Oberfläche der Bank. Schuppen alter Farbe lösten sich vom Brett wie die Haut eines Reptils.

*

Bevor Romana ihren wiedergefundenen Mann zum ersten Mal besuchte, hatte sie etwas für sie völlig Untypisches getan. Den Entschluss hatte sie in den ersten Tagen nach jenem Abend gefasst, an dem sie Bohdans Foto im Posteingang des Professors gefunden hatte. Sie machte sich nicht sofort auf den Weg zur Klinik, sondern nahm sich ein paar Tage um nachzudenken. Vor lauter Aufregung gelang ihr das aber kaum.

Doch nachdem sie sich eine überzeugende Vorgehensweise zurechtgelegt hatte, räumte Romana das Zimmer, in dem sie im letzten Jahr geschlafen hatte. Von all den großen Räumen der Wohnung hatte sie sich den kleinsten ausgesucht, das Musikzimmer der Ehefrau des Professors, das voll war mit allerlei Musikequipment. Hier schlief Romana auf einem schmalen Sofa, wie ein Mensch, der sich in einer vorläufigen Bleibe für ein Nickerchen hingelegt hat.

Romana fand einen Onlineshop, der alles Mögliche anbot: gebrauchte oder fehlerhafte Dinge, aber auch neue und makellose, jedoch vermutlich Schmuggelware oder Diebesgut. Genau wusste Romana es jedoch nicht: Sie hatte sich einfach durch die Seiten verschiedener Onlineshops geklickt und hatte sich für den entschieden, der die angenehmste und bedienungsfreundlichste Benutzeroberfläche und noch dazu ein ausgesprochen breites Warensortiment hatte. Auch Musikequipment.

Sie wählte die im Kontakt angeführte Nummer, stellte dem Gesprächspartner einige Fragen, bekam Antworten und nannte daraufhin als Beispiel ein paar Modelle und Marken. Schon am nächsten Tag fuhr ein silberner Kleintransporter in der Prytysko-Mykilska-Straße vor und Romana führte einen nüchternen Dicken mit misstrauischem Blick und seinen flinken Kollegen in die Wohnung.

Der Flinke machte sich daran, Kabel zu entwirren, unter die Gehäuse der Geräte zu kriechen, Paneele abzuschrauben. »Was für einen Equalizer haben wir hier?«, murmelte er. »Wie viele Kanäle? Aha, acht … Eingänge und Ausgänge … Ha, und was ist das? Niedrigohmig, sieh einer an!«

Etwas später, als der misstrauische Typ Romana das Geld überreichte (»Das schaut nach einem ungewöhnlichen Geschäft aus. Normal mache ich gewöhnlichere«, scherzte er, während er einige dicke Päckchen mit Geldscheinen aus seiner Sporttasche fischte und sie Romana zum Nachzählen reichte), holte sein flinker Kollege unterdessen den Fahrer und zu zweit machten sie sich daran, Kabel und Verteiler, Combo-Verstärker, Stimmgeräte und Metronome, Mikrophone mit Zubehör, Studio-Monitore und Akustiksysteme, Stereoverstärker, eine *Gibson Les Paul Custom* E-Gitarre und ein paar billige *Fender* in Kisten zu verpacken und hinauszutragen. Als Letztes war ein elegantes *Yamaha Clavinova* E-Piano an der Reihe.

In jener Nacht konnte Romana in dem leeren Zimmer nicht einschlafen. Am nächsten Morgen, als die Welt um sie unscharf und unbeständig wirkte, fuhr sie in die Klinik. Fast zwei Stunden wartete sie auf den Oberarzt. Das Schild an der Tür seines Büros lautete: »Schmatok O.O. – Oberarzt, Chirurg«.

Schmatok war ein Mann mittlerer Größe mit feuchten, geröteten Augen, die sich schnell und zuckend bewegten. Er traf das Schlüsselloch nicht sofort, weil seine Hand zitterte. Das Auffallendste am Oberarzt waren seine dunklen, ausufernden Brauen, die einen starken Kontrast zu seinem grauen Kopfhaar darstellten.

Unkonzentriert lauschte er Romanas Anliegen und unterdrückte dabei ein Gähnen. Es war offensichtlich, dass ihm der Kern ihres Problems entglitt, dass er keinen Sinn darin sah, sich anzustrengen und zu konzentrieren. Der Oberarzt warf einen Blick auf sein iPhone. Er wollte Romana bitten zu gehen.

Romanas Hand glitt in ihre Tasche und zog ein dickes Bündel Geldscheine heraus. Sie hatte keine Ahnung, welche Summe in einer solchen Situation angemessen war und ob es Präzedenzfälle gab. Romana vermutete, dass sie übertrieb, beschloss aber, dass ihr diese Übertreibung zugutekommen würde.

Schließlich machte Romana so etwas zum ersten Mal, und die Fremdartigkeit ihres eigenen Tuns ließ sie alles von außen wie in einem Traum wahrnehmen. Das war nicht sie, das war nicht ihre Hand, die Geld vor den Chirurgen mit den buschigen Brauen auf den Tisch legte. Die Augen des Mannes wurden rund. Die Brauen zogen sich bedrohlich zusammen. Mit strenger Stimme fragte er, was Romana von ihm wolle. Romana wiederholte ihre Geschichte: In diesem Krankenhaus liege ein verletzter Kämpfer ohne Gedächtnis, der ihr Mann sei. Sie hätten viele Jahre zusammengelebt, was aber durch keinerlei Dokumente belegt sei. Sie hätten die Hochzeit aufgeschoben, seien irgendwie nie zu dieser Formalität gekommen. Nun wolle sie ihren Mann mit nach Hause nehmen, sobald es möglich sei. Die gewohnte Umgebung würde seine Gesundheit und sein Gedächtnis am schnellsten zurückbringen, seine Wunden heilen lassen. Aber wie solle sie vorgehen? Das Gesetz sei gegen sie, die Vorschriften würden dem zukünftigem Leben des Helden Steine in den Weg legen. Ein paar Jahre sei er schon verwaist gewesen, habe niemanden außer ihr, der sein gesetzlicher Vertreter sein könne. Wie könne sie ihren Mann zurückbekommen?

Der Oberarzt sah Romana lange an, sagte kein Wort. Seine Hand kroch über die Tischplatte, zwischen Krankenakten und Laborbefunden hindurch, die vordersten Fingerglieder kletterten auf den Stapel Geldscheine. Aus irgendeinem Grund hörte seine Hand auf zu zittern. Romana war sicher: Solange die Hand über den Tisch kroch, glaubte der Arzt ihr nicht, war misstrauisch. Kaum berührten die Finger das Geld, flackerte Vertrauen in seinen Augen auf.

Er rief sie noch am selben Tag an und teilte ihr mit einfühlsamer, warmer Stimme mit, dass die Kommission in ein paar Tagen zusammentreten würde. Romana ging mit steifen Knien und dem Gefühl, als würde sie im freien Fall in einen Abgrund stürzen, zur Kommissionssitzung. Sie kannte dieses Gefühl.

Diesmal war Romanas Handtasche zu klein. Sie musste eine Geschenktüte aus Papier nehmen. Obenauf legte sie ihren bunten Chiffon-Schal.

Schmatok erwartete sie in seinem Büro. Ihm gegenüber saßen eine Sozialarbeiterin und ein hoher Offizier. Eine blonde Frau ging mit großen Schritten im Zimmer auf und ab, zornig stieß sie ihre Bleistiftabsätze ins glänzende Parkett, sie trug ein blutrotes, enges Kleid, das mit den roten Flecken auf ihrem Gesicht und ihrem Dekolleté korrespondierte, den weißen Mantel hielt sie zusammengeknüllt in der Hand. Romana begriff sofort, dass die Frau bereits lange und laut sprach, die Anwesenden waren müde von ihrer ausführlichen Rede, eingeschüchtert von ihrer Ausdruckskraft. Als sie Romana erblickte, blähte sie die Nasenflügel und hob den Arm, als würde sie im nächsten Moment beginnen, mit dem Mantel auf Romana einzuschlagen.

Schmatok erhob sich. Auf seinen Lippen lag ein trauriges Lächeln. Sein Blick verriet Betretenheit. Er nahm Slonowa vorsichtig am Ellenbogen, strich mit den Händen sanft über ihre zarten Schultern, als wollte er sie wärmen, und raunte ihr etwas ins Ohr, dabei verfingen sich die frisch geschnittenen, durchsichtigen Strähnen der Psychiaterin in seinen Augenbrauen. Die blonde Frau resignierte unter seinen Händen, verlor ihre Bestimmtheit und ihr Interesse. Müde glitt ihr Blick über die Anwesenden, an Romana blieb er hängen. Romana hielt dem Blick nicht stand, wandte sich ab und setzte sich auf einen freien Stuhl in der Ecke, die von einer Zimmerpalme etwas verdunkelt war.

Nachdem man Slonowa hinausbegleitet hatte, bat Schmatok Romana, ihre Geschichte für die Anwesenden noch einmal zu erzählen. Doch dann fiel er ihr ständig ins Wort, ließ sie keinen Satz zu Ende sprechen. Das hielt Romana nicht lange aus, und sie heulte los, mit Zittern und Schluchzen, mit kullernden Tränen, rinnender Nase und unkontrolliertem Wimmern.

Die Sozialarbeiterin hatte eine große, muschelähnliche Frisur. Sie zupfte an ihrem Blazer und legte den Kragen ihrer weißen Bluse zurecht, so zeigte sie ihr Mitgefühl. Der Offizier hingegen machte ein paar steife Schritte zu Schmatoks Tisch und reichte Romana eine Schachtel Papiertaschentücher.

Danach baten sie Romana um nichts mehr. Jeder gab lange Erklärungen ab, zitierte Gesetze, führte Beispiele aus der nahen Vergangenheit an, beschrieb Präzedenzfälle. Sie skizzierten das Bild eines völligen Chaos, das man nicht System nennen konnte, aber es war offensichtlich, dass jeder der Anwesenden ein großes Herz hatte. Sie wollten Romana helfen. Wollten sich dem Helden gegenüber dankbar zeigen. Es waren vernünftige, bodenständige Menschen: Der gesunde Menschenverstand überwog alle Formalitäten und bürokratischen Neurosen.

Sie diktierten Romana also ein Dutzend Gesuche und Erklärungen, mit fahriger Hand brachte sie die unverständlichen Worte zu Papier, wischte sich ständig mit der schreibenden Hand über die Nase. Man stellte Romana Bedingungen und sprach nachdrücklich Empfehlungen aus. Man erklärte ihr ihre Pflichten und legte einen Termin fest, zu dem sie mit ihrem Mann bei den entsprechenden Behörden und Ämtern vorstellig werden musste. Man nahm Romanas Daten auf und wies sie auf mögliche Kontrollbesuche hin.

Vielleicht verfuhr man gar nicht so peinlich genau mit ihr. Vielleicht veränderte der Stress Romanas Wahrnehmung, zog die Zeit in die Länge, verlieh allem, was geschah, eine besondere Bedeutung.

Die Sozialarbeiterin holte einen glänzenden Laptop aus einer Lederhülle, und während er hochfuhr, wiederholte sie immer wieder, dass sie dergleichen in ihrem Leben noch nicht gemacht habe, dass man in solchen Fällen verschiedene Instanzen kontaktieren, Bewilligungen und Stempel einholen müsse, aber sie komme Romana entgegen, denn sie verstehe, sie habe Mitgefühl. In Romanas Ohren klang das wie ein verstaubter Retrotango, dessen Rhythmus die Sozialarbeiterin mit ihren Nägeln klopfte, die mit einem Mosaik aus glänzenden Steinen besetzt waren: Ich komme entgegen, ich komme Ihnen entgegen, denn ich verstehe, ich habe Mitgefühl, ich komme entgegen, ich komme Ihnen zum letzten Mal entgegen, dieses einzige Mal.

Auf dem Computerbildschirm erschien ein dunkler, feuchter Urwald, der sanft abfiel und schließlich in einer steilen Felswand endete, die über der stürmischen See hing; im Vordergrund jagten dunkle Reiter auf Pferden mit flachen Flanken am Ufer dieses Meeres entlang, sie ritten neben einem Hengst dahin, über dessen Kruppe eine nackte, gefesselte Gefangene lag.

Die Finger der Sozialarbeiterin glitten flink über die glatte Oberfläche des Touchpads. Ihr Kopf erschien aufgrund des grandiosen Haargebildes dreimal größer als ein durchschnittlicher Kopf und wiegte sich bedrohlich zur Melodie eines imaginären Akkordeons.

»Beginnen Sie mit diesem Ordner«, sagte die Sozialarbeiterin. »Ich hatte keine Zeit, sie zu sortieren, es kommt immer neue Arbeit dazu.«

Die Frau schob ihren Stuhl zurück und deutete Romana, näher zu kommen. Romana berührte ungeschickt die Tastatur, strich mit den Fingern über das Touchpad, betätigte die linke Touchpad-Taste und öffnete so File für File.

Alle möglichen Gesichtsformen, Ohren und Nasen in verschiedenen Größen, unterschiedliche Hauttypen, Augenformen und Augenbrauen sowie der Gesichtsausdruck von dutzenden jungen Männern zeugten davon, dass es diese Menschen irgendwann gegeben, dass jeder von ihnen ein echtes Leben geführt hatte. Die Augen des einen schauten amüsiert, die eines anderen spiegelten Schwermut wider, viele versteckten ihre Angst hinter Ernsthaftigkeit, die meisten hatten keine Ahnung von dem Schrecken, der ihnen bevorstand.

Romana begriff, dass die Ordner vor ihr dutzende, ja hunderte Fälle von Vergessen und Ungewissheit enthielten. Junge Männer mit Herz, Armen, Beinen und Stimme versanken im Nirgendwo, nicht lebendig und nicht tot. Weder gab es ihren Körper noch zuverlässige Informationen über Tod oder Folter. Nur diese kleinen, rechteckigen Fotos auf dem Bildschirm.

Romana öffnete ein Foto nach dem anderen, warf einen kurzen, genauen Blick auf jedes Gesicht und die dazugehörigen Daten: Jazkiwzi, Dunajewezkyj Rajon, Chmelnyzka Oblast, 26 Jahre, Zeitsoldat; Rschyschtschiw, Horochiwskyj Rajon, Wolynska Oblast, geb. 1965; Tschernihiw, Angehöriger des 13. Panzergrenadierbataillons der 1. Panzerbrigade. Im Zimmer herrschte Stille. Die Blätter der Palme im Topf wiegten sich kränklich in einem geheimnisvollen Luftzug. Romana drückte auf die linke Touchpad-Taste.

Sie schaute alle Dateien bis zur letzten durch und begann noch einmal von vorne.

»Das ist er«, ertönte schließlich ihre krächzende Stimme. Sie hatte diese Datei schon vor einiger Zeit geöffnet. Das Foto fehlte, man konnte auf dem Scan nur die gräulichen Kleberreste erkennen. Die restlichen Informationen waren in den betreffenden Spalten zu finden, waren jedoch händisch eingetragen und die Worte auf dem Scan kaum zu entziffern: Nachname, Vorname, Vatersname, Geburtsdatum und Geburtsort, Wohnort, Beruf, militärische Ausbildung, Familienstand, Gesundheitszustand.

Der Offizier neigte sich mit seinem ganzen gedrungenen Körper über Romanas Kopf. Die Sozialarbeiterin setzte ihre Brille auf und blickte konzentriert auf den Bildschirm. Schmatok lehnte sich mit zusammengezogenen Brauen über den Tisch nach vorne.

»Das Foto fehlt!«, stellte der Offizier fest.

»Wir haben die Formulare eingescannt«, rechtfertigte sich die Sozialarbeiterin. »Wir haben sie händisch ausgefüllt und dann eingescannt. Erst später kam die Weisung, alles elektronisch einzugeben, aber wir sind nicht dazu gekommen. Haben zu viel Arbeit. Man muss das Foto in der Kartei suchen. Oder aber seine Frau bringt eines.«

Romana nickte, ohne den Blick von dem Bogen abzuwenden, sie verschlang ihn mit den Augen.

»Der Name der Ortschaft ist kaum zu entziffern.« Schmatok zeigte mit dem Finger darauf. »Butscha? Kyjiwska Oblast?«

»Er ist durchgestrichen«, stimmte der Offizier zu.

»Das ist ein Fehler«, sagte Romana. »Es muss Butschatsch heißen. Ternopilska Oblast.«

Die Sozialarbeiterin füllte die Spalte sorgfältig aus.

»Ledig, arbeitslos, gesund«, las Schmatok und begann zu husten.

»Den Vornamen kann man überhaupt nicht ausmachen. Und der Nachname … Prywdyk? Prawdyk? Pryndyk?«

Er runzelte die Stirn, während er weiter versuchte, die kleine, unleserliche Schrift zu entziffern.

»Bohdan Krywodjak«, verkündete Romana leise und feierlich. Unter ihrer Brille kullerten wieder Tränen hervor.

Das ist mein Mann.

*

So viele Monate lang war Romana täglich in die Klinik gekommen, dass auch sie nervös wurde, als es an der Zeit war, ihren Mann mit nach Hause zu nehmen.

Ihre Gefühle waren widersprüchlich: einerseits der Wunsch, ihn zu packen und in den entlegensten Winkel zu zerren, in die dunkelste Höhle, ihn vor fremden Blicken zu verstecken und ganz und gar zu beherrschen; und andererseits die Angst vor dem fremden, unbekannten Mann, vor seinen Gerüchen, seinen Geräuschen, vor allem, was in seinem großen, entstellten Kopf verborgen war.

Sie hatte ihm das Sommerhaus, umgeben von Seen und Kiefernwäldern, oft beschrieben: ihr echtes Zuhause, knarrend und alt, löchrig und von Mäusen besiedelt; das Haus, in dem sie gestritten und schweigend wach gelegen, in dem sie einander umarmend dem Knarren der Stämme im böigen Wind gelauscht hatten. Sie hatte ihm ihre stundenlangen Spaziergänge und Fahrradausflüge durch die heiße Stille beschrieben, durch den Sand, in dem die Räder nicht rollen wollten, die Nadeln in ihren Hemdkrägen.

Vor seiner Ankunft im Haus hatte sie alles sorgfältig vorbereitet, hatte viel Zeit investiert. Und nun hatte sie Angst und begriff selbst nicht, wovor genau. Dass die Rückkehr nicht den gewünschten Effekt haben würde? Dass er sich nicht erinnern würde? Das konnte passieren, aber Romana versuchte, sich selbst und Bohdan darauf vorzubereiten. Wir müssen geduldig sein und dürfen nicht daran zweifeln, dass dein Gedächtnis früher oder später zurückkommen wird. Du wirst dich an mich erinnern. Wirst dich an unser Leben erinnern.

Bohdan zeigte keinerlei Erregung, er wirkte weder traurig noch erfreut über die Veränderung, die ihn erwartete. Er sah nicht aus wie ein Mensch, der große Hoffnungen in seine Zukunft setzt. Er packte seine wenigen Sachen, verabschiedete sich von den anderen Patienten und den Krankenschwestern, zog die Kleidung an, die Romana ihm mitgebracht hatte. (Ja, das sind deine Sachen. Das Hemd ist zu eng? Dann haben sie dich hier gut gemästet. Na ja, Hosen hast du immer gerne weit getragen. Die Schuhe sind eine Nummer zu klein? Bist du sicher? Ich weiß nicht, warum deine Füße plötzlich eine Nummer größer geworden sind. Sie sind wohl gewachsen.)

Die füllige Krankenschwester raunte Romana ins Ohr, dass Slonowa sich schon am Vortag von ihm verabschiedet habe, sie habe ihn zu sich gerufen, er sei erst spät am Abend zurückgekommen und habe stärker gehinkt als in den letzten zwei Monaten.

Romana versuchte, die Nachricht von sich abprallen zu lassen, dennoch stieg Zorn in ihr auf und ballte sich immer mehr in ihr zusammen, bis sie sich schließlich vor dem Büro der Psychiaterin wiederfand.

Zuerst hatte sie den Eindruck, der Raum sei leer. Doch im nächsten Moment bewegte Slonowa sich, und Romana begriff, dass sie auf dem Platz saß, den normalerweise die Patienten einnahmen. Als die Psychiaterin aufstand, konnte man erkennen, dass sie barfuß war (ihre Schuhe lagen unter dem Tisch, hilflos zur Seite gekippt wie steife Tierkadaver). Sie stand so klein und zerbrechlich vor Romana, hohlwangig, mit müder, fahler Haut und geplatzten Äderchen in den Augen, dass Romana ihre Absicht, Krach zu schlagen, völlig vergaß.

Stattdessen nutzte Slonowa Romanas Besuch, um ihr einen Vortrag zu halten. Bereits nach fünfzehn Minuten leuchteten ihre Augen wieder und ihre Lippen und Wangen füllten sich mit Blut. Sie deutete mit dem Zeigefinger auf Romana und gestikulierte, demonstrierte dabei, wie biegsam ihre Handgelenke waren. Ihr ganzer Körper drückte Geringschätzung aus. Sie erläuterte das Wesen der Amnesie, zählte deren verschiedene Ausformungen auf, verbreitete sich über die Psychogenese und wiederholte tausendmal, dass es gefährlich sei, einen Patienten mit dieser Diagnose in labilem Zustand der Aufsicht von Spezialisten zu entziehen. Dass sie unendliche Anstrengungen und viel Zeit in langwierige Untersuchungen mittels zahlreicher Fragebögen investiert habe, bei denen sie gewisse Anhaltspunkte identifiziert habe, die es später aufzugreifen und in die Therapie einzubauen galt, dass manches schon gelinge, er mache zweifellos Fortschritte, sogar deutliche, wobei der Widerstand des Patienten ebenso deutlich sei, doch sie, Slonowa, versuche diesen Widerstand vorsichtig und gezielt professionell aufzuweichen.

»Wissen Sie, was er einmal zu mir gesagt hat?« Die Psychiaterin kniff die Augen zusammen, als unterdrücke sie ein Lächeln. »Ich zitiere. Er hat gesagt: ›Was ist, wenn ich mich an nichts erinnern will? Wenn ich dort, in der Vergangenheit, unglücklich war? Wenn ich ein schlechter

Mensch war, ein Verbrecher, Vergewaltiger, Mörder? Was, wenn ich aus meinem Leben in den Krieg geflohen bin, um nie wieder dorthin zurückzukehren?‹«

Romana schüttelte energisch den Kopf:

»Das stimmt nicht. Er war ein sehr guter Mensch. Und er war glücklich. Wir waren glücklich.«

»Sie haben eine interessante Aussprache«, sagte Slonowa. »Sind Sie aus Lwiw?«

Romana seufzte und schüttelte den Kopf.

»Er spricht nicht wie Sie«, sagte die Psychiaterin und schaute Romana in die Augen. »Im Schlaf spricht er Russisch.«

»Er spricht doch generell kaum!«, stieß Romana schließlich hervor. »Seine Zunge ist deformiert! Bald wird mein Mann in derselben Sprache sprechen wie ich!«

Als Romana in Bohdans Zimmer zurückkehrte, saß er auf seinem Bett und wartete auf sie. Die füllige Krankenschwester brach in Tränen aus. Romana umarmte sie und küsste sie auf die marshmallowweichen Wangen.

*

Leider mussten sie noch einmal mit Slonowa zusammentreffen.

Romana ging vorneweg den Flur entlang, in beiden Händen Plastiktüten voller Kleidung, Verbände und Medikamente. Bohdan folgte ihr. Romana führte ihn zum Ausgang. Sie brachte ihren Mann nach Hause.

Sie kamen an einem untersetzten Typen mit vollen Wangen und Knollnase vorbei, er hatte kurzes, graues Haar, plattgedrückt wie niedergetretenes Gras, und Sommersprossen, die das ganze Gesicht bedeckten und in jede Falte krochen. Romana brachte ihn zunächst nicht mit Bohdan in Verbindung und erst später wurden ihr sein hängender Unterkiefer und das Kaleidoskop von Gefühlen bewusst, die sekündlich in seinen weit aufgerissenen Augen wechselten. Erstarren und Erkennen, Argwohn, Freude, Erinnern, Abwägen der Wahrscheinlichkeit. Es war, als änderte sich die Beleuchtung seiner Augenhöhlen. Als blinkte eine weihnachtliche Lichterkette in verschiedenen Farben.

Als Romana am Ende des Flurs um die Ecke bog, spürte sie Leere hinter sich. Sie drehte sich um. Bohdan war nicht mehr da.

Er war auf halbem Weg stehengeblieben. Der sommersprossige Typ drückte ihn mit aller Kraft gegen die Wand.

Er war viel kleiner als Bohdan und streckte sich nun zu ihm hoch, als wollte er ihn küssen. Mund und Augen waren aufgerissen, er bemühte sich das eigene, klare Wissen zu Tage zu fördern und Bohdan zukommen zu lassen.

Romana eilte Bohdan zur Hilfe. Als sie mit den unbequemen Absätzen, im engen Rock, mit den Tüten in der Hand in seine Richtung lief, bemerkte sie, dass von der anderen Seite Slonowa herbeieilte. Patienten, Besucher und einige Sanitäter umringten die Männer. Niemand mischte sich ein.

»Du kennst mich doch! Wir sind in dieselbe Schule gegangen«, hustete der Kerl heiser auf Russisch heraus, keuchte vor Erregung. »Erinnerst du dich an Olha Mykolajiwna? An den Direktor, Wasyl Nykyforowytsch? Erinnerst du dich an Raschpil? Raschpil! Du weißt schon! Und ich bin Slawa! Slawa! Ich kann mich an deinen Großvater erinnern, und an deinen Vater! Dein Großvater hat dich immer abgeholt. Und an dich kann ich mich auch gut erinnern!« Er weinte fast. Zitterte. Sein ganzer Körper zuckte. Er hatte sich nicht unter Kontrolle.

Bohdan musterte den Mann von Kopf bis Fuß, wie immer völlig emotionslos und tatenlos. Eine Stabschrecke auf einem Stängel.

Romana und Slonowa erreichten die Männer gleichzeitig. Romana zwängte sich zwischen Bohdan und den Kerl. Slonowa legte ihre Hände bestimmt auf die Handrücken des erregten Mannes. Der reagierte umgehend und fügte sich ihr. Er schluchzte, blickte sie flehend an, als würde er um etwas bitten:

»Ich kenne ihn. Wir sind in dieselbe Schule gegangen. Ich kann mich an seinen Großvater erinnern.«

Slonowa richtete ihren Blick auf Bohdan.

»Kennen Sie diesen Mann?«, fragte sie.

»Ich kenne diesen Mann nicht?«, antwortete Bohdan so, wie Slonowa es ihm beigebracht hatte.

Romana glaubte, eine leichte Veränderung in Bohdans Gesicht zu erkennen, als er Slonowa ansah. Durch seine starre, tölpelhafte Maske schimmerte Weichheit. Auch Slonowa schien das zu bemerken. Mit Mühe riss sie ihren Blick von Bohdan los und warf dem Mann beiläufig hin:

»Entschuldigen Sie, der Mann ist mein Patient. Drei Monate stationärer Aufenthalt nach einer Explosion. Eigentlich hatten wir ihn schon entlassen …«

Sie führte den Kerl den Flur entlang. Dieser trottete mit hängendem Kopf neben ihr her und schien Bohdan völlig vergessen zu haben. Romana führte ihren Mann in die entgegengesetzte Richtung. Hielt ihn fest an der Hand und bemerkte gar nicht, dass die Plastiktüte gegen sein krankes Knie schlug.

Die Vorstellung, dass die Psychiaterin neben Bohdan gesessen hatte, während dieser schlief, verursachte ihr Unbehagen.

*

Es war Freitag. Die Menschen fuhren massenweise übers Wochenende aufs Land. Romana saß am Steuer eines alten Volvo, den Ellbogen im offenen Seitenfenster, sie krochen langsam Meter um Meter dahin, mussten immer wieder anhalten, es war kaum zu ertragen. Der fremde Frauenduft, der das Auto erfüllte, intensivierte sich abartig, kroch aufdringlich in ihre Nase. Romana hatte den Verdacht, dass es sich um einen Spezialeffekt handelte, ausgelöst durch ihre Aufregung. Schließlich hatte sie das Wageninnere sorgfältig gesäubert und überflüssige Gegenstände entfernt.

Bohdan machte keinerlei Anstalten, ein Gespräch zu beginnen. Wie immer, eigentlich.

Romana erhaschte einige auf Bohdan gerichtete Blicke aus anderen Autos: Schreck, Ekel, aufdringliches Interesse. Jemand nickte in seine Richtung, jemand sagte etwas, sichtlich belustigt. Romana las die Kommentare regelrecht von den Lippen ab, zwang sich wegzuschauen, wollte nichts wissen.

Endlich tauchten auf beiden Seiten der Straße die Reste einstiger Wälder auf: licht, ausgeholzt, mit Wohnblöcken verbaut. Die Straße wurde freier. Der Volvo rollte fröhlicher dahin. Es war, als strömte mehr Luft ins Wageninnere. Romana atmete tiefer und ruhiger.

Sie kamen an kleinen Städten und Dörfern vorbei: die Abzweigung nach Hostomel, die nach Irpin, Butscha, Worsel, Myrozke, Nemischajewe, Mykulytschi. Mit einem Mal lag der Himmel weit vor ihnen da, leuchtend und voller Farben. Im wuchernden Unterholz verbargen sich unförmige Gebäude: der von wildem Wein überwachsene Zaun eines Lkw-Parkplatzes, Dorfhäuser inmitten von Gärten, eine Anpflanzung mit jungen Tannen.

Nach dem Bahnübergang teilte sie Bohdan mit, dass sie ihm Klawdijewe zeigen wolle. Sie bog links ab und fuhr eine Runde über den Hauptplatz, um das ehemalige Blumenbeet herum, auf dem nichts wuchs, vorbei an Kiosken aus Blech und einem Rudel Hunde, die dicht aneinandergedrängt neben der Fahrbahn schliefen. In Klawdijewe gab es nichts zu sehen, aber Romana fühlte sich wie eine Fremdenführerin, die einem besonderen Touristen Rom oder Lissabon zeigt.

Der Volvo bog wieder in die Schnellstraße ein und bewegte sich in Richtung Poroskoten. Die Wälder wurden dichter. Tief drinnen, hinter den Föhrenreihen, schlummerte dunkle Kälte.

Romanas Hände begannen zu schwitzen, als sie das Knirschen des Schotters unter den Rädern vernahm. Sie fuhren in das Datschenviertel ein. Schon sah man die hohe Tanne vor ihrem Haus.

Romana schaute Bohdan von der Seite an: Veränderte sich sein Gesicht? Aufmerksam betrachtete er alles ringsum, lenkte seinen Blick vom Weg, der – an einer Bushaltestelle und an Haufen verfaulter Gartenäpfel vorbei – zwischen den Föhren hindurchführte, auf die Betonmauer, das Wächterhäuschen, den Laternenmast, die Dächer der Datschen. Dann schaute er zu Romana und versuchte zu lächeln: Nein, ich erkenne nichts hier.

Bohdan erkannte weder den hohen Flechtzaun aus dunklen Ruten, der ihr Grundstück umzäunte, noch das Gartentor aus Holz, das oben abgerundet war, erkannte nicht das Quietschen und nicht die rautenförmige Öffnung, durch die man die Hand stecken musste, um an den Riegel zu kommen. Er erkannte nicht die »Stalin-Tanne« (Romana erklärte, dass dies ihr Insider-Scherz gewesen war, nachdem sie herausgefunden hatten, dass es sich um eine Tallinn-Tanne handelte). Die Tanne strich Bohdan mit einem Zweig sanft über den Kopf (siehst du, sie hat dich erkannt, sagte Romana).

Er erkannte weder die Hagebuttensträucher und den Wacholder noch die Platten, mit denen der kleine Hof ausgelegt war, noch die Grashalme, die sich ihren Weg zwischen den Platten hindurch bahnten. Er erkannte nicht den Tisch unter dem Vordach, nicht die verschiedenen Sorten Wein, Efeu und Hopfen, erkannte nicht den alten Birnbaum, dessen Früchte ungenießbar waren, nicht den Pflaumenbaum oder den Kirschbaum und nicht die Schaukel unter dem Nussbaum. Bohdan erkannte nicht die ockergelben Mauern des zweistöckigen Gebäudes, die Fenster, das Dach und die mit nachgedunkeltem Holz verkleideten Stufen des Vorhauses.

Weder der Geruch im Inneren des dunklen Hauses noch der Anflug von Staub und Moder teilten ihm etwas mit, und seine Hand suchte links vom Eingang nicht automatisch nach dem Lichtschalter. Die purpurrote, abblätternde Farbe der Küchenschränke rief bei ihm keinerlei Reaktion hervor, und auch nicht die Wandvertäfelung, die wenig überzeugend die Struktur von hellem Holz imitierte. Romana hielt Bohdan seine Lieblingstasse aus grauem Ton unter die Nase, doch fühlte sich die Tasse fremd und unangenehm für ihn an. Auch die zu beiden Seiten der Tür aufgereihten Schuhe, die Jacken, Pullis und Mäntel sprachen nicht zu Bohdan. Romana setzte ihrem Mann eine blaue Mütze mit weißen Streifen auf den Kopf und nickte seinem Bild, das sich im bunten Glas der Tür spiegelte, zu. Schweigend nahm Bohdan die Mütze wieder ab.

Romana führte ihn in das Zimmer im Erdgeschoss, wo sich sein Arbeitstisch befand. Sein Blick fiel auf das volle Bücherregal: Auf jedem Brett standen die Bücher in zwei Reihen hintereinander und drängten sich auch noch quer in den engen Zwischenräumen darüber. Sie lagen unter einer dicken Staubschicht, wie die von Asche bedeckten Reste eines abgebrannten Hauses.

Bohdan studierte lange die Buchrücken, ohne irgendetwas zu berühren. Romana zeigte ihm verschiedenen Krimskrams: »Schau, eine Spechtfeder, die haben wir beim Spazierengehen gefunden, und Eicheln, hier ist das Regal mit den skandinavischen Krimis, und hier die Schuhschachtel mit Klebstoff, Klebeband, Knöpfen, Verlängerungskabeln und Verteilersteckern, und in diesem Etui sind Nägel, Schraubenzieher, Kneifzangen, ein Hammer und sogar ein Bohrer. Während du weg warst, habe ich gelernt, damit umzugehen«, lachte Romana.

Der Schreibtisch war übersät mit Zetteln und Notizblöcken, Lexika und Enzyklopädien. Darunter stand die große, gelbgraue Workstation eines alten Computers, daneben schlangen sich mäandernde Kabelwürmer ineinander.

»Du hattest einen Laptop«, winkte Romana ab. »Darauf waren die meisten deiner Reiseaufzeichnungen, deiner Fotos von Expeditionen und die Verzeichnisse gespeichert. Alle Fotos, die du in sieben Jahren von mir gemacht hast. Aber du hast den Laptop mitgenommen, und auch den Fotoapparat, und genauso wie du sind sie spurlos verschwunden.«

Ihr Zeigefinger berührte die Tischplatte und zeichnete eine wackelige Linie in den Staub.

»Aber am wichtigsten ist, dass ich dich gefunden habe.«

Romana machte Bohdan auf ein Regal aufmerksam, in dem ungefähr zehn dicke Fotoalben lagen.

»Das sind deine Familienalben«, erklärte Romana und griff nach dem, das am Rand stand, es hatte einen braunen Einband. »Du hast sie mitgebracht, sie sind dir sehr wichtig. Du hast dich geärgert, wenn ich dich gebeten habe, von deiner Familie zu erzählen.«

Sie begann, die steifen Seiten umzublättern, zeigte ihm die Gesichter unbekannter Menschen: betagte Frauen mit Kopftüchern und faltigen Gesichtern, Männer mit Fellmützen und Sakkos über türkischen Pullovern mit Rauten- und Rentiermustern, das Porträt einer alten Frau, die an ein von Insekten ausgehöhltes Stück morsches Holz erinnerte (man konnte nicht einmal sagen, dass die Alte lächelte, sie grinste mit ihrem zahnlosen Mund vielmehr über das gesamte Gesicht, hingebungsvoll wie ein Kleinkind, das von seinen Emotionen überwältigt wird), ein Foto, auf dem drei Mädchen vor einem Fliederstrauch posieren, und eines, auf dem drei erwachsene Frauen nebeneinandersitzen und so angespannt und erschrocken aussehen, als würde sich unter ihren Füßen ein schwarzer Abgrund auftun, der auf dem Bild nicht zu sehen ist.

»Ich werde dir alles über sie erzählen, was du mir erzählt hast«, flüsterte Romana, die Augen weit aufgerissen, damit die Tränen, die überraschend in ihr aufstiegen, sofort wieder versiegten. »Du hast den Kontakt zu ihnen abgebrochen, du wolltest nichts mehr von ihnen wissen. Aber sie waren schrecklich wichtig für dich, Bohdan, auch wenn du dich jetzt noch nicht daran erinnern kannst.«

Zwischen zwei Stößen von Fotoalben steckte ein großes, hinter Glas gerahmtes Foto. Romana warf Bohdan einen verschwörerischen Blick zu, biss sich auf die Lippen, bekam den Rahmen zu fassen und zog das Foto aus seiner Falle.

Es war ein Porträtfoto von Romana und einem Mann vor einer weißen Mauer, einer alten, vielleicht sogar historischen.

Romanas Augen blickten verloren hinter der Brille hervor, ihr Mund lächelte nicht mehr oder noch nicht, das Foto hatte sie in einem Moment des Übergangs von Ernst zu Heiterkeit oder von Begeisterung zu Verwirrung festgehalten. Sie hatte den Kopf seitlich an die Schulter des Mannes gelehnt, wodurch ihre Brille etwas verrutscht war, aber es konnte ebenso gut sein, dass der Mann sie mit einer kräftigen Bewegung an sich gedrückt hatte. Gut möglich, dass sie, kurz bevor das Bild aufgenommen wurde, noch ein Stück voneinander entfernt gestanden hatten.

Der Mann war der Kamera zu drei Viertel zugewandt. Er blickte von oben auf Romana herab. Sein Blick war völlig auf sie konzentriert. Doch nicht sie war es, die die ganze Aufmerksamkeit auf sich zog. Sein Gesicht war es, dessen Züge auf ein Ereignis oder ein Gefühl hindeuteten. Er sah aus wie eine Romanfigur, wie ein Held, der einfühlsam oder unverschämt, verantwortungslos oder einem ihm wichtigen Ziel hingegeben sein mochte.

Der Mann auf dem gerahmten Foto schien der Frau, die sich an ihn schmiegte, ergeben. Zumindest in jenem Augenblick.

»Das sind wir beide, Bohdan«, sagte Romana und zeichnete mit dem Finger die Umrisse des Männergesichts nach. »Das bist du.«

*

Sie gingen spazieren: Anfangs konnte Bohdan nur in den Garten gehen, bewegte mühsam seine Füße über die zerbrochenen Platten. Zehn Schritte zum alten, kräftigen Birnbaum, der reichlich holzige Früchte hervorbrachte, und unter dem Gittergestell hindurch, auf dem ein heftiger Kampf zwischen Wein und wildem Hopfen ausgetragen wurde. Bohdan hielt nach jedem Schritt an: Hier, in der maßlosen Stille und mit einem Überfluss an Sauerstoff, fiel ihm das Gehen viel schwerer als in der Reha-Klinik.

Meistens gelang es Romana, sein Lallen zu verstehen. Nun schien es, als wollte er von Romana wissen, wie sie in dieses Haus gekommen waren. »Wie sind wir hierhergekommen?«, fragte er, öffnete dabei den Mund mit Mühe und verdrehte den Zungenmuskel.

Vorsichtig führte Romana Bohdan zu einer schiefen Bank, die neben einem Tisch und einem Steingrill mit Schieferdach stand. Sie suchte lange nach Worten, hatte Angst, ihre Erzählung zu beginnen. Es war offensichtlich, dass Bohdans Frage nicht einfach zu beantworten war, dass die Antwort kompliziert und voller Abschweifungen sein, dass sie schmerzhafte und teils unaussprechliche Umstände berühren würde, und dass sie verschiedene Menschen und deren Beziehungsgeflecht sowie unterschiedliche Zeitebenen betraf.

Während Romana fieberhaft überlegte, schwitzend und blass, hatte Bohdan seine Frage scheinbar wieder vergessen. Er starrte zwischen den Zweigen des Birnbaums hindurch und atmete nicht. Romana lauschte: Aus Bohdans Brust drang nicht bei jedem Atemzug das übliche Rasseln. An seinem Gesicht blieb ein Spinnfaden hängen, legte sich als zusätzliche dünne Narbe über Schläfe und Wange.

Romana entfernte den feuchten Faden mit den Fingerspitzen. Bohdan zuckte zusammen und blickte sie an wie ein Mensch, der eben aus einem tiefen Schlaf erwacht war.

Romana lächelte ihn zärtlich an. »Gehen wir ins Haus, du bist wahrscheinlich hungrig. Es ist viel zu unwirtlich hier, du sollst nicht frieren. Hast du nasse Füße bekommen?«, fragte sie.

Sie war erleichtert: Heute musste sie noch nicht davon erzählen, wieso Bohdan den eigenen Vater endgültig zu hassen begonnen hatte, wieso er aus dem Westen in den Osten der Ukraine geflohen war, wieso ihm nur mehr

Romana geblieben war. Sie hatte noch ein wenig Zeit, um die passenden Worte zu finden, sie in die richtige Ordnung zu bringen und ihm seine unaufhaltsame Bewegung zu erklären, die ihn möglichst weit weg vom Ort der Katastrophe seiner Familie, vom Ort der zahlreichen, unverheilten Wunden schließlich ins Gebiet echter Kampfhandlungen geführt hatte.

Würde Romana die Worte finden, mit denen sie Bohdan die Geschichte der Beteiligung seiner Familie an der allergrößten Katastrophe offenbaren könnte? Wie würde sie die Körper auf den Straßen beschreiben können, die Leichen in den Gruben, die zertrümmerten Kinderschädel, die geplünderten Wohnungen, die mit gelblicher Haut überzogenen Knochengerippe, die zu Güterwagons getrieben wurden, vorbei an Häusern, aus deren Fenstern die verschreckten Nachbarn spähten? Wie könnte sie sagen, dass Bohdans Verwandte zu diesen Nachbarn gehört hatten? Wie erzählen, woher die Narben an den Handgelenken von Bohdans Großmutter stammten?

Wie würde Romana ihm erklären, dass eben diese Geschichte schließlich dazu geführt hatte, dass er das Gedächtnis verlor? Dass sie, seine Frau, zu seinem Gedächtnis geworden war?

Unter seinem Gewicht schwankend, spürte sie, wie seine kräftigen Finger in die Narbe auf ihrem Körper griffen. In die Wunde, die sie in der Nacht, in der sie Bohdan kennengelernt hatte, davongetragen hatte. Als der Heilige Onufrij umfiel, die Kirchenmauer einstürzte und die zornigen Gemeindemitglieder sie am liebsten in Stücke gerissen hätten.

Romana wunderte sich über die Intensität ihrer eigenen Erinnerungen, wie real und absolut klar sie waren. Aber noch klarer und realer tauchten seine Erinnerungen in ihrem Bewusstsein auf. Als hätte sich Bohdans verlorenes Gedächtnis in ihrem Kopf eingenistet und mit ihrem eigenen multipliziert.

Vor der Haustür blieb Bohdan wie erstarrt stehen. »Was ist los?«, fragte Romana.

»Wie bin ich hierhergekommen?«, fragte Bohdan und musterte beunruhigt die mit Rissen überzogene Fassade des Hauses.

*

Romana wurde verlegen, wenn die Sprache auf ihre frühere körperliche Nähe kam. Gierig beobachtete sie Bohdans Gesicht – Ausdruck, Schatten, Grimassen –, hoffte Anzeichen des Erinnerns zu erhaschen, Hinweise auf ein Erkennen, doch verstand sie nur zu gut, dass ihre Erzählungen zu diesem Zeitpunkt noch keinerlei Auswirkung auf Bohdan hatten. Er erinnerte sich nicht nur an nichts aus ihrer gemeinsamen Vergangenheit – er ignorierte ihre einstige Nähe, ließ sie nicht an sich heran, als wäre sie ein dreckiger Köter, der sich beharrlich an den Saum von jemandes hellen Mantel schmiegte –, sondern wusste auch nichts über seine eigene Persönlichkeit und Geschichte, seine Eltern und Kindheit.

Romana erinnerte sich an die Anweisungen der Psychiaterin in der Klinik. Sie erinnerte sich, dass Slonowa sie gewarnt und ihr davon abgeraten hatte, Bohdan mit einem Zuviel an Information zu überfordern. Doch häufig konnte sie sich nicht zurückhalten: Verlockung, Ungeduld, Angst und der Wunsch, ihren Mann zurückzuholen, trieben sie unkontrolliert voran, ließen sie keine Gelegenheit auslassen.

Es war unerträglich für sie, neben seinem mächtigen Körper zu sitzen, den Geruch seiner Haut, vermischt mit dem Geruch von Medikamenten und Salben, einzuatmen, manchmal sogar seine große, entstellte Hand in ihre Hände zu nehmen, schwer und schwarz wie die Hand eines Orang-Utans. Mit ihm in der Dämmerung zu sitzen, dem Surren der Mücken zu lauschen, während die abendliche Feuchte in ihre Kleider kroch, die Insekten von Bohdans Gesicht, seinen Armen und Beinen zu vertreiben und dabei das Gefühl zu haben, als säße sie an der Bushaltestelle neben einem fremden Mann.

Wenn Romana in ihren Erzählungen auf die häufigen Intimitäten in ihrem früheren Leben zu sprechen kam, geriet sie ins Stocken und verstummte erschrocken. Bohdan drehte dann seinen Kopf zu ihr und betrachtete sie ein paar Sekunden lang neugierig, versuchte offensichtlich zu begreifen, worum es ging. Romana wurde verlegen. Rutschte auf der Bank hin und her. Er schaute sie an, erkannte sie nicht, dachte jedoch an dasselbe wie sie. Es war so offensichtlich und so falsch, dass Romana aufschreien wollte, ihn mit aller Kraft schubsen oder ihm mit etwas Schwerem auf den Kopf schlagen wollte, damit er endlich zu sich kommen und sich an alles erinnern würde, daran, wie alles wirklich gewesen war, wie sehr er sie geliebt, sie gebraucht hatte. Damit er sich daran erinnern würde, wie natürlich und befreit von Scham die Verbindung ihrer Körper gewesen war.

Oft hatte Romana den Eindruck, dass es ihr an Geduld fehlte, dass sie verzweifeln würde. Dass Bohdan es nicht schaffen, dass er nie zurückkehren würde. Dass er nicht mehr ihr Bohdan war.

*

Ein Sturm kam auf, wieder wurden die Stromleitungen beschädigt. Das unregelmäßige Flackern von Straßenlaternen war in weiter Ferne zu erkennen, auf der anderen Seite des Sees, hinter der öligen Schwärze.

Die gefährlich große »Stalin-Tanne« – hoch wie ein vierstöckiges Haus – knarrte bedrohlich und schwankte so sehr, dass sie beinahe das Dach berührte. Der räuberische Wind und die klaffende Dunkelheit hefteten sich an die Außenwände des Hauses, rückten immer näher.

In dieser absoluten Schwärze lagen Romana und Bohdan auf der orthopädischen Matratze, beide auf dem Rücken. Vielleicht hätten sie sich entspannen und einschlafen können, hätten draußen die Laternen geleuchtet, wären blasse Lichtflecken und verwaschene Schatten über die Wände gewandert. Die Dunkelheit gab ihnen diese Möglichkeit nicht. Wenn man in völliger Dunkelheit nebeneinanderliegt, kann man sich nicht verstellen.

Ein Bett zu teilen, war ihrer beider Entscheidung gewesen. Als Romana mit Bohdan hierhergekommen war, ließ sie ihn vor dem Haus auf der Gartenbank neben dem Tisch sitzen, wo er die Triebe des Weins abriss und ins Gras schleuderte, sie selbst begann, den Volvo zu entladen und die Sachen ins Haus zu schaffen. Beim Gedanken daran, wo sie schlafen würden, zitterte sie am ganzen

Leib. Womit sollte sie das Gespräch beginnen? Oder sollte sie besser kein Gespräch beginnen? Sie und ihr wiedergefundener Ehemann waren wie fremde Menschen. Er erinnerte sich an nichts. Und sie, die sich an absolut alles erinnerte (vielleicht wäre es besser zu vergessen, vielleicht beneidete sie ihn sogar), hatte das Gefühl, einen Fremden an ihrer Seite zu haben. Als sei sie eine verzweifelte Frau, die sich den erstbesten Mann ins Haus geholt hatte.

Sie führte ihn durchs Haus, stützte ihn am Ellbogen: »Wir wollten ein großes Badezimmer. Hier gab es eine echte Sauna, aber keine normale Küche. Dieses Blau hast du ausgesucht, ich mag die Farbe. Den Tisch hast du aus dem Haus deiner Kindheit mitgebracht. Die Matratze haben wir gekauft, als unser altes Bett kaputtging. Eines Tages war es einfach in der Mitte auseinandergebrochen.«

Es war unmöglich, nicht daran zu denken. Sie dachten jeder für sich pausenlos an diese einzige Sache und fügten um dieses pulsierende Zentrum Muster aus den kleinsten Gedanken zusammen. Als Romana damals überlegt hatte, wo sie in der ersten Nacht schlafen sollte, im kleinen Zimmer, das eher einem Lagerraum ähnelte, oder im Erdgeschoß auf dem alten Sofa, das voller Mäusenester war, während sie nachgedacht hatte, ob es für Bohdan angenehm wäre, auf dem Boden zu schlafen, auf der orthopädischen Matratze, und ob das Hinlegen und Aufstehen für ihn nicht zu schwierig wäre, hatte Bohdan, der mit dem Rücken zu Romana stand und das irgendwie irreale Flattern der Motten über der Matratze betrachtete, genuschelt: »Ist das das Bett, wo wir zusammen geschlafen haben?« Statt dem »S« kam bei ihm ein »Sch« heraus, wie bei einem zahnlosen Opa.

Romana spürte, wie ihr Unterleib taub wurde, die Beine nachgaben und die Innenseiten ihrer plötzlich heiß gewordenen Oberschenkel brannten.

»Wir wollten das Bettgestell später kaufen, aber dann haben wir es irgendwie vergessen und fanden schließlich, dass wir auf dem Boden wunderbar schlafen.« Romana schluckte Speichel, der fest wie ein Klumpen Wachs geworden war. Das Schlucken war viel zu laut, erfüllte das ganze Zimmer, Romana errötete von der Lautstärke des Geräuschs.

»Ich mache mir mein Bett hier, gleich nebenan, im kleinen Zimmer. Ich bin ganz in der Nähe, falls du etwas von mir willst ...«, sagte Romana und fügte, als sie sich der Zweideutigkeit bewusst wurde, lauter und schneller hinzu: »Wenn du Schmerzen hast, wenn du Wasser oder eine Spritze brauchst, egal was«, versicherte sie Bohdan und bemerkte die Zweideutigkeit schon wieder.

Bohdan drehte sich um und sah sie ohne zu zwinkern an. Seine Augen befanden sich auf unterschiedlicher Höhe, ihre Blicke war dazu verdammt, sich zu kreuzen.

»Haben wir gemeinsam hier geschlafen?«, fragte er noch einmal.

Romana nickte, sie spürte, dass Nervosität aus all ihren Poren kroch, und dass das deutlich sichtbar war.

»Wir haben viele Jahre hier geschlafen? Das ist unser gemeinsamer Platz?« Bohdan zuckte mit den Schultern. Und Romana verstand, dass es keine Frage, sondern eine Feststellung war: »Wir haben viele Jahre hier geschlafen. Das ist unser gemeinsamer Platz.«

Bis zum späten Abend räumte sie auf: Sortierte die mitgebrachten Dinge in Schränke und Laden, leerte Getreide mit Maden aus den Gläsern, jagte Motten, während Bohdan wie ein Geist von einem Winkel zum nächsten wanderte, hier mit der Spitze seines Zeigefingers über die Blasen der sich abhebenden Tapete fuhr, dort Staub von einer mehrbändigen Franko-Ausgabe in dunkelgrünem Einband wischte, dann durchs Fenster auf den am stärksten verwilderten Teil des Gartens schaute. Romana wusste, dass Bohdan einen Riss in der Mauer suchte, die ihn von seinen Erinnerungen trennte. Sie stand da in gelben, bis zu den Ellbogen reichenden Gummihandschuhen, in abgewetzten Jeans-Shorts, erhitzt von der ständigen Bewegung, und schaute ihn von Zeit zu Zeit fragend an. Bohdan fing ihren Blick auf, verstand ihre Frage sofort und schüttelte verneinend den Kopf. Nichts. Überhaupt nichts. Kein einziges Fünkchen. Die Gegenstände, die nach Romanas Aussagen über die Jahre mit Bohdans Nervensystem verwachsen waren, die lebendige Zellen seines Körpers geworden waren, ein untrennbarer Bestandteil seiner Persönlichkeit, blieben für ihn unerreichbar: erinnerten ihn an nichts, riefen keinerlei Assoziationen hervor.

Spät am Abend stieg Romana langsam die Treppe zum Schlafzimmer hinauf. Das feuchte Handtuch, das sie über das Geländer hängen wollte, zog sie tonnenschwer nach unten. Der Wind klopfte von allen Seiten gegen die Mauern des Hauses, wie eine Katze, die versucht, eine Maus aus einem Einmachglas zu holen.

Sie öffnete die Tür, machte einen Schritt ins Zimmer, hob den Blick und schaute direkt in Bohdans Augen. Der lag auf dem Rücken, den Kopf auf einem Kissen – im selben Moment ging das Licht aus. Es wurde stockfinster.

Romana kannte den Weg auswendig. Sie legte sich an den Rand der Matratze, zwischen Bohdan und ihr hätte leicht eine dritte Person Platz gehabt.

So lagen sie da, in völliger Dunkelheit, stumm, spürten die Schlaflosigkeit des anderen. Als Romana die Anspannung nicht mehr ertrug, erzählte sie weiter.

*

Romana erzählte, dass die umgebenden Wälder am Beginn ihres gemeinsamen Lebens in diesem Haus keinerlei Gefühle bei Bohdan hervorgerufen hatten. Sie seien auf Wegen spaziert, die mit weißem Sand bedeckt waren, fast wie am Meer. Aus dem seidenweichen, sandigen Untergrund ragten Föhrenwurzeln. Oben, vor dem Hintergrund des blauen Firmaments, schaukelten wie verrückt Föhrenzweige. Die Bäume knarrten. Sie wiegten sich auch ohne Wind.

Er sei an Wälder in den Bergen gewöhnt gewesen, feucht, dunkel, bis oben hin voll mit Vegetation. An Gipfel, Täler und Krümmungen, an dunklen, feuchten Untergrund, den intensiven Geruch von Pilzen und Moos, an stachelige Ranken, Brombeeren, Heidelbeeren, Farnfächer. War gewöhnt an das Plätschern von Bächen und an die eisige, reißende Strömung, die besinnungslos über weiße, scharfkantige Steine schnellte. An die verschiedenen Formen und Farbtöne dichten Grüns.

Bohdan hätte sich damals sehr bemüht, ließ Picknicks und Spaziergänge über sich ergehen, prägte sich ein, wo die Haselnusssträucher wuchsen, um später, sobald die Früchte reif wären, dorthin zurückzukehren. Und schließlich hätte er begonnen, ernsthafter über die Angebote, zu Ausgrabungen im Süden und Osten zu fahren, nachzudenken. Vielleicht würde eine derartige Reise ihm guttun. Vielleicht würde die Nabelschnur, die ihn immer noch festhielt, endlich reißen.

Er hätte dann mehr Zeit in Kyjiw verbracht, mit Kollegen gesprochen, Aufzeichnungen und wissenschaftliche Publikationen über das Gräberfeld von Werchnyj Saltiw studiert, spätskythische Wallburgen, Untersuchungen über die Grabstätten in Tschortomlyk, Ohus, Kul-Oba, Solocha und Kosla, das Hajmanow-Grab und die dortigen Funde von Borys Mosolewskyj – Amphoren, Bronzeschalen, Eisenpfannen – über Goldbeschläge an Holzgefäßen, mit Gold und Silber besetzte Rytha, eine silberne Trinkschale mit Vergoldungen und der Abbildung wohlproportionierter Menschengestalten. An den winzigen Armen und Beinen der Figuren wölbten sich Muskeln, jedes der kleinen Gesichter war einzigartig und drückte erkennbare Emotionen aus.

An einem Sonntag war Bohdan mit Romana ins Museum für historische Kostbarkeiten gefahren, um ein Gold-Pektorale anzusehen. Romana genügten ein paar Minuten, um die geflügelten Ungetüme zu betrachten, die ihre Opfer mit schweren Schnäbeln zerfetzten, die großen Tiere, die kleinere jagten, die wiederum noch kleinere jagten, den Löwen, der ein Reh verschlang, zwei Bartgeier, die einem toten Tier die Haut abzogen, zwei Männer, die ein Schaf und eine Kuh molken, und dann betrachtete sie nur noch Bohdans Spiegelbild im Glas, hinter dem die Pektorale lag. Er war begeistert von den feinen Blütenblättern gewesen, den Federn der goldenen Vögel, den sich windenden Trieben, sie aber hatte sich am offenen Ausdruck seines Gesichts erfreut, das sich trüb im Glas spiegelte und in ihren Augen eine neue Form annahm.

*

An diesem Punkt der Erzählung hielt Romana inne, denn von Bohdans Hälfte der Matratze drangen laute, abstoßende Geräusche zu ihr: So würde wohl das Opfer stöhnen, das die geflügelten Ungetüme mit ihren schweren Schnäbeln zerrissen.

Romana begriff, dass sie nicht von seinem Gesicht hätte anfangen sollen, von Bohdans altem, früherem Gesicht, an das er keinerlei Erinnerung hatte. Bohdans Erinnerungen konnten jeden Augenblick zurückkehren, sein Gesicht jedoch würde er nie wiederbekommen. Anstelle des Gesichts war da zerstückelte Haut, waren da Gruben, Nähte, Beulen, verwachsene Knorpel. So unnatürlich, dass man sich unmöglich daran gewöhnen konnte. So wie sich Augen nicht an vollkommene Dunkelheit gewöhnen können.

Romana sprach schnell weiter, um den Augenblick hinter sich zu lassen. Sie verlor den Faden, vertauschte vor Aufregung Silben, erwähnte hektisch, dass Bohdan ihr – den Blick auf die *Pekratole* gerichtet – erzählt habe, dass Mosolewskyj die Kostbarkeiten quasi mit links gefunden habe. Mosolewskyj brauchte dringend eine Entdeckung von Weltbedeutung, um nicht in die Verbannung geschickt zu werden, wie sein Kesselheizer-Kollege, ein berühmter Dichter. Und da – in einem unterirdischen Gang, der zu einem geplünderten Grab führte – blieb sein linker Fuß plötzlich an einem Vorsprung aus seit Jahrhunderten festgetretenem Lehm hängen, und unter diesem Vorsprung entdeckte er ein Versteck voller Kostbarkeiten aus Gold.

Damals im Museum hatte Romana begriffen, dass Bohdan seine Suche von ihr weglenkte, geographisch und zeitlich. Sie konnte sich überall wohlfühlen, egal unter welchen Umständen, solange sie seinen Puls unter ihren Fingerspitzen spürte, sein Spiegelbild im Glas der Museumsvitrinen sah, die Vibration seines Schnarchens in ihren Schlaf drang. Er hingegen strebte immer irgendwo anders hin, konnte oder wollte in ihrer Nähe keine Ruhe finden. Da er sich den Heimweg in die Westukraine verbaut hatte, zu seinen geliebten galizischen Wallburgen, zu den Grabhügeln der schnurkeramischen Kultur, zum Siedlungs- und Landwirtschaftsgebiet der Wielbark-Kultur in der Region Lwiw, zum Hohen Schloss, zum Snesinnja-Park und Kortumowa-Berg, zur Lwiwska Sahara und zu den Tschernjachiw-Siedlungen am rechten Poltwa-Ufer, begann Bohdan sein Interesse auf den Südosten der Ukraine, die Dnipro-Ukraine, zu lenken. In seinen Erzählungen tauchten die Vor- und Nachnamen neuer Kollegen, die Geschichten ihrer Forschungen, ihre ungezwungene, direkte Sprache auf. Sie nahmen die Stelle von Namen aus Bohdans früherem Leben ein, deren Klang ihm Schmerz verursachte.

Bald darauf hatte Bohdan zum ersten Mal seine Tasche im Kofferraum seines Volvos verstaut, darin befanden sich praktische und gemütliche Kleidung, Regenjacke, lange Unterwäsche, Trainingsanzug, Fleecepulli, feste Schuhe, Sonnenbrille, Hut, Bandanas, verschiedene Arten von Handschuhen und Knieschoner. Bohdan hatte die Tasche zum letzten Mal geöffnet, bevor er Romana kennengelernt hatte. Davor hatte er den Inhalt wohl bei der Freilegung des Massengrabs am Lysonja-Berg benutzt. Schuhe, Knieschoner und Regenjacke waren da und dort mit der charakteristischen gelbgrauen Lehmkruste bedeckt.

Romana sagte, dass sie, als sie Bohdan dabei beobachtet hatte, wie er die Kruste vorsichtig berührte, an einen Menschen gedacht hätte, der eben einen seiner Nächsten verloren hatte. Hier eine benutzte Kaffeetasse, die gestern noch von den Lippen desjenigen berührt worden war, den es heute nicht mehr gab. Da vertraute, zusammengeknüllte Socken auf der Heizung. Spuren der Anwesenheit, die dahinschmolzen und mit jedem Augenblick mehr verwischten.

In einem dunkelblauen, fast schwarzen Koffer aus Lederimitat lagen in speziellen Vertiefungen Werkzeuge, die mit Klettverschlüssen fixiert waren. Die wichtigsten Werkzeuge waren Bohdans persönliches Eigentum, denn die Hand gewöhnte sich an sie, die Hand wusste, mit welchem Druck und in welchem Winkel man sie verwenden musste, um nichts zu beschädigen und effektiv arbeiten zu können. Darüber hinaus waren die Werkzeuge, die von öffentlicher Hand für Expeditionen zur Verfügung gestellt wurden, stets bereits von anderen Teilnehmern belegt gewesen.

In Bohdans Koffer lag eine rautenförmige Kelle mit Griff und scharfkantiger Klinge von der amerikanischen Firma *Marshalltown* (damit werden normalerweise Mauern verspachtelt). Mit diesem Werkzeug konnte man kleine Gegenstände freilegen und die Erde rund um die Basis kleiner Fundstellen abtragen (zum Beispiel von Feuerstellen). Außerdem erwies sich die Kelle als unersetzlich, wenn es um dunkle Konturen von Säulen und instabile geologische Schichten an Grubenwänden ging. Zur Kelle gehörte eine Lederhülle, als sei sie ein wertvoller ritueller Kindschal, ein tscherkessischer Dolch.

Der Koffer enthielt auch ein Set Maler- und Künstlerpinsel in verschiedenen Stärken (Malerpinsel für Gebäudereste und größere Gegenstände, sogar für Knochen; Künstlerpinsel für diverse kleine Gegenstände: Glasperlen, Münzen, Muscheln, dünne, zerbrechliche Knochen und Metallerzeugnisse). Mit Nägeln wurde die Erde von Knochen und empfindlichen Gegenständen geschabt, mit Nadeln und Zahnstochern aus den feinsten Ritzen von Schädeln, Augenhöhlen und Jochbeinen gekratzt. Für Siebe mit verschiedenem Durchmesser und unterschiedlicher Lochung waren im Koffer bestimmte Plätze vorgesehen, für Maßbänder, Lot, Schnüre, Wasserwaagen, Grafiktablett und Werkzeuge, für einen Kompass, sowie Boxen, Säckchen und Döschen zur Aufbewahrung und zum Transport kleiner Fundstücke.

Abgesehen vom Koffer besaß Bohdan eine Tasche mit einem Messtisch, eine mit einer Wasserwaage für geodätische Arbeiten und eine dritte mit seinem Computer.

Ruhig zählte Romana nun all diese Gegenstände auf, als rezitierte sie ein Gedicht. Ihre Stimme verteilte sich in gleichmäßigen Stapeln in der nächtlichen Atmosphäre des Zimmers, wie Kleidung in den Fächern der Schränke.

»Wo sind diese Sachen?«, fragte Bohdan.

»In der Rumpelkammer im Erdgeschoss«, antwortete Romana.

»In der Rumpelkammer?«, fragte Bohdan nach.

»Du weißt, was eine Rumpelkammer ist.«

»Weiß ich nicht.«

»Doch, du weißt es. Du kannst dich nur nicht daran erinnern. Aber du weißt, was eine Rumpelkammer ist. Genauso hast du sie genannt: Rumpelkammer. Morgen zeige ich sie dir und auch deinen Koffer. Vielleicht fällt dir alles ein.«

»Lass uns jetzt dorthin gehen«, flüsterte Bohdan in flehendem Ton. »Gehen wir in die Rumpelkammer, zum Koffer.«

»Es gibt gerade kein Licht, Bohdan«, stoppte Romana seinen Vorstoß streng. »Der Strom ist ausgefallen. Es ist dunkel. Morgen zeige ich dir alles. Dann siehst du die Dinge, die du eigenhändig geordnet und mit Klettverschlüssen fixiert hast. Du mochtest es nicht, wenn ich sie anfasse. Bei dir hatte alles seinen angestammten Platz. Du bist ein schrecklicher Pedant.«

»Ein Pedant?«, brummte Bohdan nicht sonderlich interessiert.

Romana seufzte.

Welch unendliche Geduld sie brauchte, um diesen Fremden zu ertragen: riesige Reservoire, beinahe erschöpfte Lager innerer Ressourcen. Mit aller Kraft musste sie sich vom Gedanken fernhalten, dass sie ihre Energien nicht für die Fortschritte, nicht für mehr Nähe zwischen zwei Geschöpfen, die einander so lange und gut kannten, aufbrachte, sondern um das Einfachste zurückzuholen. Das, wofür es früher keiner Worte bedurft hatte.

*

Gegen Morgen ließ der Wind nach. Der schwarze Leib der Dunkelheit zerbarst in Splitter. Romana holte ein Drei-

Liter-Einmachglas mit Wasser, ihre Kehle war unbarmherzig ausgetrocknet, ihre Stimme heiser.

Die letzten zwei Stunden hatte sie von der Zeit erzählt, als Bohdan begann, an Expeditionen teilzunehmen: Er legte ab, als würde er aufs Meer hinausfahren, sie blieb am Ufer zurück, verwandelte sich in einen jämmerlichen Punkt am Horizont, sogar für sich selbst.

Er rief sie von einem Erdhügel aus an, wenn er abends noch genug Kraft hatte und es ihm gelang, auf seinem Telefon zwei Balken Empfang zu bekommen. Er erzählte von den ungemütlichen Stellungen, in denen er so viel Zeit verbringen musste, dass seine Knochen und Gelenke schmerzten. Dass er einen Sonnenstich und Brandblasen an den Ohren bekommen habe. Nun sprühe er seine Ohren mit Panthenol-Schaum ein und sehe sehr komisch aus.

Manchmal rief er am Morgen an, bereits völlig in die Arbeit versunken. Er sagte, sie würden die linke Kammer freilegen. Dort sei offensichtlich ein Kind begraben. Später erzählte er, das Skelett dieses Kindes sei in einem Sarkophag gelegen, schilderte die aufwändige Verzierung, die goldenen Beschläge, den Alabaster in den Holzresten. Erzählte von den Dromoi, den Korridoren, und der Grabkammer eines hochgeborenen Kriegers oder Anführers, die geplündert und verwüstet worden war. Und von Pferdeskeletten in goldenen Geschirren, sowie den Skeletten von Stallburschen, Köchinnen und Dienern. Und von trockenen, grauen Grasbüscheln und der vom heißen Wind aufgerauten Luft. Von der Bitterkeit des Wermuts, die alles durchdrang: Kleidung, Haut, Rezeptoren. Und es schien, als existierte auf dieser Welt nichts außer dieser Bitterkeit.

Als wäre alles, was man betrachtet oder woran man denkt, diese Bitterkeit.

*

Romanas Erzählung brach ab, als plötzlich helles Sonnenlicht ins Zimmer fiel. Schwärme glitzernder Körnchen hingen in der Luft. Als sich Romana energisch erhob, wirbelten die Staubkörnchen herum, entfachten einen Funkensturm.

In jener Nacht waren sie nicht eingeschlafen. Die nahe Anwesenheit des anderen im Bett, in dem sie sich viele Jahre lang geliebt hatten, beruhigte sie nicht, sondern bedrückte sie.

Als Romana mit Kaffee in den ersten Stock kam (die Ärzte hatten Bohdan verboten, Kaffee zu trinken, aber Romana wollte zumindest dieses gemeinsame Ritual wieder zum Leben erwecken), schlief Bohdan tief und fest. Das Licht fiel direkt auf sein Gesicht, aber er merkte es nicht, er war wie ausgeknipst. Sein Nacken war durchgestreckt, der Mund weit geöffnet. Seine ganze Hässlichkeit war nach außen gekehrt, zur Schau gestellt.

Da war er, ihr Mann. Romana wollte Bohdan nicht stören. Sie stellte die Tasse mit dem Kaffee auf den hohen Hocker beim Spiegel und legte sich selbst für ein paar Minuten ins kleine Zimmer.

Gegen Abend wurde sie von schweren, langsamen Schritten auf der Treppe geweckt. Bei dem Versuch, auf seinen Elefantenbeinen im Gleichgewicht zu bleiben, zertrümmerte ein Ungetüm das schäbige Haus. Romana lag inmitten alter Schals und Pullover auf dem Rücken, den

Rachen voller Staub, und starrte entsetzt an die Decke, lauschte den Geräuschen von Gewalt. Endlich begriff sie, dass es ihr Mann war, der mit seinen Krücken versuchte, die Treppe hinunterzugehen.

Romana öffnete die Tür des Zimmers, in dem sie geschlafen hatte, auf das Quietschen hin wandte sich Bohdan um. Peinliches Schweigen lähmte die beiden. Bohdans Gesicht spiegelte die Enttäuschung eines Kindes wider, das beim Auspacken einer stibitzten Tafel Schokolade ertappt wurde.

Verlegen, weil er den Durchgang blockierte, begann er sich noch ungeschickter auf der Treppe zu bewegen, die Krücken gerieten zwischen die Geländersprossen, das rechte Bein verweigerte jede Bewegung. Schmerzhaft stieß Bohdan mit der Schläfe gegen die Wand und stürzte sich dann einfach vom Treppenabsatz hinunter, um das Problem mit dem Abstieg endlich zu lösen.

Romana lief hinterher und half ihm aufzustehen. Hartnäckig wiederholte er, dass er keine Schmerzen habe, doch sie kannte diesen angespannten Gesichtsausdruck, die zusammengepressten Lippen, die Anzeichen konzentrierter Anstrengung, auswendig. Seltsam, dass Romana Bohdans Mimik problemlos lesen konnte, obwohl seine Gesichtszüge so entstellt waren. Möglicherweise, weil sich die wichtigsten Gefühle in seinen gelblich-grauen Augen ausdrückten. Oder aber auch, weil Romana in all den Jahren gelernt hatte, die Schwingungen von Bohdans Gemütszustand einzufangen und seine Gedanken zu lesen.

Sie drängte sich nicht mit Worten auf, das Schweigen beruhigte ihn rasch. Sie saßen einander gegenüber, trotzdem trafen sich ihre Blicke nicht. Romana dachte, dass genau jetzt der Zeitpunkt wäre, den Koffer mit den archäologischen Werkzeugen zu holen und Bohdan damit eine Freude zu machen.

Sie schleppte den Koffer in die Küche. Tief über den Koffer gebeugt, versuchte Bohdan, den Reißverschluss zu öffnen. Nicht seine Finger, die nicht folgten, waren das Problem, der Zipp verhakte sich einfach und der Schieber blieb hartnäckig an ein paar verbogenen Zähnen hängen. Romana schob Bohdan sanft zur Seite und bändigte den Reißverschluss mit ein paar kaum merklichen Handgriffen innerhalb weniger Sekunden.

Pinsel und Schäufelchen lagen fixiert mit Klettverschlüssen in ihren Vertiefungen. An der metallenen Oberfläche des Maßbandes war eine ockerfarbene Kruste aus getrocknetem Lehm zu erkennen.

Romana nahm vorsichtig die Kelle aus der Lederhülle und hielt sie Bohdan hin, wie man einem Ritter sein Schwert überreichte, das ihn durch die heftigsten Kämpfe begleitet hatte und einen geheimen Namen trug, den nur wenige kannten.

»Die Hülle habe ich für dich genäht.« Romanas Stimme versagte.

Ungeschickt nahm Bohdan die elegant gebogene, rautenförmige Kelle mit dem glatten Griff aus hellem Holz in die Hand. Er drehte das Werkzeug in den Händen, fuhr mit den Fingern über das Metall, befühlte die angeschärften Kanten, die Biegungen, die Klinge. Dieser Gegenstand musste in seinen Nervenenden jene Informationen aktivieren, auf die er keinen Zugriff mehr hatte. Aber Bohdan wusste selbst nicht, ob er das wirklich wollte. Am Ende geschah nichts. Die Kelle löste nichts in ihm aus.

Mehr aus Höflichkeit sortierte er Pinsel und Siebe von da nach dort, für den Kompass interessierte er sich etwas mehr, seine Augen strahlten sogar irgendeinen Sinn aus, den Romana so gerne freilegen und verstehen wollte. Sein linker Mundwinkel zuckte und zog nach unten. Romana wusste, dass es ein Lächeln war.

»Erkennst du etwas?« In ihrer Aufregung schwang Schreck und Widerwille. »Erinnerst du dich?«

Bohdan schüttelte den Kopf, während er weiter mit dem Kompass spielte. Es war ein angenehmes Spielzeug: in Form und Größe ähnlich einer Streichholzschachtel, doch aus schwarzem Plastik, innen ein Kreis mit weißen Pfeilen und Markierungen auf orangefarbenem Untergrund.

Bohdan drehte den Kompass in verschiedene Richtungen und beobachtete das Zittern der Nadel, die dem Rufen des Magnetfeldes der Erde gehorchte.

*

Romana erwachte davon, dass ein Schwarm zottiger Dämonen, die sich zuvor in Sand gewälzt hatten, durchs Haus tobte. Ihr Anführer war wild geworden und zertrümmerte alles. Die Scheiben zitterten, die dünnen Wände vibrierten. Unten war das Heulen des Dämonenführers zu hören. Der Zorn in seinem tiefen Brüllen, das wie eine Schlammlawine Fahrt aufnahm; die Kränkung im Überschwappen der hohen, plötzlich abreißenden Noten. Gegenstände fielen zu Boden und zerbrachen.

Erinnerte er sich vielleicht wieder an alles, oder zumindest an manches, durchfuhr es Romana. Und wenn nicht an alles, woran genau erinnerte er sich?

Einen Augenblick überlegte sie, was sie tun sollte. Weglaufen, abwarten, ihn mit seinem Zorn allein lassen, oder das Risiko eingehen? Romana hatte nicht vor, auf halbem Weg aufzugeben. Schließlich konnte das, was gerade im Erdgeschoss geschah, ein Schritt zur Rückkehr ihres Mannes sein, eine kritische Wendung. Der schneidende Schmerz des ersten Sauerstoffs in der Lunge des neugeborenen Kindes.

»Alles oder nichts!« Dieser Gedanke kreiste in Romanas Kopf, als sie sich im Dunkeln halb blind die Treppe hinabtastete. Die Tür, die im Erdgeschoss die Küche, die unter der Treppe lag, von dem Zimmer mit den Bücherregalen und mit Bohdans Schreibtisch abtrennte, schloss schlecht und bewegte sich im Rhythmus der Schläge. Durch den Spalt, der mal breiter wurde und dann wieder verschwand, sah Romana ein schmerzverzerrtes Gesicht, die zerlaufende Öffnung eines Mundes, hüpfende Augen, die vor Zorn nichts sahen, im Wahnsinn blind geworden waren. Den muskulösen, sehnigen Leib eines Tieres, den die Verzweiflung zwischen den Wänden hin und her warf. Das Opfer eines Schiffbruchs, das versuchte, sich mit seinen kralligen Pfoten an etwas festzuklammern, um im Gleichgewicht zu bleiben.

Romana betrat das Zimmer, ihr war klar, dass sie eine miserable Tierbändigerin abgab. Sie nahm den Geruch ihrer eigenen Angst wahr, der ihr deutlich aus den Poren trat. Hätte Romana mehr Zeit zum Nachdenken und zur Selbstbeobachtung gehabt, dann hätte sie bemerkt, wie schnell und laut das Blut in ihren Adern pulsierte, wie steif, kalt und feucht ihre Arme und Beine geworden waren, wie dunkel und tief ihre Pupillen.

Sie näherte sich Bohdans breitem Rücken, wusste nicht, welche Worte sie wählen sollte.

Aber Bohdan löste das Problem für sie. Sein Rücken vollführte eine Drehung, seine vom blinden Zorn leeren Augen füllten sich augenblicklich mit Hass, als sie Romanas Kommen registrierten. Romana wusste nicht, ob ihr Mann sie erkannte, sie hatte keine Gelegenheit, wahrzunehmen, inwiefern seine Reaktion wirklich sie betraf. War es Rache oder ein Reflex, ausgelöst von der Unfähigkeit, die eigene Verzweiflung zu ertragen?

Er fasste sie an den Schultern und stieß ihr seinen übelriechenden Atem und einen Schrei ins Gesicht. Allein mit diesem Schrei könnte er sie vernichten. Auch Romana begann zu schreien, hörte aber ihre eigene Stimme nicht. Der kurze Augenblick zerbarst in mikroskopische Fragmente, die wie in Zeitlupe abliefen. Dafür hörte Romana, wie sich alle Sehnen in ihrem Körper spannten und wie besorgniserregend ihre Gelenke unter dem Druck von Bohdans Händen knackten. Sie spürte keinen Halt unter den Füßen, wenn man den Körper des Menschen, der einen zerquetschen will, nicht als Halt bezeichnen möchte.

Bohdan schleuderte sie voller Unwillen, Enttäuschung und Ekel herum, dann ließ er sich mit seinem ganzen Gewicht auf sie fallen, schluchzte. Aus dem Bücherregal regneten Bücher auf sie herab, hart gebunden mit spitzen Ecken, dicke Wälzer. Frankos dunkelgrüne Werkausgabe in fünfzig Bänden fiel auf sie und die Ergänzungsbände zur fünfzigbändigen Werkausgabe und das Buch *Werke, die nicht in der Werkausgabe in fünfzig Bänden enthalten sind* mit dem Foto eines gramvoll blickenden Franko, der aus dem Nebel heraustritt, *Welkes Laub*, *Der gefärbte Fuchs*, *Briefwechsel zwischen Iwan Franko und Mychajlo Drahomanow* und *Baumeister der ukrainischen Staatlichkeit* und viele mehr. Außerdem fielen Bücher von Lesja Ukrajinka und Olha Kobyljanska auf sie herab, von Osyp Makowej, Wasyl Stefanyk, Mychajlo Kozjubynskyj, auch der Schriftwechsel zwischen Kozjubynskyj und Oleksandra Aplaksina und die zehn hundertjährigen Bände von Shakespeare in der Übersetzung von Pantelejmon Kulisch, außerdem Krimis von Agatha Christie und Taschenbuchausgaben der Serie *Inostrannaja Literatura*, die sich aus unerfindlichen Gründen in diesen Teil der Bibliothek verirrt hatten und sie besonders schmerzhaft trafen.

Inmitten von Staub und aufgeschlagenen Büchern, auf der Boden festgenagelt, verlor Romana wahrscheinlich für einige Sekunden das Bewusstsein. Als sie wieder zu sich kam, verspürte sie keinerlei Schmerz oder Sorge. In ihrem Kopf herrschten Ruhe und Klarheit, die Schmerzen im Hinterkopf von dem Schlag, in den Schultern und Armen vom Niederdrücken, die Blutergüsse und Verrenkungen, die Schmerzen im Steißbein, den Knien und der Hüfte sollten später kommen. Wie auch der leckere, salzige Beigeschmack von etwas Heißem auf der Zunge. Als wäre es frische Hühnerbrühe mit einem Zusatz von Eisen.

Nun jedoch verspürte Romana beinahe Glückseligkeit. Eine derart klare Glückseligkeit, wie sie eigentlich nur eintritt, wenn einem die Erkenntnis der eigenen Schwäche und Ohnmacht mitten in einem allumfassenden, unüberwindbaren Chaos plötzlich als Offenbarung erscheint, einem Triumph gleich.

Bohdan lag auf ihr und heulte nach wie vor grauenvoll. Aus seiner Nase schoss Blut. Er hatte sich mit einer zerbrochenen Vase an mehreren Stellen verletzt.

»Ich muss deine Wunden versorgen«, sagte Romana beinahe zärtlich und strich mit der Hand, die ihr kaum gehorchte, über seinen Nacken.

»Ich kann mich an nichts erinnern«, krächzte Bohdan. »Wer bin ich?«

Er hob den Kopf und blickte in ihr Gesicht, während das Gewicht seines Körpers sie weiterhin auf dem Boden fixierte.

»Wo bin ich gewesen?«

»Du bist Bohdan Krywodjak. Du wurdest in einer kleinen Stadt in der Westukraine geboren. Du hast ein schwieriges Verhältnis zu deiner Familie. Du bist Archäologe. Du kennst dich mit Barock und Rokoko aus. Du warst im Krieg in der Ostukraine. Du hast Dinge erlebt, die nur wenige Menschen erleben müssen. Du wärst beinahe gestorben. Du hast dein Gedächtnis verloren. Aber du bist am Leben und in Sicherheit. Du bist zu Hause. Du bist bei mir. Ich bin deine Frau, Romana. Alles ist gut, mein Junge. Komm her.«

Zirka nach einer Viertelstunde, als Romanas T-Shirt durchtränkt war von Bohdans Tränen, Blut und Speichel, als er völlig entkräftet und beinahe wieder ruhig war, löste er sich endlich aus der Umarmung seiner Frau (auch wenn sie sich nach ihrer Wiedervereinigung noch nicht geliebt hatten, aber war das unter diesen Umständen denn so wichtig?) und sagte, die verschwollenen Augen gesenkt: »Ich verstehe nicht, warum du das machst.«

Romana lag noch auf dem Rücken. Die Frage traf sie schmerzhafter als der Briefwechsel zwischen Kozjubynskyj und Aplaksina.

»Ich verstehe nicht, wozu du mich brauchst. Wieso verschwendest du deine Zeit und Kraft für ein wahnsinniges Monster, wieso wolltest du mich in diese Welt zurückbringen? Ich wollte nicht zurückkommen. Das ist das Einzige, was ich über mich weiß.«

Erst jetzt stützte Romana sich auf ihre Ellbogen und ein heftiger Schmerz durchfuhr sie. Ihre Augen schimmerten trocken, als hätte sie Fieber.

»Du bist mein Mann, Bohdan.«

*

Bereits ein paar Stunden später räumten sie gemeinsam das Zimmer auf. Bohdan bestand darauf, mitzuhelfen, obwohl es ihm schwerfiel, sich immer wieder zu bücken, um etwas aufzuheben, das er herumgeschleudert hatte. Auch Romanas Knochen schmerzten, die Stellen an ihren Schultern, in die er seine Finger gekrallt hatte, brannten, elektrische Blitze durchfuhren ihr angeschlagenes Steißbein, ihr Hinterkopf jammerte – aber die Schmerzen vereinten sich zu einem großen Ganzen, einem Schmerz, der alles in allem eine angenehme Schwäche erzeugte, die den Raum unter Romanas Sonnengeflecht erfüllte. Die Schmerzen in Romanas Körper bewiesen, dass sie mit ihrem Mann verbunden war, dass sie einander nah waren, dass die Hülle der Distanz zwischen ihnen Risse bekam.

Bohdan reichte Romana ein vom Boden aufgehobenes Buch nach dem anderen. Romana wischte den Staub sorgfältig mit einem Tuch ab und stellte die Bücher ins Regal, dabei erzählte sie bei jedem einzelnen, wie es in ihr Haus gekommen war, und erklärte, nach welchem Prinzip die Bücher in den Regalen geordnet waren. Die meisten Bücher hatte Bohdan einst aus der Bibliothek seiner Familie mitgenommen. Aber weder den fünfzigbändigen Franko noch Hruschewskyjs *Geschichte der Ukraine-Rus* noch die Erstausgabe der *Ukrainischen Kulturgeschichte*, herausgegeben von Krypjakewytsch, wollte sein Vater ihm überlassen. Bohdan musste sich diese Bücher über den Antiquitätenbuchhändler beim Fedorow-Denkmal in Lwiw besorgen.

Romana lenkte Bohdans Aufmerksamkeit auf die Regale neben dem Schreibtisch, zu denen er in seinem Wutanfall nicht vorgedrungen war, die man aber auch sortieren und vom Staub befreien sollte. Es waren Bücher über Archäologie, Enzyklopädien und wissenschaftliche Arbeiten in verschiedenen Sprachen, auf Polnisch, Deutsch, Französisch und Englisch. Romanas Worten zufolge lagen Bohdan jedoch die Werke über Kunstgeschichte und die Kunstbände mit Reproduktionen am meisten am Herzen, er hatte sie von seinem Vorgesetzten Omeljan Majstruk bekommen.

»In Wahrheit war er es, der dir das Lesen und den wachsamen Blick beigebracht hat«, erzählte Romana. »Für deine Eltern waren Bücher eher ein Teil des Interieurs. Ich weiß bis jetzt nicht, wozu sie eine Bibliothek brauchten: als Tribut an Krywodjak, den Untergrundkämpfer? Als Nachwirkung der geheimen kirchlichen Aktivitäten deiner Großmutter Uljana? Oder wegen der

Begeisterung ihrer Schwester, der Bibliothekarin Nusja?«

»Es war Dr. h.c. Omeljan Majstruk, der dir half, deinen Blick zu schärfen und Verbindungen zwischen Geschichte, Verlorenem und Abgebildetem zu erkennen. Das hier ist seine ins Polnische übersetzte Arbeit über den Künstler Pinsel.« Romana zeigte auf einen besonderen Platz im Regal. »Über Pinsels Skulpturen hast du den Weg zur Geschichte deiner Familie gefunden.«

»Ich kann kein Englisch«, sagte Bohdan, während er seinen Blick über die fremdsprachigen Schriftzüge auf den Buchdeckeln gleiten ließ. Romana betrachtete ihn aufmerksam, während sie sorgfältig mit einem Tuch über den grauen Buchrücken einer schönen Münchner Ausgabe von Woropajs *Brauchtümer unseres Volkes* (2. Band) wischte.

Bohdan setzte sich, interessiert nahm er eine verstaubte Mappe nach der anderen in die Hand, einen Papierstapel nach dem anderen, blasse, auf einem vorsintflutlichen Gerät angefertigte Ausdrucke. Sie hatten sich hinter der vorderen Buchreihe versteckt. Aufgeregt setzte sich Romana neben ihn. »Was ist los?«, fragte sie. »Erinnerst du dich an etwas?«

Bohdan antwortete nicht. Er betrachtete die Überschriften, blätterte Seiten um. Romana merkte genau, wie konzentriert sein Gesicht geworden war.

»Das sind die Arbeiten eines Archäologen«, erklärte Romana. »Du hast dich für seine Entdeckungen und Thesen interessiert. Dich sprach die Art und Weise an, wie er seine Gedanken über die Ausgrabungen in der Gegend Nyschnja Podniprowja darlegte, über die Skythen und die Grabstätten der Sarubinzy-Kultur.«

»Du warst so begeistert von ihm, dass du sogar seine literarischen Werke gelesen hast.« Romana lachte unsicher. »Du hast dir Kopien seiner wissenschaftlichen Arbeiten besorgt. Und seiner philosophischen Abhandlungen. So wie er lerntest du Skoworoda lieben: Skoworoda löste Pinsel ab. Seine Ethik der Selbsterkenntnis und der Selbstverleugnung wurde für dich zum Trost, nachdem dich Pinsel gezwungen hatte, deine Haut abzuwerfen und dein Wesen zu entblößen. Du interessiertest dich für alle, mit denen sich Wiktor Petrow beschäftigt hatte: Pantelejmon Kulisch, François Villon, Wacław Rzewuski. Du sogst das neue Wissen auf, um dich von den Orten zu entfernen, denen du entfliehen wolltest. Du dachtest, dass du ein anderer, ein neuer Mensch werden könntest, wenn du deinen Kopf mit etwas Unbekannten füllst. Siehst du, dieses ganze Regalbrett ist Wiktor Petrow gewidmet. Du bist sogar ins Archiv gegangen, um seine Briefe zu lesen …«

Romana brach jäh ab und nahm Bohdan die Mappen, Bücher und Zettel aus der Hand.

»Genug«, sagte sie trocken. »Für heute sind es genug Erinnerungen.«

»Wo ist er begraben?«, fragte Bohdan in Gedanken versunken.

»Was?« Romana zuckte zusammen.

»Wo ist Wiktor Petrow begraben?«

Romana antwortete nicht, sondern vertiefte sich eilig ins Aufräumen.

Draußen, vor der Datscha, erwies sich der Tag erstmals als sommerlich heiß. Die frühlingshafte Unreife wich der reifen Sattheit der aufgeheizten Luft. Irgendwo verstummte das nervöse Brüllen eines Rasenmähers, dann leerte sich lange gurgelnd eine Gießkanne. Es war seltsam, diese Hinweise auf die Existenz anderer Menschen in der Umgebung zu hören, denn seit Romana Bohdan aus dem Krankenhaus hierhergebracht hatte, waren sie keinen Nachbarn begegnet und hatten auch von weitem niemanden gesehen.

Schweißgebadet, mit Spinnweben und Staubmäusen übersät, fanden sie einen gemeinsamen Rhythmus beim Aufräumen des Regals, erarbeiteten einen Algorithmus, der ihre Körper in den sparsamen Bewegungen miteinander verband.

Romana hob einen schweren Steinbrocken vom Boden auf und legte ihn Bohdan in die Hände. Der betrachtete verloren die zerfurchte, graue Oberfläche und begriff mit Erstaunen, dass die Mulden, Risse, Einschnitte und Wölbungen ein lachendes Gesicht darstellten.

»Das ist ein Löwe, der lacht«, sagte Romana mit Nachdruck. »Ein Relikt aus jener früheren Welt, die du unbedingt vergessen wolltest. Und in die ich dich zurückbringen werde.«

*

Sie waren bei den Familienalben angelangt, aus denen Bohdan Fotos gerissen und stapelweise durchs Zimmer geschleudert hatte. Nun blickte er von oben auf die Fotos herab, auf die flachen Abbildungen fremder Menschen, deren Blut in seinen Adern floss. Er schaute in ihre Augen, die irgendwo dort, in der Vergangenheit, feierlich ins Objektiv blickend, auf etwas hofften, er betrachtete die erstarrten Gesichter. Vielleicht hatte er dieselbe Stimmlage wie dieser Mann mit den tiefliegenden, aufmerksamen Augen, der Hakennase, dem schmalen, länglichen Kinn und den schmalen Lippen. Vielleicht sahen seine Zehen so aus wie die Zehen dieses verheulten Jungen, der sich ängstlich an die Beine seiner Mutter drückt (die zweite Zehe ist viel länger als die große und leicht gekrümmt).

Gut möglich, dass er ebenso wie die Frau, die ein Barett und einen Mantel mit rundem Kragen trägt, tief Luft holt und einen Moment innehält, bevor er zu sprechen beginnt.

Bohdan konnte sie nicht mehr berühren. In den vergangenen Tagen hatte er etliche Stunden über den Alben und ihrem Inhalt gebrütet. Hatte die Fotos, eines nach dem anderen, hunderte, ja tausende Male durchgesehen, hatte bei jedem einzelnen lange verweilt, tief in sich hineingelauscht, sein Gehirn bis zur Überhitzung angestrengt und sich bei dem verzweifelten Versuch ertappt, Erinnerungen erzwingen zu wollen. Verband er diese Frau nicht mit einer kalten Berührung der Wange an einem warmen Regentag? Weckten diese beiden Schnauzbärtigen am Wagen nicht Assoziationen zum Geruch von karamellisiertem Zucker? Und der Mantel dieses Mädchens mit um den Kopf gelegtem Zopf: Würde sie nicht allerlei Schokoladepapierchen und zusammengeknüllte Fahrscheine entdecken, wenn sie die Hände in die Taschen steckte?

Nach einem plötzlichen Ruck des Erkennens, bei dem sich ein heißer Kloß in seiner Brust löste und direkt in den unteren Bauch sackte, kam die Enttäuschung: Nein, das hatte er sich nur ausgedacht. Aber vielleicht hatte er sich die kalte Berührung an der Wange und den warmen

Regentag gar nicht ausgedacht (Wasser spritzt unter den Rädern eines Autos aus den Pfützen), vielleicht stieg tatsächlich irgendwo in seinem Gedächtnis der Geruch von karamellisiertem Zucker auf und die Erinnerung an Schokoladepapierchen, vermischt mit Fahrscheinen und Sand in den Taschen, aber all das ließ sich so gar nicht mit den Bildern in Verbindung bringen, mit den sepiafarbenen Verstorbenen. Völlige Dissonanz und eine Gewalt, die er sich antat.

Als Romana den Unwillen auf Bohdans Gesicht erkannte, zog sie ihn sanft von den Fotos weg und drückte ihn in einen mit gelbem, abgenutztem Kunstleder überzogenen Sessel. Romana rückte den Sessel so zurecht, dass Bohdan zum Fenster schaute, vor dem gerade die beiden Hagebuttensträucher blühten, deren Zweige sich mit dem prächtigen, ausladenden Wacholder verwoben.

Sie selbst beugte sich über die rutschigen Rechtecke, begann eins nach dem anderen aufzuheben und mit seltener Zärtlichkeit übereinanderzustapeln. Sie wollte Bohdan so gerne von den Menschen auf den Fotos erzählen, von seinen Verwandten. Sie hatte sich den Moment des Erkennens so oft vorgestellt, den Moment, in dem die Erinnerungen wie Tropfen in sein Bewusstsein einsickern würden, doch nun spürte sie deutlich, dass es unangebracht war.

*

Bohdan hörte ihr zu, er hatte sich nach unten gebeugt und beobachtete aufmerksam den Schnürsenkel, der sich bog, wenn er in den Ösen verschwand und sich kurz darauf wieder nach oben wandte.

Romana zog die Schnürsenkel fest, machte sie gleich lang und band eine Masche.

»Welche Schuhgröße habe ich?«, fragte Bohdan.

Romana, die vor ihm kniete, hob den Blick.

»Fünfundvierzig.«

»Der Krankenschwester hast du gesagt, ich hätte sechsundvierzigeinhalb.«

Schweigend stand Romana auf und klopfte ihre Hose an den Knien ab.

»Ich habe mich geirrt. Ich war so aufgeregt, weil ich dich endlich gefunden hatte«, sagte sie mit ruhiger Stimme. »Natürlich weiß ich, dass du Schuhgröße fünfundvierzig trägst. Du hattest immer fünfundvierzig.«

*

Am späten Abend hörte Romana in ihrem kleinen Zimmer, wie die Nachtfalter gegen die Wände flogen. Ihre Körper waren schwer und ungelenk. Es schien, als würden diese Insekten den Großteil ihres kurzen Lebens damit verbringen, mit dem Kopf gegen harte Oberflächen zu knallen, weil sie ins Freie gelangen und irgendwelche unnachgiebigen Grenzen durchbrechen wollten.

Romana wusste nicht, ob ihr Mann gerade schlief. Sie waren, ohne ein Wort zu wechseln, in verschiedene Zimmer gegangen, was kein Zeichen von Entfremdung war, im Gegenteil, so offenbarte sich ein zartes Verständnis zwischen ihnen. Geduld und kleine Schritte waren ihre Komplizen. Ihr Bohdan war als neuer, nicht wiederzuerkennender Mensch zu ihr zurückgekehrt. Sie beide brauchten Zeit.

Durch die Wand spürte Romana seine Anwesenheit. Durch jene Wand, an der die Insekten wirr durcheinanderflogen.

Romana konnte vor lauter Aufregung nicht einschlafen. Ihre Gefühle waren übergeschwappt, über die Ufer getreten. Ein Aderlass war notwendig.

»Mein Mann und ich, wir sind zu Hause«, schrieb Romana auf ihrer Facebook-Seite. »Bohdans Gedächtnis ist noch nicht zurückgekehrt. Aber die Wände, Möbel und Bücher haben ihn erkannt, sein Arbeitstisch, seine Schuhe, seine Kleidung und seine Lieblingstasse. Das Gartentor hat ihn erkannt, der Zaun, die Stalin-Tanne und der Schotter. Ich habe ihn erkannt.«

Eine Welle unmittelbarer Entspannung folgte und verschaffte ihr Erleichterung. Langsam atmete Romana aus, genoss die Wärme und Leichtigkeit in Armen und Beinen, die Klarheit im Kopf. Sie hob den Blick nicht vom Display ihres Smartphones, beobachtete die sich vermehrenden Likes und das ununterbrochene Aufpoppen der Benachrichtigungen, dass ihr Beitrag kommentiert und geteilt worden war.

Die epochale Roman-Trilogie von Sofia Andruchowytsch umfasst ein Jahrhundert ukrainischer Geschichte: Von den 1920er Jahren bis in die Gegenwart spannt sich der Bogen einer großen Erzählung.

Die Geschichte von Uljana

Amadoka-Epos 2

Erscheint im November 2023
Hardcover mit SU und Lesebändchen
ca. 348 Seiten, 25 €

Aus dem Ukrainischen übersetzt von
Alexander Kratochvil und Maria Weissenböck

ISBN 978 3 7017 1764 4

Galizien 1941: Der zweite Band erzählt von der unmöglichen Liebe von Uljana und dem jüdischen Jungen Pinkhas zur Zeit der nationalsozialistischen Besetzung.

Die Geschichte von Sofia

Amadoka-Epos 3

Erscheint im Oktober 2024
Hardcover mit SU und Lesebändchen
ca. 608 Seiten, 29 €

Aus dem Ukrainischen übersetzt von
Alexander Kratochvil und Maria Weissenböck

ISBN 978 3 7017 1765 1

Sowjetukraine, 1934: Der dritte Band erzählt von der Vernichtung der ukrainischen Intelligentsia unter stalinistischer Herrschaft und von der schönen Sofia und ihrem mysteriösen Geliebten, dem Doppelagenten Mykola Zerow.